Dea Loher

Bugatti taucht auf

Dea Loher
Bugatti taucht auf
Roman

WALLSTEIN VERLAG

I.

Aus dem Tagebuch von Rembrandt Bugatti

Dezember 1913

Ich bin mit Elise ausgegangen. Sie lachte mich aus, als ich sagte, was ich mache. Nicht direkt mit einem lauten Lachen, auch nicht mit einem Kichern, das kindisch gewesen wäre und uns beide verlegen gemacht hätte. Aber ich konnte spüren, wie sie zusammenzuckte, und dann lächelte sie mich an und sagte: »Das ist doch kein Beruf!«

Ich vermutete, sie würde abgestoßen sein von der Vorstellung, die sie zuerst haben musste, ich würde Modelle in meinem Atelier stehen haben, unbekleidet, wie soll sie wissen, dass die Anwesenheit eines weiblichen Körpers, der stundenlang zu einer bestimmten Pose gezwungen ist – zweifellos anstrengend für die Frau –, für mich in der Regel unglaublich langweilig ist, weil ich mich so sehr konzentrieren und beeilen muss, die ganze Figur in einer Sitzung zu modellieren, wenigstens im Groben. (Meine Arbeitsweise: ich will, dass sie nach einer Sitzung wieder verschwinden, den Rest schaffe ich aus dem Gedächtnis.) Freilich gibt es auch Ausnahmen. (Das unterschlug ich.)

Überlegte kurz, ihr zu sagen, dass meine Modelle nicht ganz nackt sind, sondern ich sie meistens bitten muss, die Strümpfe anzubehalten; der Anblick schmutziger Füße lähmt mich, und das schlechte Ohr rauscht.

Ich dachte, Elise würde es nicht verstehen oder sie könnte es missverstehen, beschränkte mich also darauf, anzudeuten, dass ich ein Atelier gemietet habe, mit Hugues zusammen, woraus sie wiederum bitte keine falschen Schlüsse ziehen solle – ich glaube, ich verhaspelte mich völlig in diesem Satz –, aber die meiste Zeit nicht dort, im Atelier, sondern im Freien arbeite, und zwar im Zoo, in den Ställen oder außerhalb der Gehege, wo ich die Tiere studiere.

Ich erzählte ihr von der Gruppe Flamingos, die ich gerade für den Bronzeguss fertiggestellt hatte, ob sie sie sehen wolle.

Sie sagte, Flamingos? Ja, meinte ich, Wasservögel mit streichholzdünnen Beinen, die in allen Schattierungen rosa bis hellrot gefiedert sind und mit einem dicken, krummen Schnabel fischen, indem sie den Kopf, der auf einem sehr langen Hals sitzt, quasi verkehrt herum ins Wasser hängen und den Schnabel aufklappen wie einen Topf. Ich versuchte, es körperlich darzustellen, was mir nicht gut gelang; ich sagte, Flamingos seien das zarteste Schönste, was man sich über einem Wasserspiegel vorstellen könne.

Sie sah mich seltsam an, musterte mich verschiedentlich von der Seite und sprach danach nicht mehr viel.

Meine Absätze fangen alle mit »ich« an (kein gutes Zeichen). Ich muss mehr unter Menschen gehen, mehr mehr.

Lud Elise ein paar Mal ins Café ein, nur am frühen Abend, um sie den Freunden vorzustellen, und das letzte Mal war sie nett zu mir; offensichtlich haben Hugues und Walter oder Clemente ein Wort für mich eingelegt; Elise lobte meinen tadellosen Anzug. Sie meinte es sicher gut, aber ich fühlte mich wie ein Hund.

Ich fragte sie, ob sie am Donnerstag zu dem Empfang beim Botschafter Crozier mitkommen wolle. Sie willigte ein.

Der Abend verlief freundlich. Elise lachte viel und schien sich gut unterhalten zu fühlen. Ich weiß aber nicht, ob es ihr ungelegen war, dass man sie und mich dort zusammen sah und in eine engere Verbindung brachte oder bringen könnte, als ihr vielleicht lieb war.

Andererseits: Sie ließ sich von mir nach Hause bringen. Ja, sie bat mich darum. Sie verlangte es sogar, um genau zu sein. Fast wäre ein Befehl draus geworden.

Ich gab ihr nur kurz die Hand, vor ihrem Haus, und ging schnell fort.

Fühlte mich miserabel. Obwohl sie, möglich, hätte ich sie küssen sollen, ich weiß nicht, mir war nicht danach zumute. Überhaupt nicht.

Wenn ich ihr beweisen muss, wer ich bin, welchen Sinn hat das.

Ich bin zerstreut.

Bin zerstreut.

Januar 1914

Dr. V. hat mir neue Tabletten verschrieben wegen des Gehörs. Die Entzündung flammt immer wieder auf, er nennt es nervöse Inflammation. Ich will ihn nicht mehr konsultieren. Es riecht nach Chloroform und Metall und kaltem Rauch bei ihm, sein Assistent hat schwarze Fingernägel, nicht Ränder, es ist vielleicht eine Art Lack oder eine Krankheit?

(Oder es hat ihm jemand den Klavierdeckel zugeschlagen.)

V. meint, mehr Bewegung würde die Melancholie vertreiben.

Selbst bei Regen bin ich draußen, abends stinke ich nach Mist, was will der Mann.

Manchmal schlafe ich im Elefantenhaus. Nachts die Geräusche, beruhigend, beruhigend.

Hugues fragt mich, was ich gerne mag. Geruch von nassem Kautschuk, wie bei Reifen (im Regen, auf Asphalt).

Walter hat mich gefragt, ob ich verliebt bin. Das ist schön von ihm. Er hat *nicht* gefragt, ob ich ein Verhältnis habe.

Trotzdem konnte ich keine Antwort geben.

Am Abend sagte ich zu ihm, was heißt das genau?

Er beschrieb es mir. Ich habe kein Verlangen danach, Elise zu berühren; gut, ich würde gern mit ihr schlafen, aber dazu dürfte ich sie a) überhaupt nicht kennen oder b) viel besser und länger als jetzt. Eine halbe Vertrautheit ohne Freundschaft macht jedes sexuelle Bemühen schäbig und klein. Was liebevoll sein sollte, wird eine Verrichtung. Wenn ich ein ehrenwerter Henker wäre, würde ich öfters zu Nutten gehen.

Sehnsucht habe ich nicht, im Gegenteil, ich bin unruhiger in Elises Gegenwart und froh, wenn ich wieder allein bin und keine Schmerzen ihretwegen (der vermeintlichen Ablehnung wegen) empfinde.

Was ich sonst dazu sagen könnte, kam mir lächerlich vor und kindhaft.

Also schwieg ich.

Eines aber ist wahr: ich rieche sie außerordentlich gern. (Nasser Kautschuk!)

Wenn sie nicht da ist, stelle ich mir ihren Geruch *[fehlt: vor]*, was sehr schwierig, beinahe unmöglich ist, und seltene Male geschieht es, dass mir ein Duft in die Nase fliegt, der Ähnlichkeit mit ihrem hat, und das macht mich von einem Moment auf den anderen bodenlos traurig.

Gestern beim Spaziergang fragte mich Elise scheinbar nebenher, wie ich von der Kunst leben könne, und wie viel man im Allgemeinen in meinem Beruf so verdiene. Ich freute mich. Erzählte ihr von dem Vertrag mit Adrien Hébrard und seiner Galerie, die mir auf Jahre hinaus alles abnehmen wird, was ich schaffe – die Schwierigkeiten, die dies mit sich bringt, wollte ich ihr für den Moment ersparen –, von der Unterstützung durch den Zoo, dass ich das Kreuz der Ehrenlegion bekommen habe, ich erzählte ihr sogar von meinem Bruder, der die kühnsten und elegantesten Rennwagen konstruiert, die man sich vorstellen kann, und dass er bereits 200 Angestellte hat und im Elsass lebt. (Beschrieb ihr kurz den Elefanten, den ich für ihn formen will, merkte, dass die Figur noch zu unklar ist, brauche wie immer das Material.)

Das schien sie sehr zu interessieren. Ich lachte im Überschwang, Ettore, ich muss ihm schreiben, wir werden dich besuchen, zusammen.

In der Woche darauf, einen Tag, bevor wir mit dem Zug kurzerhand die Reise nach Molsheim antreten wollten, ließ sie mir ein Billett zukommen. Sie hat einen Mann kennengelernt, einen Patrick Poxx aus England, London, und sie wünscht keine vertraulichen Gespräche mehr mit mir.

Vor den Kopf geschlagen.

Wir hatten überhaupt nie vertrauliche Gespräche.

Wie soll ich Walter das erklären, wem kann ich meinen Kummer sagen –

in jeder Hinsicht unzulänglich

Februar 1914

Manchmal stelle ich mir vor, dass niemand etwas über mich weiß. (Keiner kennt mich.) Das Einzige, was man je über mich erfahren wird, was übrigbleiben wird, wenn ich gestorben sein werde, sind die Tiere.

Die Figuren der Tiere.

Sie, die man losgelöst von mir betrachten kann, aber dann so wird betrachten müssen, als würde man mich selbst sehen oder das, was der beste Ausdruck meines Lebens wäre, der getreueste, ohne Rätsel, ohne Geheimnis (sie sind, was sie sind: die Tiere).

Ich kann nichts anderes. Und ich kann so wenig. Wie froh ich war, damals in Mailand, als Vater zugeben musste, dass aus mir kein guter Naturwissenschaftler, kein Ingenieur werden könnte, und mich zu Troubetzkoy auf die Akademie gehen ließ.

[folgen 3 Zeilen durchgestrichen, unleserlich]

April 1914

Hoch über den Köpfen werden Käfige mit Schimpansen von Bord getragen, manche tot, ihre langen Arme hängen durch die Gitter der Käfige, die anderen, die lebenden, hüpfen auf den toten Leibern, kreischend, als könnten sie sie dadurch auferwecken, spielt nicht Unsinn, steht auf, wir sind angekommen, seht sie euch an, da sind sie und gaffen, die Belgier!

Fracht ... *[durchgestrichen]* ... Geier, kleine Ziervögel, Papageien, Pfauen; Wildkatzen aller Art, Geparden, Löwen, Tiger, auch Zibetkatzen, selten ein Schakal. Kisten: attention chargement vivant, andere: toxique. Paare, drei, vier, manchmal Rudel von Zebras, Antilopen, die mit Stricken aneinandergebunden sind; auch einen Vogel Strauß habe ich gesehen.

Es kommen auch unexotische Tiere im Hafen an, die Art von Gefangenentransport, die weniger oder gar keine Aufmerksamkeit erregt und nicht aus den Kolonien stammt: Zuchthunde, weiße Pudel für den Zirkus oder einfach nur Kühe und Hühner, Schafe, Schweine, Enten, Gänse, Tauben.

Und alte Pferde. Woher? Aus Irland, hieß es. Von den Bergwerken.

Da verschifft man sie extra hierhin, nach Antwerpen? Lebendes Fleisch, für den Schlachter.

Man kann aber die Rippen zählen.

Sie waren müde und reagierten kaum auf ihre Umgebung. Standen dicht zusammen, drängten sich aneinander auf eine seltsame Art, sie streckten ihre Köpfe über den Hals des anderen und legten ihre Hälse aufeinander, es sah aus, als ob sie ein lebendes Muster flechten wollten mit ihren Mähnen. Der Bewuchs an ihren Fesseln war nicht gestutzt, ausgebleichtes Blondhaar hing über die Hufe bis zum Boden, ihre Mähnen lang und filzig. Ich konnte ihre Augen nicht sehen, aber aus den Bewegungen schloss ich, sie wussten, was ihnen bevorstand.

Irische Windsbräute, in Pferdeleiber gebannt.

Wenn ich Geld hätte, hätte ich sie gekauft, vielleicht, in einen Wald nach Frankreich gebracht, oder zu meinem Bruder in die elsässischen Hügel, und dort freigelassen.

Ich hätte es nicht getan, ich bin nicht romantisch.

Und die Belgier lieben Pferdewurst. Mit Bier.

Nein, die Pferde haben natürlich keine Ahnung von ihrem Schicksal, wie sollten sie.

Nur uns, uns ist es nicht egal, ob wir eines natürlichen Todes sterben oder geschlachtet werden.

Und unsere Gesichter, manchmal, oft, sagen sie, gebt mir Zeit, helft mir ein bisschen, schwarz ist die Kirche um mich.

Aber diese Gesichter wollen wir niemandem zeigen, die Scham versteckt sie.

Mai 1914

Etwas Schreckliches ist passiert. Heute Morgen wussten wir nichts davon, heute Abend sitze ich hier, etwas hat sich verändert, es ist nicht rückgängig zu machen.

Clemente und Walter hatten sich das Auto von Clementes Onkel geliehen, einen Zweisitzer, Walter ohne Erfahrung. Sie sind für eine Woche nach Brüssel gefahren, um Clementes Schwester zu besuchen (der Mann leitet eine

Brauerei, sie hat gerade das zweite Kind bekommen). Sie fahren zum Spaß den Boulevard Anspach hinauf und hinunter, Clemente jauchzt, schneller und schneller, hinauf und hinunter zwischen den Häusern, die Passanten sehen hinterher, dann in die Rue du Midi, zum Spaß, hinauf und hinunter, weil es ein sonniger Tag ist und warm, und Clemente ruft, los, wir machen ein Rennen, wir überholen, es sind nicht viele Autos unterwegs außer ihnen, Clemente später: Walter war ganz versunken, Walter – vielleicht hörte er sie gar nicht, er war mit Schalthebel, Gaspedal und Bremse beschäftigt –, Walter, wir müssen überholen, schneller, Clemente ist aufgedreht, sie sagt: ja, ich habe das Lenkrad angefasst, er hat mich ja nicht gehört, ich wollte nur ein Signal geben, wir müssen überholen, er sah mich böse an, kurz und böse, und beschleunigt und zieht auf die andere Straßenseite und überholt und zurück auf die Fahrspur und wir jagen davon, das andere Auto hinter uns lassend, und da – schwarz in der Sonne aufblitzend, schießt der Mann auf seinem Fahrrad auf die Straße, von rechts schießt er plötzlich auf die Straße, aus der einzigen abschüssigen Gasse weit und breit, Walter reißt das Lenkrad herum und steigt mit Wucht auf die Bremse, ein ekliges hohes Geräusch, etwas explodiert in unsere Seite, das Auto scheint einen Moment lang hochzurucken und ein Stück über das Pflaster geschoben zu werden.

Der Mann, der Mann fliegt durch die Luft über uns hinweg und schlägt auf der anderen Seite aufs Pflaster. Sagt Clemente immer wieder.

Er hatte einen Hut auf, sagt sie, ich habe es gesehen, er trug einen Strohhut. Wo ist der Hut jetzt. Wie heißt der Mann. Er hat nichts falsch gemacht. Wir standen quer auf der Straße. Er war sofort tot, sagt Clemente. Es war so. Wir konnten es sehen. Wir saßen im Auto, jeder auf seinem Platz, dann machten wir die Türen auf und stiegen aus und standen auf der Straße neben dem Auto, und wir sahen den

Mann, wie heißt er, auf dem Pflaster liegen. Und ich schwöre, jeder von uns beiden wusste in diesem Moment, dass er tot war. Gerade eben hatte er noch gelebt, jetzt, dreißig Sekunden später, war er tot. Nicht, weil er sich nicht bewegte, und nicht, weil es unbequem aussah, wie er dalag, aber wir spürten, dass etwas passiert war, das nicht widerrufbar war. Ich sah Walters Gesicht an, neben mir, ich sah sein Gesicht an, damit ich nicht mehr die Straße ansehen musste und den Mann, der dort lag und von dem wir nicht wussten, wie er hieß. Walter bewegte die Hand und wischte einen Faden Blut fort, der aus seiner Augenbraue gelaufen kam.

29. Juni 1914

Während ich im Atelier an dem Elefanten arbeitete, kam Hugues hereingestürzt, eine Zeitung in der Hand. »Auf dem Balkan knallts«, sagte er. Was das heiße. In Sarajevo seien der Erzherzog Franz Ferdinand und seine Frau erschossen worden. Es heißt, ein Student war es, er wird als bosnisch-serbisch bezeichnet und soll Nationalist sein. Angeblich hat er versucht, Zyankali zu schlucken. Er wollte erreichen, dass die Wiener abziehen und Serbien herrsche.

Der Elefant steht aufrecht auf den Hinterbeinen, die Vorderbeine in der Luft; in einer ersten Form hatte ich ihm einen Baumstamm gegeben, an dem er sich mit den Vorderfüßen abstützte; dann nahm ich den Baumstamm weg und es sieht aus, als ob der Elefant tanzt. Es wird eine kleine Bronzefigur, nur einen viertel Meter hoch, aber groß genug für einen Kühler. Ein Elefant für ein Auto.

Der Elefant soll dich begleiten, Ettore, das wünsche ich mir, darum bitte ich dich.

Er ist das Lebendigste, was mir gelungen ist,
die Lebensfreude
etwas Besseres *[unleserlich]* nicht für dich

Juli 1914

Elise ist blind. Sie hat mich nie gesehen, sie kennt nur meine Stimme. Auch Patrick hat sie nie gesehen, auch von ihm kennt sie nur die Stimme. Sie hat also meiner Stimme nicht den Vorzug gegeben, und ich weiß nicht, was sie hört, wenn Patrick spricht, oder was er sagt, mit seiner anderen Stimme, die sie glauben macht, sie liebe ihn.

So oft habe ich mir vorgestellt, wie ich ihre Hände auf den Löwen oder Tiger legen würde, der Löwe oder Tiger, der erst noch zu formen wäre, und sie mit ihren Fingern ahnen könnte, besser, als ich es je sehen würde, wohin die Linie sich schwingen müsste.

Anfang August 1914

So viele sinnlose Dinge, täglich, die Hauptarbeit besteht darin, sich der Sinnlosigkeit entgegenzustemmen, dem »vergeblich« irgendetwas entgegenzusetzen, und seien es dumme *[unklar, evtl. auch »dünne«?]* kleine Tierfiguren.

Ich höre nicht mehr so gut, glaube ich. Früher habe ich die Elefanten trompeten hören, auch wenn ich vorne in der Großen Halle war oder hinten im Aquarium. Heute höre ich sie erst, wenn ich bei den Flamingos, bei den Vögeln oder bei den Affen bin. Und die Elefanten, so viel kann ich sagen, trompeten laut, wenn auch nicht oft.

Das Ultimatum, das die Deutschen der belgischen Regierung gestellt hatten, ist gestern abgelaufen. Heute sind die ersten Truppen über die Grenze marschiert. Wie können sie die belgische Neutralität einfach ignorieren? Was wird Ettore tun, im Elsass, was soll aus ihm und seiner Fabrik werden, wenn die Franzosen in den Krieg eintreten?

Ende August 1914

Ich sollte schon längst fertig sein mit dem Panther. Hugues, Walter und die anderen, oft sind sie ... *[unleserlich]* ... oder erstaunt, weil ich schnell bin, schneller als sie, das sagen sie oder es kommt ihnen so vor, für mich ist meine Langsamkeit eine Bürde, eine der größeren.

Wie viel Zeit habe ich
noch

Es kommt mir so vor, seit ich in Antwerpen bin – seit 1907, macht also sieben Jahre –, als würde sich die Zeit immer mehr verlangsamen; anfangs, das erste halbe Jahr, die ersten vier Monate oder zwei, da beschleunigte sich alles. Bis ich die erste Gruppe der Pferde fertig hatte, seither geht es wenig, zu wenig rasch, die Sekunden bleiben stehen, sie balancieren auf der Spitze, bis eine umfällt, es vergeht eine Stunde voller Atemzüge.

Ein Tag

Soldaten kommen zurück.

Erst die Pferde, jetzt die Soldaten.

Lüttich wird bombardiert, die Deutschen sollen eine monströse Kanone haben.

Aus Leuven haben sie über tausend Menschen verschleppt, heißt es, zivile Bürger.

Jeden Tag neue Verwundete. Sie bringen sie in den Zoo, in die Marble Hall, die Schwerverletzten werden im Erdgeschoss untergebracht, die noch selber gehen können, kommen nach oben, Stufe für Stufe, sie stützen sich auf das Geländer, die Treppe ist breit, aber so hoch. Walter und ich, wir melden uns beim Roten Kreuz. (Es ist jetzt nicht die Zeit, Tiere zu formen, sage ich zu Clemente, die mich fragt, warum, wahrscheinlich hat sie Angst um Walter, diese Dummheit, dieses kleine gepresste Flehen in ihrer Stimme ertrage ich nicht, ich würde am liebsten eine der Vasen in ihrer Wohnung auf dem Boden zerschmettern.) Walter: Ich glaube, er sieht es als Buße für den getöteten Mann und nimmt es als die Strafe, der er de jure entgangen ist?

Die Tiere sind wichtig, die Skulpturen nicht.

Die Kranken immerhin, sie leben noch.

Schusswunden, Stiche tief ins Fleisch (Säbel, Messer, Bajonette), Granatsplitter.

Es soll Tränengas geben.

Gas, ich werde den Leutnant P. fragen, wie sie das einsetzen und wie es wirkt.

Ich sehe, dass sie Mund und Mund öffnen und öffnen, rechts höre ich kaum etwas wegen der lymphatischen Inflammation, gewöhne mir an, den Kopf auf die linke Seite zu drehen, egal wer mit mir spricht oder an wem ich vorbeigehe, Hugues sagt zu mir, ich sehe argwöhnisch aus, ich erkläre es ihm oder versuche es, die Seite, die ich scheinbar abwende, wende ich in Wirklichkeit zu, ich verdrehe mich im Gehen, verkrümme mich, da kommt der seltsame Vogel in Schwarz, sagen sie hinter mir, immer in Schwarz, oder neben mir, aber ich höre es nur, wenn ich zufällig auf der richtigen Seite aufmerksam bin.

Sollen sie froh sein, das Weiß der Sanitäter – jetzt auch unseres – ist erschreckend, jeden Fleck, jede Farbe macht es sichtbar, wie Malerkittel sehen sie aus, die Farben nicht von der Palette, sie kommen aus den Körpern.

Da ist ein Junge, dem sie die Nase weggeschossen haben, ein Gazestreifen wird über die Öffnung gelegt und beidseits auf den Wangen festgeklebt, solange die Wunde nicht verheilt ist und sich infizieren könnte. Ich frage mich, wie sie je verheilen soll, das Loch wird bleiben, er wird Luft nie mehr filtern können. Frage, ist das überlebensnotwendig; Antwort, vermutlich nicht. Im Ärztezimmer im ersten Stock das Handbuch der Kriegschirurgie, ich stecke es ein, nehme es mit nach Hause; am andern Morgen bringe ich es zurück; was, wenn der Arzt nachschlagen muss?

Hugues sagt, sie geben Laute von sich, unentwegt, Schreie nicht, das Morphium wirkt, solange wir haben, geben wir, aber ein Stöhnen, zu leise für mein Gehör, die Last will wegge*[unleserlich, evtl. furzt]* werden.

September 1914

Manchmal wache ich in der Nacht auf und weiß nicht, wo ich bin. Manchmal träume ich und weiß im Traum nicht, wo ich bin. Manchmal wache ich im Traum auf und weiß, es ist ein Traum, aber ich weiß nicht, wer ich bin. Ich brauche verschieden lange, um meine Verwirrung verstreichen zu lassen, ohne dass ich panisch werde; ich habe versucht, mir anzutrainieren, nicht panisch zu werden. Ich versuche, mein Denken zu verlangsamen und ganz sachte zur Lösung der einen, einzigen Frage zu bewegen: wer bin ich und wo? Meistens gelingt mir das in einem akzeptablen Zeitrahmen, sagen wir, innerhalb einer halben Stunde. Wahrscheinlich sind es in Wirklichkeit nur wenige Minuten. Kompliziert wird das alles nur dann, wenn ich zufällig auf die Uhr sehe, und sie zeigt eine Uhrzeit an, die nicht stimmt, die ich aber zufällig für richtig halte. Beispielsweise, ich weiß, wer ich bin, aber nicht wo, und da ich weiß, wer ich bin, ist mir bewusst, dass ich um 15.00 Uhr am Bahnhof sein müsste. Die Uhr zeigt 15.00 oder ich lese die Uhr so, als würde sie 15.00 zeigen, in Wirklichkeit, wie sich später herausstellen wird, nachdem ich überstürzt aus der Wohnung und auf die Straße gelaufen bin, ist es erst 9.00 Uhr morgens, und deshalb trage ich einen Schlafanzug.

Diese Dinge gehören schließlich zu einem normalen Leben; es wäre unwahrscheinlich, dass ein Gehirn jederzeit Träumen und Wachen, Wunsch und Erfahrung voneinander unterscheiden kann. Dennoch wünsche ich mir sehr, ich hätte eine klarere Form, was mich und meinen Aufenthaltsort betrifft. Ich wünsche mir, mich besser wiederzuerkennen, jederzeit. Zu wissen, wo ich bin und warum. Weil mir dies nicht gelingen kann, würde ich mich am liebsten in einen Olivenbaum verwandeln.

Elise hat sich mit diesem Engländer verlobt, Mr. Poxx, und letzte Woche bekam Walter als Einziger, aber stellvertretend für uns alle, die Heiratsanzeige. Sie wohnen jetzt in London und auf dem Land in Berkhamsted, und das Wetter ist für diesen Herbst ausgezeichnet. Mr. Poxx arbeitet bei einer Bank, und Elise wird einstweilen keiner Tätigkeit nachgehen, die sie außer Haus führen würde. Der Garten scheint groß zu sein. Nichts vom Krieg.

Oktober 1914

Der Botschafter Crozier drängt mich, fortzugehen mit ihm. Ich muss wohl. Die dt. Truppen werden jeden Tag in der Stadt erwartet. (Crozier wird nach Paris gehen, ins Außenministerium.)

Ettore schreibt mir, er hat seine Familie schon nach Mailand gebracht, ich soll sie dort treffen. Ob seine Fabrik stehen bleibt. Oberstes Ziel der Franzosen: Elsass zurückerobern.

Mitte November 1914

Drei Wochen in Mailand, schon werde ich unruhig. Ettore treibt die Sorge um die Fabrik, er denkt nur an die Arbeit, die Erfindungen. Ein paar Autos hat er nach Italien gerettet, Motorenteile im Elsass zurückgelassen, sie im Molsheimer Garten vergraben. Wie wichtig ihm diese Dinge sind.

Ich beneide ihn um seine *[unleserlich, evtl. Haftung oder Haltung]* in der Wirklichkeit.

[3 Worte durchgestrichen]

Tue ich das?

Ende November 1914

Ich kann nicht in Mailand bleiben. Es ist alles kindlich und Vergangenheit. Ich will wieder nach Paris, ein Atelier finden, untertauchen, arbeiten, alleine sein.

Ettore sagt, er kommt nach. Er wird mit Barbara und den Kindern in ein Hotel ziehen, das sei praktischer, und er will für die französische Regierung arbeiten (Motoren für Kriegsflieger, soweit ich es verstanden habe). Es gelingt mir nicht, ihm zu widersprechen.

Ich versuche, von den Verwundeten zu sprechen, versuche, von den Verwundeten zu sprechen.

April 1915

Ich musste sie mit meinen Händen spüren, das Fell, die Federn, die Schnauze, den Schnabel, die Krallen, die Hufe, ich musste sie nachformen und beeilte mich, sie lange anzusehen. Stunden. Tage. Jede Linie. Jetzt bin ich weit fort.

Ich wäre gern ein anderer gewesen, einer, für den nicht das Leben voller Tücken und jeder Tag voller Hindernisse ist.

Mai 1915

... dass alles immer weitergeht, Frühling nach Winter nach Sommer nach Frühling undsofort, endlos, das hat mich erschreckt, solange ich denken kann. Für manche Menschen mag diese Routine des Wiederkehrenden tröstlich sein, für mich ist sie der Beweis, dass es kein Entkommen gibt.

September 1915

Heute Vormittag habe ich in der Kirche Sainte Madeleine zufällig Minerva getroffen. (Die Minerva aus Mailand, die ich seit Jahren, ca. zwölf, nicht mehr gesehen habe.) Hätte sie nicht erkannt, sie sprach mich an, sie hat erst vor kurzem einen Artikel über meine Arbeit (Ausstellung bei Hébrard) gelesen und freute sich, mich wiedergefunden zu haben. (Das sagte sie, wiedergefunden – »retrouvé«.)

Ihre Eltern sind schon vor dem Krieg nach Paris gezogen. Der Vater arbeitet bei einer Privatbank, Minerva hat mir alles erzählt, ich habe keinen Sinn für die Details dieser Geldgeschäfte, aber Minerva ist an allem interessiert, auch an der Börse. Sie ist wie früher, nur größer. Mir kommt es tatsächlich so vor, als sei sie um ungefähr 10-15 cm gewachsen. (Sie trug lange Hosen, die die Schuhe verdeckten.) Sie war so groß wie ich, aber beinahe größer. Es war seltsam. Ich fragte sie nach einer Weile, ob ihr das auffalle. Sie lächelte und gab zu, eine Gliederverlängerung gemacht zu haben. Die Beinknochen werden durchtrennt, zwischen Metallschienen gespannt und mittels Schrauben immer mehr auseinandergezogen, man zwingt den Knochen, mitzuwachsen. Bei ihr hat es gewirkt. Ich wusste nicht, ob ich ihr glauben sollte.

Es muss fürchterlich schmerzen, sagte ich.

Nur wenn ich stehe oder gehe, sagte sie.

Wir küssten uns, noch auf der Straße. Es geschah alles

rasch und ohne Überlegen. Ich hätte sie am liebsten sofort mit nach Hause genommen und ausgezogen. Ich nahm sie mit nach Hause, und ich zog sie aus, nicht mal Zeit, die Vorhänge zu schließen, und sie ging mit und sie ließ sich ausziehen, und sie zog mich aus, und ich ließ mich auch ausziehen.

Drei Tage. Ich dachte zum ersten Mal, wie es wäre, ein Kind zu haben, oder sogar viele, und noch mehr, Rausch, Familie. Ein Gefühl wie nie vorher. Herzhämmern, und Blut tost im ganzen Körper.

Vielleicht kommt das Intensive, weil wir uns nicht neu sind, sondern uns von früher kennen und uns jetzt wiederentdecken (redécouvrir). Was habe ich vermisst. Das Vertraute tut so wohl, es ist wie in Honig und Ziegenmilch zu baden.

(Ich habe keine Ahnung, wie es ist, habe ich noch nie gemacht, aber ich werde es herausfinden.)

Der Himmel ist hoch und ich kann durch ihn hindurchfliegen.

Oktober 1915

Minerva sagte, ich solle mit zu ihr nach Hause. Ihre Familie ist sehr reich. Ich wusste nicht, was ich anziehen soll. Ich musste mir Geld bei Ettore leihen, für ein Hemd. Ich wollte, dass es etwas Besonderes ist. Ich wollte es aus cremefarbener Seide. Als ich es beim Schneider anprobierte, erschien mein Gesicht im Spiegel gelb.

Es sollte ein Abendessen im Familienkreis sein, wie man so sagt. Minervas Bruder Roberto hatte seine Verlobte eingeladen, ich habe ihren Namen vergessen, sie sind schon seit drei Jahren verlobt, oder vier oder fünf, seit sehr vielen Jahren sind sie verlobt, und bald wollen sie heiraten. Clarice, die jüngere Schwester, hatte einen Freund mitgebracht, den sie Pelle nannte und der Schwedisch und ein irgendwie lallendes Französisch spricht (als hätte er eine Verdickung in der Zunge). Aber beim Essen benahm er sich normal. Und Minerva hatte mich eingeladen. Und Alexandre. Sie stellte uns vor: »Das ist mein Geliebter Alexandre, und das ist mein Geliebter Rembrandt.« Alle lachten, auch Alexandre. Es schien nicht das erste Mal zu sein, dass sie ihn vor der Familie so nannte. (Sie sagte wirklich »mon amant«.) Niemand schien etwas dabei zu finden.

Ich lachte nicht, Minerva fragte mich, warum ich ernst wäre; ich sagte, ich müsse mich aufs Essen konzentrieren.

Während des Hauptgangs sagte Monsieur Pellotti zu mir: »Da Sie jetzt der Geliebte meiner Tochter sind, sollten Sie eines wissen: bei uns zählt die Emotion, immer die Emotion, das Herz, der Respekt.« Ich nickte. Er: »Wir haben sehr viel Geld, mein Lieber (mon cher), noch mehr Geld als wir in Italien hatten, und wie es aussieht, und wenn alles gut geht, werden wir nach dem Krieg noch einmal mehr haben, aber eines ist gewiss: das Geld zählt, das Geld zählt, es ermöglicht uns, Menschen zu sein.«

So einen Unsinn redete Pellotti; wenn er mein Vater gewesen wäre, hätte ich mich geschämt. Fehlte noch, dass er sagte, Geld heilt unsere Gedanken oder etwas Ähnliches.

Und dann fragte er mich: »Und was zählt für Sie, Rembrandt, was ist das Wichtigste in Ihrem Leben?«

Ich war drauf und dran zu sagen, »meine Arbeit, die Kunst«, aber damit hätte ich einen Verrat begangen, und ich fand, dass die Schüsseln mit Rinderbrühe, die Platten mit dem Fleisch der Schweine, die Crème brulée, das Porzellan, die Teppiche und die Lüster (und die Gesellschaft dieser Leute) einen Verrat nicht wert waren, und selbst Minerva, von der ich in diesem Augenblick nichts mehr wollte, als dass sie wieder jung wäre, 19, und wie früher, oder in einer anderen Familie aufgewachsen, und die möglicherweise einen Verrat wert wäre, wäre aber nicht diesen Verrat wert.

Und deshalb sagte ich: »Die Zeit. Ich glaube, die Zeit ist mir das Wertvollste.«

Sie schwiegen. Niemand sagte etwas darauf. Sie aßen unbeteiligt weiter, und es war so, als hätten sie mich nichts gefragt und ich hätte nichts geantwortet.

(Aber später sollte es viel schlimmer kommen.)

Nach Tisch gingen Roberto und seine Verlobte auf die Terrasse hinaus, wo sie sich, ohne zwischendurch Luft zu holen, eng umschlungen küssten, stundenlang, wie es schien. Clarice und Pelle küssten sich auch, und zwischendurch rauchten sie zusammen jeweils eine Zigarette – sie zogen abwechselnd daran – und spielten Billard, sie benutzten abwechselnd dasselbe Queue. Und Minerva küsste Alexandre im Sitzen, damit es ihren Beinen nicht so weh täte. Wir saßen zu dritt auf dem Sofa im Billardzimmer, sie in der Mitte natürlich, Minerva wollte auch mich küssen; die Eltern, eine Tante und eine sogenannte Schwiegermutter (wessen weiß ich nicht) saßen im Salon und sahen durch die geöffnete Tür herüber, und es fehlte nur, dass sie uns zuwinkten und sich dann auch alle küssten.

Ich stand auf und lief weg.

Am andern Tag erst merkte ich, dass ich meinen Mantel dortgelassen hatte. Mein Kopf brannte. Ich bekam Fieber und legte mich ins Bett.

Minerva schickte einen Boten, ob es mir gutgehe. Sie wollte sich für nichts entschuldigen. Sie liebe mich, ich hätte ihre Liebe ganz, zum Glück sei das so, dass die Liebe für zwei Menschen ja eine verschiedene und unteilbare sei, und dass sie – die Liebe – deshalb praktischerweise so oft zu vergeben sei, wie man es zeitlich noch handhaben könne.

Ich beruhigte mich.

Vielleicht hatte Minerva recht. Ich wollte nicht egoistisch sein.

Ich schrieb ihr, es sei nichts zu vergeben. Sie solle mir bitte meinen Mantel schicken. M.s Antwort: Hol ihn dir doch!

November 1915

Ich habe Minerva wiedergetroffen. Ich sagte ihr, sie könne so viele Männer lieben, wie sie wolle, aber ob diese meine Freunde werden könnten (oder müssten), das wisse ich nicht, ich bräuchte ein wenig Zeit, um mich an den Gedanken zu gewöhnen.

Minerva fragte mich, ob ich einen anderen Mann lieben könnte.

Mein Kopf brannte. Ich fragte sie, was genau sie damit meinte.

Sie sagte, alles.

Ausschließen könnte ich es nicht, war meine Antwort.

Minerva küsste mich auf das schlechte Ohr, sie küsste das Ohr lange und leidenschaftlich oder was sie dafür hielt. Es war hinterher nass, zerbissen und tat weh. Ich fühlte mich ausgehöhlt.

Nachts träumte ich von Soldaten ohne Beine. Sie lagen in der Marble Hall und schrien und zeigten ihre Stümpfe, manche umwickelt, manche blutig, ohne Verband.

Sie schrien ganz leise, aber unter großer großer Anstrengung; sie versuchten, so laut wie möglich zu schreien, aber es gelang ihnen kaum ein Flüstern.

Es ist bitterkalt und es schneit, aber Minerva bestand darauf, dass ich den Mantel selber abholte.

Also ging ich hin, wieder am Abend. Wieder waren alle da, die Eltern Pellotti hatten in der Halle auf mich gewartet, so schien es. Monsieur Pellotti sagte, »cher Rembrandt, Sie kommen, um Ihren Mantel abzuholen, bitte gerne, suchen Sie ihn doch.«

Ich sah ihn sprachlos an wie in einem Traum.

Ich fasste an mein Ohr.

Madame Pellotti, über meine Schwerhörigkeit im Bilde: »Lieber, Sie haben recht gehört, wir wünschen uns, dass Sie ihn suchen. Und wir werden Ihnen dabei helfen.«

Roberto, der dazugekommen war, ergänzte: »Wir machen ein Spiel daraus.«

Clarice: »Ja, lasst uns spielen.«

In diesem Moment holte Monsieur Pellotti seine Brieftasche aus der Innentasche des Jacketts, nahm ein paar Scheine heraus und legte sie auf den Tisch für die Visitenkarten; an der Größe konnte ich erkennen, dass es sich um 100-Francs-Scheine handeln musste. Es sah so aus, als ob er eine Belohnung ausloben wolle für den, der den Mantel finden würde. Aber im selben Moment wies ich mich innerlich zurecht, ich dachte, ich hätte verleumderische und unchristliche Gedanken, und ich schämte mich fast.

Minerva trat auf die Galerie hinaus, sie sah zu uns herunter, sie machte keine Anstalten, zu uns zu kommen; sie rief mir von oben zu: »Du kannst das Geld nehmen, mon amant, nimm es, und gehen und dir davon mehr als einen Mantel kaufen, das kannst du, du kannst das Geld nehmen und gehen, denn du weißt nicht, ob du deinen Mantel wiedererkennen würdest, wenn du ihn finden würdest, oder was einer der anderen mit ihm tun würde, wenn er ihn vor dir findet –.«

Ich war zu verwirrt, um über den Vorschlag nachdenken zu können, stattdessen sagte ich: »Wo ist Alexandre?«

Minerva beugte sich über die Brüstung und sagte: »Er spielt nicht mehr mit. Du bist allein übrig.«

Aber da tauchte Alexandre hinter ihr auf und stellte sich, als ob nichts gewesen wäre, neben sie.

Statt mich zu freuen wartete ich. Ich stand da und wartete. Die anderen sahen mich an und warteten auch. Eine Sekunde fiel in die andere. Ich kannte meine Gefühle nicht mehr. Ich drehte mich um und ging.

Hinter mir hörte ich ein enttäuschtes »Ooooh!« aus mehreren Kehlen, ich bin nicht sicher, vielleicht nur eine Täuschung aufgrund meiner lymphatischen Inflammation.

Minerva tat mir leid, in so einer Familie aufgewachsen zu sein.

Eine Weile dachte ich darüber nach, sie zu befreien.

Wir trafen uns noch einige Male. Wir liebten uns sogar. Wenn wir das taten, war es besser als miteinander zu sprechen.

Ich verstand Minerva nicht.

Statt mich anzufeuern ermüdete mich dieser Zustand aber.

Noch ermüdender war, sie interessierte sich nicht im Geringsten für mich, für meinen Körper ja, für Kunstauktionen zum Beispiel auch, für alle Arten von Glücksspielen und Lotterien. Fürs Pokern besonders und, am meisten, für die Börse.

In der kurzen Zeit, seit wir uns begegnet waren, gelang es ihr, ihr Vermögen durch geschickte Käufe und Verkäufe um ein Viertel zu vermehren. Sagte sie mit Stolz. Und ich glaube nicht, dass sie bluffte.

Mir erschien das viel, und ich zollte ihrem Geschick und ihren Fähigkeiten Respekt.

Es ging aber nicht weiter.

Meine Gefühle veränderten sich nicht, ich begehrte sie

sehr, während ich mit ihr schlief, vorher und nachher war ich im Grunde gleichmütig (wenn ich sie ansah oder an sie dachte).

Eines Tages tauchte ein Vincent auf, sie verlor das ohnehin geringe Interesse an mir und sagte, sie sei erkaltet.

Den Mantel habe ich nie wiederbekommen.

Viele Tage sind seither vergangen.

Die Liebe scheint mir ein unmöglicher Zufall. Ich bin nicht geschickt oder träge genug, dass mich dieser Zufall finden könnte.

Manchmal besuche ich Irène, eine Hure aus der Rue d'Alésia. Sie ist nett. Wir sind nett zueinander, auf eine unkomplizierte Art erfinden wir eine Art von Fürsorge. Gut, das ist übertrieben. Wir benutzen uns. Aber es ist ehrlich. Ich bin zufrieden.

Zufrieden und unglücklich.

Ich bin müde. Ich wäre gern ein anderer.

An manchen Tagen nur Rauschen, lauter, leiser, höher, tiefer, Rauschen.

Es wird Meer um mich.

(unter Wasser)

Mein Leben ist nicht in Unordnung geraten. Es ist im Zerfallen.

Es ist, als ob ich mich auflöste. Die Ränder meines Ichs sind verschwommen und weit weg; ich kann mich nicht mehr erkennen, nicht wiederfinden, es überrascht mich, dass andere in mir eine Person erkennen, die handelt, eine Meinung hat und zum Arzt geht.

Ich existiere nur noch, wenn ich in die Kirche gehe und bete.

Dass ich dazu die Kraft finde, erstaunt mich selbst.

Dass ich dies niederschreiben kann, erstaunt mich noch mehr.

Und eines kann ich noch: meinen Tod *[fehlt Rest]*

Mitte Dezember 1915

Am 16. Okt. dreißig. Dreißig Jahre, mir scheint, das reicht. Ettore hat mir erzählt, er hat Autoteile vergraben, in Molsheim, bevor er und Barbara und die Kinder nach Milano geflohen sind, Motorenteile oder Teile, die die Motoren schneller oder stärker oder beides machen. Ich wünschte, ich könnte auch etwas vergraben, etwas von mir, etwas, das mir nach dem Krieg helfen wird, dieses Nach-dem-Krieg zu überleben. Aber was. Ich habe nichts. Oder soll ich für meine Werkzeuge im Keller ein Loch schaufeln, für Spachtel und Eisen, soll ich meine Figuren hineinlegen, Lehm zu Lehm, die Bronzen verscharren? Es ist so nutzlos, hier zu bleiben. Ich denke an Elise und Minerva. Und verstehe sie beide. Was kann eine mit mir anfangen. Es ist nicht schlimm. Es geht nur nicht weiter.

2. Januar 1916

1) Kleider waschen und plätten lassen, Wohnung incl. Fensterputzen

2) Brief an meine Mutter

3) Brief an Ettore

4) Brief an den Polizeichef

5) Messe

6) Veilchenstrauß

7) Toilette

Ich habe mich entschieden. Es muss ein Samstag sein. Ein Samstag, wegen des darauffolgenden Sonntags und der relativen Wahrscheinlichkeit, am Vormittag nicht aufgesucht und auch später nicht gestört zu werden.

Die Briefe werde ich an den Tagen davor geschrieben haben, ich werde Lumpen aus dem Atelier mit nach Hause genommen haben. Ich werde aufstehen, frühstücken und mein Bett machen, incl. des rotseidenen Überwurfs, den ich so selten benutze. Ich werde die Frühmesse in der Madeleine besuchen, es wird kalt sein, ich werde meinen Mantel vermissen.

Die Blumenfrau, Thérèse, wird wie jeden Tag auf den Kirchenstufen ihre kleinen Sträuße feilbieten. Ich werde Veilchen kaufen. Die Blumenfrau wird etwas sagen, ihre Lippen bewegen sich. Ich verstehe nichts, gar nichts. Ich nicke ihr zu und versuche zu lächeln.

Die Stiefel werde ich polieren, bevor ich in den Wintermorgen hinaus und zur Messe gehe, danach erst recht. Ich werde die Gamaschen links von der Tür auf eine Zeitungsseite stellen, die die Nässe aufsaugen wird, und statt der Stiefel die schwarzen Halbschuhe anziehen.

Es soll alles einfach sein. (Niemand soll verletzt werden.)

Zu Hause werde ich die Veilchen in die Mitte des Tisches stellen; daneben lege ich die drei Briefe, ich werde sie mit einem weißen Stein beschweren.

Ich werde mich sorgfältig waschen, die Haare kämmen, die weiße Wäsche anziehen, das beste Hemd und den schwarzen Anzug, der mir der liebste ist.

Das Kreuz der Ehrenlegion werde ich auch auf den Tisch legen.

Die Lumpen aus dem Atelier werde ich der Länge nach zusammenfalten, ich klemme sie in den Spalt zwischen Wohnungstür und Fußboden, und dichte ebenso die drei Fenster ab.

Dann drehe ich die Gasschalter des Herdes auf bis zum Anschlag.

Ich werde mich aufs Bett legen, auf den Rücken, ich werde die Hände über dem Leib aufeinanderlegen. Ich weiß nicht, ob ich ruhig liegen bleiben werde.

II.
Der Mord

I

Luca und Angelo nahmen den Bus, der um 19.23 von Gordemo nach Locarno fuhr, unterwegs stieg Gianni zu. Es war Freitag, der 1. Februar 2008 und die Nacht der Stranociada, des Karnevals. Gianni hatte sein Gesicht geschminkt à la Jack la Zucca, seine Haare waren pinkfarben, und er achtete darauf, dass sie unter der schwarz-weiß-gestreiften Wollmütze in dicken Büscheln hervorlugten, eine Strähne hatte er so nach vorne gekämmt, dass sie ihm ständig ins Gesicht fallen musste. Auch seine Fingernägel waren pink, die von Luca aber lila; sie hielten sie vergleichend nebeneinander, Gianni schnalzte mit der Zunge, Luca lachte.

Alle drei trugen schwarze Jeans und schwarz-weiß-gestreifte T-Shirts, Angelo hatte sich dazu in eine silberne taillierte Jacke gezwängt und einen schwarzen Umhang um die Schultern geworfen, der bis zu den Oberschenkeln reichte und ihm etwas Vogelhaftes gab; er hatte halblange schwarze Haare, und sein Gesicht war weiß geschminkt.

Luca hatte sich eine schwarze Perücke über die kurzrasierten Haare gezogen; um sein linkes Auge waren drei breite Kreise gemalt, konzentrisch um das dunkle Rund der Iris und der Pupille; auch seine Lippen waren schwarz, um den Hals hatte er einen schwarzen Schal geschlungen, und außerdem hing da eine Kette mit drei schwarzen Herzen aus matt glänzendem Acrylglas, die aber wegen des Schals nur hin und wieder zu sehen waren, wenn er sich vorbeugte oder eine unerwartete Bewegung machte.

An den Füßen hatte Luca seine schweren Militärstiefel, Angelo schwarze Turnschuhe, und Gianni trug Bergschuhe. Er sagte, bei so einer Gelegenheit wie der Stranociada und bei dem nassen Winterwetter würden seine guten Schuhe zu schnell dreckig, und das konnte er nicht leiden.

Sie waren zu sechst, und sie hatten sich um 20 Uhr herum in Biancas Garage verabredet, in der Nähe des Bahnhofs. Schon am Tag vorher hatten sie zwei Kästen Bier à 15 Flaschen besorgt und dort abgestellt.

Bianca hatte für ihre Winterstiefel karierte Gamaschen aufgetrieben, sie trug leuchtend blaue Netzstrümpfe unter einem schwarzen Taftrock, eine Art Bustier aus blauschwarz-kariertem Polyesterstoff, eine rote Federboa und eine kurze schwarze Lederjacke, die recht dünn aussah. Sie schien sehr lange an ihrer Frisur gearbeitet zu haben, die sich in einer imponierenden schwarzen Welle nach vorne über die Stirn hinaus wölbte und frei über dem Scheitel wippend endete; sie sah steif und beinahe unzerstörbar aus, und vielleicht war es auch eine Perücke.

Dann tauchten Toni und Marina auf und waren angezogen wie sonst auch, mit dunkelblauen Jeans und Wollpullovern, und wegen der Kälte trugen sie darüber ihre Anoraks.

Niemand machte eine Bemerkung darüber, dass Toni und Marina sich nicht verkleidet hatten. Sie waren zu aufgekratzt, um sich auf die von Bianca angebotenen Klappstühle zu setzen; sie stellten ihre Schuhe auf die Sitzkanten, kippten die Stühle in die Schräge und wippten mit ihnen, während sie sich von den Zigarillos nahmen, die Toni und Marina mitgebracht hatten.

Tatsächlich waren es keine Zigarillos, sondern die Zigaretten, die sie sonst auch rauchten; sie nannten sie nur anders und taten so, als ob es Zigarillos wären, sie hielten sie zwischen geradegestreckten Fingern, zogen langsamer und stießen den Rauch affektierter aus; es gehörte zu ihrem Spiel. Jetzt nahmen die Jungen je einen Kasten Bier zu zweit, die Mädchen schlossen die Garage ab, und zusammen machten sie sich auf den Weg zum Castello Grigio. Das Castello war ein Verein für Fans von Internetspielen, von Fantasy- und Rollenspielen vor allem, und alle sechs trafen sich dort regelmäßig, zum harten Kern gehörten etwa dreißig Mitglieder. Sie hatten den Schlüssel für das Hinterzimmer und waren um 20.45 Uhr dort. Am Vortag hatte Gianni ungefähr ein weiteres Dutzend Bekannte in den Treffpunkt eingeladen, via Rundmail. Die nächsten zwei Stunden blieben sie in dem Hinterzimmer, Leute kamen, tranken ein Bier, rauchten eine Zigarette und gingen wieder, einer brachte eine Flasche Schnaps mit, die anderen hatten sich darauf verlassen, dass Gianni und seine Freunde genügend Bier besorgen würden. Insgesamt waren es im Schnitt zehn Personen, die um die kleinen Tische saßen, rauchten und redeten. Die zwei Kästen waren schnell geleert, keiner hatte viel mehr als eine Flasche getrunken, Gianni hatte einen shot dazu gekippt, Toni zwei, Luca hatte nur Bier getrunken.

Um 23.15 gingen auch die sechs aus der Garage los, die als Gastgeber bis zuletzt ausgeharrt hatten. Sie wollten an einem der Imbissstände etwas essen und dann durch die Festzelte ziehen, die sich auf die kleinen Plätze der Altstadt verteilten. Die Zelte wurden von lokalen Veranstaltern betrieben, meist ein Sportclub, und versuchten sich einem bestimmten Motto und einer Musikrichtung zu widmen, nur die Open-air-Bühnen auf der Piazza San Antonio und der Piazzetta Respini wurden live bespielt. Aber nachdem sie das Hinterzimmer abgeschlossen und das Castello im Dunkeln gelassen hatten, verloren sich die Mitglieder der Gruppe.

Toni und Marina kamen als Erste auf der Piazza San Antonio an, und nachdem sie an einem Stand Hot Dogs und Pommes gegessen hatten, gingen sie in das Zelt, wo sie ein paar Bekannte trafen. Als sie wieder draußen waren, nach etwas mehr als einer halben Stunde, versuchten sie sowohl

Luca als auch Bianca auf dem Handy zu erreichen. Beide Telefone waren anscheinend abgeschaltet. Bei Giannis Nummer sprang die Mailbox an. Sie hinterließen ihm eine kurze Nachricht: *Wo seid ihr, ruft zurück.* Es war kurz vor Mitternacht. Als sie Minuten nach Mitternacht noch mal versuchten, einen der Garagenfreunde zu sprechen, erreichten sie Angelo, der ihnen erzählte, was passiert war.

Luca und Angelo waren gleich in das Hauptzelt auf der Piazza San Antonio gegangen und tranken beide ein kleines Bier mit 0,33 Liter. Dafür brauchten sie nicht mehr als zehn Minuten. Gianni und Bianca hatten draußen auf der Straße gewartet, sie wollten rauchen, und sie wollten mit ihren Handys Aufnahmen von den schrägsten Masken machen, die vorbeikamen. Danach beschlossen die vier, eine Runde zu drehen. Sie liefen zuerst die Via dell'Ospedale hinunter Richtung Krankenhaus, am Schreibwarenladen vorbei, ließen das Zelt auf der Piazzetta dei Borghesi rechts liegen, gingen die Via San Antonio hinunter und bogen links in die Via delle Corporazioni, auch hier ohne einen Blick in das Zelt zu werfen. Die Straßen waren voller aufgekratzter, übermütiger Menschen, manche unter ihren Masken nicht zu erkennen, andere in Alltagskleidung. Sie mussten aufpassen, sich nicht aus den Augen zu verlieren. Ihr Ziel war ein Lokal in der Via Borghese.

II

Am Nachmittag desselben Tages traf Valon sich mit einem Bekannten, der ihn gebeten hatte, ihm beim Streichen seiner Wohnung zu helfen. Die Wohnung bestand aus einem Zimmer, der Küche und einem winzigen Duschbad. Der Bekannte hieß Franco, den Nachnamen kannte Valon nicht.

Sie kauften zwei Eimer weiße Innenfarbe und brachten sie in Francos Wohnung. Zwischen 16.00 und 18.00 Uhr arbeiteten sie gemeinsam; sie rückten die wenigen Möbel des Wohnschlafzimmers in der Mitte zusammen, nahmen die paar Poster von der Wand und rollten sie ein, klebten Fußbodenleisten und Türrahmen ab und fingen an zu streichen. Um 18.00 Uhr ging Franco arbeiten, er war als Kellner im Ristorante Piccolo Giardino beschäftigt; nach seinem Feierabend um 21.30 wollte er zurück sein, um Valon weiter zur Hand zu gehen; den zweiten Wohnungsschlüssel ließ er für ihn auf dem Küchentisch liegen. Mehr als zwei Stunden später, um 20.30, rief Valon auf Francos Handy an; er sei bereits fertig mit Streichen, und er gehe jetzt. Das war ihrer Verabredung nach in Ordnung, Valon sollte nur die erste Schicht Farbe im Wohnzimmer auftragen, Franco und sein Kumpel wollten die Küche streichen und sich um die zweite Schicht kümmern. Valon nahm Francos zweiten Wohnungsschlüssel mit. Er ging nach Hause, aß zu Abend und traf sich dann mit Branko, der unten auf der Straße vor dem Haus schon wartete.

Die zwei liefen zu einer Tankstelle in der Via Bernardino Luini, wo sie sich einen Kasten Bier kauften. Branko wird später sagen, es seien 0,5 Liter-Flaschen gewesen; Valon wird behaupten, dass es 0,33 Liter-Flaschen waren. Den Kassenzettel bewahrten sie nicht auf, und der Verkäufer wurde nicht gefunden, so dass keine der beiden Aussagen bestätigt werden konnte, und man zu ihren Gunsten annehmen musste, es sei ein Kasten mit 0,33er Flaschen gewesen. Die Marke hieß *Feldschlößchen.* Branko bezahlte, und sie gingen mit dem Kasten Bier auf den Vorplatz der Schule San Francesco, wo sie verschiedene Freunde und Bekannte trafen, insgesamt waren es um die zwanzig Personen, die in kleinen Grüppchen auf dem Platz standen. Nach einer halben Stunde stieß Ilija zu ihnen, der zuvor mit Branko telefoniert hatte. Ilija wird sagen, dass außer ihnen noch fünf oder sechs Jungs dort waren, die Marihuana rauchten, und dass Valon und Branko auch Marihuana geraucht hätten, er selber aber nicht, weil er nie Marihuana rauche und auch keine anderen Drogen nehme. Er wird hinzufügen, dass er diese Einzelheit zuerst nicht erzählen wollte, aber dass er es jetzt tun könne, weil sie ohnehin bekannt geworden sei. Valon wird sagen, dass Ilija ankam und ihn spontan fragte: *Valon, wen verprügeln wir heute abend?* Und dass er, Valon, ihm geantwortet habe: *Wen willst du verprügeln? Wir verprügeln niemand.* Und dass er nicht glaube, dass Branko dieses Gespräch gehört habe. Ilija, darauf angesprochen, wird sagen, dass er diesen Satz nie geäußert habe. Später wird er sagen, es könne sein, dass er diesen Satz gesagt habe, aber er habe keine Erinnerung daran. Noch später wird er sagen, er könne nicht ausschließen, dass er den Satz gesagt habe. Ein Freund wird erzählen, dass Valon, Branko und Ilija zu ihm kamen, um sich zu verabschieden, und dass Valon zu ihm sagte: *Verstehst du, ich ziehe jetzt los, und wenn mir jemand auf die Eier geht, dann bring ich ihn um. Ich bringe ihn um!* Dieser Freund wird erklären, dass er in dem Moment tatsächlich glaubte, Valon werde losziehen und Ärger machen, dass er es aber im Laufe des Abends vergessen habe, und erst am Tag danach wieder daran dachte, als er gehört habe, was passiert war, und er wird beschreiben, wie Valons Gesicht ausgesehen hatte dabei, dass seine Augen aufgerissen waren, und dass seine Stimme aggressiv klang. Er wird hinzufügen, dass Valon so war wie immer. Was nicht normal war, wird der Freund sagen, das war, dass Valon ihm ganz nahe gekommen sei, sein Gesicht sei nur Zentimeter entfernt gewesen. Valon wird sagen, er könne sich nicht daran erinnern, diesen Satz gesagt zu haben, *wenn mir jemand auf die Eier geht, dann bring ich ihn um,* aber er kenne den Freund als einen, der immer die Wahrheit sage, und deshalb könne es sein, dass er so eine Bemerkung gemacht habe. Er wird hinzufügen, wenn er diesen Satz gesagt habe, dann habe er damit nicht gemeint, dass er jemanden umbringen wolle, sondern in dem Fall, dass jemand ihn angreifen würde, hätte er sich verteidigen wollen. Später wird er sagen, es sei keine konkrete Absicht, sondern eine Prahlerei gewesen. Ilija wird sagen, er habe den Satz von Valon auch gehört, und es sei eine Redewendung unter Jugendlichen.

Vor der Schule tranken Valon, Branko und Ilija das Bier aus ihrem Kasten und ließen ihn auf der Wiese stehen. Von da gingen sie zum großen Festzelt, wo sie jeder ein Glas Bier à 0,33 Liter tranken, und mit dem zweiten Glas zogen sie weiter in Richtung Krankenhaus. Sie gingen in das Zelt auf der Piazzetta dei Borghesi, blieben nur kurz, machten eine Runde durch die Via San Antonio, über die Piazzetta Corporazioni in die Via Cittadella.

Um 22.30 kamen sie in die Nähe der Straße, wo Valon am Nachmittag die Wände gestrichen hatte. Ihm fiel ein, dass er den Wohnungsschlüssel noch bei sich trug, und er ging bei Franco vorbei, um ihn zurückzugeben. Franco und ein Freund waren in der Küche damit beschäftigt, die Wände zu weißeln. Valon legte den Schlüssel auf den Tisch, wechselte ein paar Worte mit Franco und war nach fünf Minuten wieder auf der Straße, wo Ilija und Branko auf ihn warteten.

In dem Zelt auf der Piazzetta Respini blieben sie danach eine halbe Stunde, wechselten dann kurz in das Zelt auf der Piazzetta dei Riformati, und von da wieder auf die Piazzetta Corporazioni, wo mehr los war und sie ein paar Bekannte trafen. Anschließend wollten sie durch die Via Borghese, um später an der Piazza San Antonio etwas zu essen.

Eine Überwachungskamera wird zeigen, dass die drei das Zelt auf der Piazzetta Corporazioni um 23.41 verließen, allen voran Branko, dann Valon, der Ilija halb auf dem Rücken trug. Sie gingen Richtung Via Borghese.

Valon, Branko und Ilija hatten sich wie die meisten anderen Besucher für die Stranociada zurechtgemacht. Wegen der Kälte trugen sie die Kleidung in Schichten übereinander. Branko ein braun-weiß-gestreiftes Kapuzenshirt, darüber eine beige Weste und über allem ein Torhütershirt vom FC Locarno, das er unterwegs von einer Wäscheleine genommen hatte. Außerdem trug er eine dunkle Jeans, weiße Turnschuhe mit schwarzer Sohle und weißen Schnürsenkeln, und auf dem Kopf ein gelbes Hütchen. Ilija hatte seine blaue Klempnerlatzhose an, eine graue Sportjacke mit blauem Rand und weiße Turnschuhe mit weißen Schnürsenkeln, unter der Latzhose trug er ein rotes T-Shirt. Valon hatte dunkelblaue Trainingshosen angezogen, darüber kurze weiße Hosen, ein weißes T-Shirt, darüber ein blaues Sweatshirt mit grünen Streifen, noch ein weiteres braunes Sweatshirt und ein Fußballtrikot der kroatischen Nationalmannschaft mit der 10 auf dem Rücken von *Niko Kovač*, der dort bis zum Jahr 2008 Spieler war. Valon trug schwarze Turnschuhe mit rotem Klettverschluss.

III

Kurz nach 23.30 verließ ein Junge, der eine grüne Perücke aufhatte, das Festzelt auf der Piazza San Antonio. Um die grüne Perücke war ein rosalila Band geschlungen. Im Vorbeigehen trat er aus Versehen einem Jungen auf den Fuß, der neben dem Eingang stand, um frische Luft zu schnappen. Dieser Junge hieß Enrico. Enrico gab einen Laut von sich, eher einen Überraschungs- als einen Schmerzenslaut, und sagte zu dem Jungen mit der grünen Perücke so etwas wie: *Mensch, pass doch auf.* Enrico wird versichern, dass er diesen Satz nicht aggressiv oder unhöflich gesagt habe und dass er keine Absicht hatte, einen Streit zu provozieren. Er habe sich anschließend umgedreht und sei weggegangen. Der Junge mit der grünen Perücke, der offensichtlich angetrunken war, rief Enrico hinterher, er solle zurückkommen. Enrico drehte sich um, machte einige Schritte in dessen Richtung und fragte, was er wolle. Der Junge mit der grünen Perücke sagte: *Pass du lieber selber auf.* Enrico, statt sich weiter auf die Diskussion einzulassen, lächelte dem Jungen in der grünen Perücke zu, machte ein Friedenszeichen mit der Hand und ging wieder fort.

Nach nur wenigen Metern wurde er von einem Bekannten angehalten, Carlo, der die Szene beobachtet hatte und Enrico dringend riet, er müsse zu dem Jungen mit der grünen Perücke zurückgehen und die Situation klären; er müsse dem Jungen mit der grünen Perücke deutlich sagen, dass der sich nicht so arrogant aufspielen könne. Carlo wird erklären, dass Enrico ein Bekannter sei, den er vom Ausgehen kenne, und dass er gesehen habe, wie der Junge mit der grünen Perücke in Enricos Gesicht schrie. Er habe nicht verstanden, was der andere geschrien habe, aber Enrico habe Zeichen gemacht, die bedeuteten: *Was willst du, was habe ich dir getan?* Also sei er zu Enrico gegangen, um ihm zu helfen, aber da sei der andere schon weg gewesen. Auf Carlos Frage, was passiert sei, habe Enrico geantwortet, sie hätten einander versehentlich angerempelt, und der andere sei wütend geworden und habe zu ihm gesagt: *Du sollst dich nicht gegen mich stellen!*

Carlo hielt es für das Beste, gleich zu diesem Typen hinzugehen, denn die Sache war seiner Meinung nach nicht zu Ende. Er befürchtete, dass die beiden sich noch einmal begegnen könnten und dass der andere dann seine Freunde dabei hätte. Carlo wird sagen, das sei heutzutage so: Es gebe eine Auseinandersetzung und man denke, die Sache sei geklärt, aber dann komme der andere mit Freunden und verprügele einen. Auf diese Weise konnte Carlo seinen Bekannten Enrico dazu bringen, dem Jungen mit der grünen Perücke nachzugehen, der in der Zwischenzeit in die Via Borghese eingebogen war. Enrico wird erzählen, sie hätten den Jungen mit der grünen Perücke überholt, damit sie von ihm bemerkt würden, und tatsächlich habe dieser angehalten und sei näher gekommen. Carlo fragte ihn, was denn vorhin passiert sei, und der Junge mit der grünen Perücke fing wieder an: *Der soll sich nicht gegen mich stellen!* Carlo schien der Junge betrunken zu sein, jedenfalls, so wird er es danach schildern, sei er sehr aggressiv gewesen, mit Worten.

Auch Carlos jüngerer Bruder Pierre hatte die Situation beobachtet und war in der Zwischenzeit losgelaufen, um jemanden zu holen, der den Streit beilegen könnte. Pierre dachte bei diesem Jemand an Roland, der sich ebenfalls gerade auf der Pizza San Antonio befand. Roland war als Schläger und Unruhestifter in Locarno wie im ganzen Umkreis so bekannt, dass viele der Jugendlichen, die persönlich nichts mit ihm zu tun hatten, trotzdem wussten, wer er war. So wird Bianca sagen, dass ihr Roland seit ungefähr zwei Jahren ein Begriff sei, dass sie ihn vom Sehen kenne, keinen näheren Kontakt mit ihm habe, weil er ihr als sehr aggressiv beschrieben wurde und man besser Abstand zu ihm halte. Angelo wird hinzufügen, dass Roland im Sommer 2006 oder 2007 an einer Schlägerei in der Kneipe *Libelle* beteiligt gewesen sei, bei der er Probleme mit einer Flasche gemacht habe, deren Hals er abgeschlagen habe. Er wisse das von einem, der dabei gewesen sei.

Roland wurde also von Pierre zu dem schwelenden Streit

in die Via Borghese geholt. Er wird sagen, dass er an diesem Abend besonders aufgepasst habe, nicht in etwas verwickelt zu werden, weil er in der Vergangenheit schon einige Probleme gehabt habe und genau wusste, dass man sofort ihn verdächtigen würde, wenn etwas passierte. Seine Vorsicht sei vollkommen gerechtfertigt gewesen, und das, was er sage, sei so wahr, dass es noch am folgenden Abend dadurch bestätigt worden sei, dass er verhaftet, in Handschellen abgeführt und von der Polizei verhört worden sei, obwohl er nichts getan hatte. Und am Tag nach der Tat hätten sowieso alle ihm die Schuld gegeben.

Niemand konnte zu diesem Zeitpunkt oder zum Zeitpunkt seiner Verhaftung wissen, dass Roland nur zwei Wochen später allerdings in eine Schlägerei verwickelt sein würde, deren Kontrahent stationär behandelt werden musste.

Als Roland in der Via Borghese ankam, hatte sich der Kreis der Diskutierenden vergrößert. Unter den Feiernden, die in beide Richtungen durch die Straße strömten, hatten sich etliche Freunde des Jungen mit der grünen Perücke befunden, sie waren stehengeblieben, als sie merkten, dass er betrunken war und in Schwierigkeiten, darunter Luca, Gianni, Angelo und Bianca.

Angelo wird beschreiben, dass der Junge mit der grünen Perücke sehr aufgeregt mit einem Fremden diskutierte und dass er sich deshalb vor ihn gestellt und ihn gezwungen habe, etwas zurückzuweichen, damit er sich beruhigen solle. Er habe ihn so weit zurückgedrängt, dass der Junge mit der grünen Perücke mit dem Rücken an eine kleine Steinmauer gestoßen sei, die die Straße an dieser Stelle zum Parkplatz hin abgrenzte. Angelo und Gianni hätten länger als eine Minute auf den Jungen mit der grünen Perücke eingeredet, um ihn zu beschwichtigen. Gianni wird ebenfalls schildern, dass der Junge mit der grünen Perücke sehr wütend war und eine

Gruppe Jungs, die ein paar Meter entfernt standen, des »fehlenden Respekts« bezichtigte. Gianni wird sagen, der Junge mit der grünen Perücke habe eindeutig zu viel getrunken, er habe zwischendurch geschluchzt, sogar vor Erregung geweint, dann wieder unverständliche und konfuse Bemerkungen gemacht, die nicht seinem Normalzustand entsprochen hätten. Angelo habe den Jungen mit der grünen Perücke davon abhalten wollen, zu der anderen Gruppe zu gehen und Streit anzufangen, und weil es dem Betrunkenen immer wieder gelungen sei, sich von Angelo loszureißen, habe er Letzterem dabei geholfen, den Jungen mit der grünen Perücke festzuhalten. Während dieser Zeit hätten Luca und Bianca versucht, mit der anderen Gruppe auf besonnene und freundliche Weise zu sprechen.

Roland wird schildern, wie er mit Carlos Bruder Pierre bei den Grüppchen in der Via Borghese ankam. Er wird sagen, er sei mitgegangen hauptsächlich aus Sorge um die Sicherheit seiner beiden Freunde, die sich der anderen Gruppe gegenüber in der Minderheit befanden. Er wird sagen, dass Carlo und Enrico mit einem Jungen Schwierigkeiten hatten, den er nicht kannte. Dass er ihn zwar einmal in einer Kneipe gesehen habe, aber nicht wusste, wer er war. Und dass er versucht habe, die Gemüter zu beruhigen, indem er vor allem mit diesem aufgebrachten Jungen, der eine grüne Perücke trug, sprach. Die Diskussion habe sich um Respekt und den Mangel an Respekt gedreht, aber er wusste nicht, wodurch sie ausgelöst worden war. Der Junge mit der grünen Perücke habe zu ihm gesagt, *deine Freunde haben keinen Respekt vor mir,* und er habe ihn gefragt, wen genau er meine; der Junge habe auf Carlo und Enrico gezeigt, und auch auf Pierre, und anschließend habe er Roland gefragt, *und du, hast du auch Probleme mit mir,* worauf Roland zurückfragte, *warum sollte ich das,* und der Junge antwortete, *weil du dich vor deine Freunde stellst, die keinen Respekt vor mir haben.* Roland habe ihm erwidert, er habe überhaupt keine Probleme mit ihm; er kenne ihn außerdem nur vom Sehen, und sie sollten die Sache nun gut sein lassen; sie sollten sich lieber zusammen amüsieren, wo es doch die Nacht der Stranociada sei, und miteinander ein Bier trinken, oder es einfach hier enden lassen und in Frieden auseinandergehen. Daraufhin hätten er und der Junge mit der grünen Perücke sich die Hand gegeben, und dieser sei zusammen mit seinen Freunden, ungefähr vier oder fünf an der Zahl, weggegangen, dann aber in wenigen Metern Entfernung stehengeblieben. Roland wird nun hinzufügen, dass in der Zwischenzeit zwei weitere Freunde von ihm zu der Gruppe gestoßen waren, denen er aber sofort gesagt habe, er habe sich die Hand gegeben mit dem Jungen mit der grünen Perücke, die Sache sei erledigt und basta. Die beiden neu Hinzugekommenen seien aber damit nicht zufrieden gewesen. Sie hätten zu Roland gesagt, dass man die Sache definitiv aus der Welt schaffen müsse, dass keine Rechnung offen bleiben dürfe, damit sie nicht morgen wieder aufs neue mit dem Jungen mit der grünen Perücke diskutieren müssten. Infolgedessen gingen diese beiden Neuen zu dem Jungen mit der grünen Perücke, um die Diskussion wieder aufzunehmen, aber in aller Ruhe. Roland wird sagen, dass er die beiden Neuen begleitet habe und dass der Junge mit der grünen Perücke, als er sie näher kommen sah, gerufen habe, *was wollt ihr noch, jetzt, wollt ihr Schläge,* und dass er, Roland, dazwischen gegangen sei und gesagt habe, nein, sie wollten nur reden.

Bianca wird beschreiben, dass bis dahin niemand handgreiflich geworden sei, dass Gianni und Angelo sich weiter bemüht hätten, den Jungen mit der grünen Perücke zu beruhigen, und dass die übrigen Mitglieder beider Gruppen darauf bedacht waren, ruhig und freundlich miteinander zu sprechen. Sie wird bestätigen, dass Luca und Roland einander versicherten, sie wollten nun, trotz der Intervention der zwei Neuen, endlich ihrer Wege gehen, und dass der Streit beigelegt sein sollte.

Zu diesem Zeitpunkt bogen am Ende der Via Borghese Valon, Ilija und Branko um die Ecke, und inmitten der Gruppe diskutierender und gestikulierender Menschen geriet der bekannte Roland in ihr Sichtfeld.

Roland selbst wird über diesen Moment sagen, dass sein Blick auf die kleine Steinmauer gerichtet war. Dass er dachte, der Junge mit der grünen Perücke sei so betrunken, dass er selbst nicht wisse, was er wolle. Dass er und die andere Gruppe Frieden geschlossen hatten, auch wenn der betrunkene Junge sich noch aufregte. Er wird sagen, dass er sich nicht vorstellen könne, dass die drei etwas von dem Streit mitbekommen haben könnten, und er habe auch nicht gesehen oder gehört, dass sie einen der Anwesenden gefragt hätten, was vorgefallen war. Und dass er denke, sie hätten sich auf Luca gestürzt, weil er die erste Person war, die sie gesehen und erreicht hätten. Und dass einer der drei Luca gegen die Steinmauer gestoßen habe.

IV

Branko wird sagen, dass er und Valon hinter Ilija in die Via Borghese einbogen und dass er weiter vorne auf der Straße inmitten der vorbeiziehenden Festteilnehmer zwei Gruppen von Jungs gesehen habe, die miteinander diskutierten. Und dass Ilija sich umgedreht habe und zu ihm, Branko, gesagt habe, *schau mal, da vorne ist ja Roland,* und dabei habe er auf den bewussten gedeutet. Ilija habe diese Äußerung in einem normalen Ton gemacht. Daraufhin sei er, Branko, geradewegs in die Richtung von Roland gegangen und habe sich zwischen ihn und den Jungen gestellt, mit dem Roland gerade zu diskutieren schien. Er habe diesen Jungen gestoßen und ihn angemacht, indem er zu ihm gesagt habe, *hey, geh weg.* Er habe ihn vor Roland stehen sehen und gedacht, es sei etwas geschehen oder es könne etwas geschehen, obwohl er bis dahin keinerlei körperliche Aktionen zwischen den beiden Gruppen bemerkt habe, und auch zwischen Roland und dem anderen Jungen, von dem er später erfuhr, dass er Luca hieß, sei es zu keinerlei Handgreiflichkeiten gekommen, und beide waren ungefähr einen Meter voneinander entfernt. Branko wird sagen, er kenne Roland, und deshalb habe er gedacht, es sei einfacher, zwanzig Personen von Roland wegzuziehen als diesen selbst zu beruhigen.

Später wird Branko zugeben, dass er dort hingegangen sei, ohne jemanden zu fragen, was passiert war. Es sei ihm egal gewesen, was der andere getan habe oder ob er irgendetwas getan habe. Und er wird hinzufügen, dass er Luca nicht die Hand ins Gesicht gestreckt habe, um ihn zu stoßen, sondern er habe ihm den Unterarm gegen die Brust gedrückt und ihn mit dem ganzen Unterarm weggestoßen. Luca sei näher gekommen, sein Gesicht sei nur noch 20 cm von Brankos entfernt gewesen, und da habe er, Branko, noch einmal zu ihm gesagt, *geh weg,* und einen groben Fluch dazu, und er habe Luca noch einmal gestoßen, stärker diesmal, so stark, dass Luca gegen die Steinmauer taumelte, die hinter ihm stand, und die ca. 1,40 m oder 1,60 m hoch war. Dann, so Branko, sei er zu Luca hingegangen, habe ihn am Kragen gepackt und von sich fort geschleudert, so dass er einen, eineinhalb oder sogar zwei Meter weit geflogen sei. Darauf sei Ilija an Brankos linker Seite aufgetaucht und habe Luca sofort einen Faustschlag ins Gesicht versetzt. Das habe Luca zum Schwanken gebracht; es habe ausgesehen, als würde er sich nach vorne beugen, als würde er Kopf und

Oberkörper nach vorne fallen lassen, dabei sei er zwei oder drei Schritte zurückgewichen, wobei ihm die Füße durcheinandergeraten seien, er habe sie rückwärts über Kreuz gesetzt und wäre beinahe gestolpert, aber nach zwei oder zweieinhalb Metern habe er es geschafft, sich zu fangen und stehenzubleiben, und er sei nicht gestürzt.

Ilija wird sagen, es stimme, dass er Luca einen Faustschlag versetzt habe, er habe ihn allerdings nicht richtig getroffen; er habe Lucas Gesicht nur mit dem Faustknöchel des kleinen Fingers getroffen, und das sei so, als habe er ihn gar nicht erwischt.

Valon, der einige Monate lang behaupten wird, Ilija habe nicht nur einen, sondern eine ganze Serie von Schlägen auf Luca losgelassen, wird sich schließlich korrigieren. Er wird klarstellen, dass er von einer Salve gesprochen habe, um ein Bild für den großen Schwung zu finden, mit dem sich Ilija auf Luca gestürzt habe. In Wirklichkeit habe er aber nur einen einzigen Faustschlag gesehen, und er wisse nicht mehr, ob der auf der linken oder rechten Seite des Gesichts gelandet sei.

Die Autopsie wird keine Gesichtsverletzungen feststellen, und da ein Schlag ins Gesicht, selbst wenn er mit bloßen Händen ausgeführt wurde, in jedem Fall eine Spur hinterlassen müsste, wird dadurch bestätigt werden, was Ilija sagte, dass er Lucas Gesicht mit seinem Schlag nur gestreift habe. Branko hingegen wird der Lüge überführt werden, wenn er behauptet haben wird, dass es dieser Schlag von Ilija gewesen sei, der Luca zum Schwanken gebracht habe.

Wenn er gefragt wird, warum er angefangen habe, Luca zu schlagen, wird Ilija verschiedene Gründe angeben. Er wird sagen, dass Branko von einem Faustschlag Lucas getroffen worden sei. Er habe gedacht, dass dieser Junge nicht das Recht habe, seinen Freund Branko zu schlagen, und deshalb habe er eingegriffen, um die Rechnung auszugleichen und den Schlag zurückzuzahlen. Er müsse zugeben, den Schlag nicht persönlich gesehen zu haben. Er wird ergänzen, dass er in dem Augenblick, als er gesehen habe, wie Luca von Branko am Kragen gepackt wurde, gedacht habe, dass Branko, den er als ruhigen Menschen kenne, niemals so handeln würde, wenn der andere nicht ihm zuerst etwas angetan hätte. Er wird einräumen, dass er nicht gewusst habe, was zwischen den beiden passiert sei, dass er sich nur ausgedacht habe, was hätte passiert sein können. Er wird sagen, Branko habe ihm später an dem Abend erzählt, dass Luca versucht habe, ihn zu schlagen. Er, Ilija, habe also Luca den Faustschlag instinktiv verpasst, ihn aber letztlich verfehlt und nur die linke Seite des Unterkiefers gestreift.

Branko seinerseits wird ebenfalls behaupten, dass Luca ihm einen Schlag ins Gesicht versetzen wollte, oder vielmehr, dass Luca eine Geste gemacht habe, die so ausgesehen habe, als würde er gleich versuchen, Branko einen Schlag zu versetzen. Später wird Branko zugeben, dass er in diesem Punkt nicht die Wahrheit gesagt habe, dass er den versuchten Faustschlag Lucas erfunden habe, um seine eigene Handlungsweise zu rechtfertigen; dass dieser angeblich bedrohliche Faustschlag aber im Übrigen zuerst von Ilija benutzt worden sei, um einen Grund dafür zu finden, warum er, Ilija, den Luca geschlagen habe.

Enrico wird sagen, die wahrscheinlichste Erklärung, warum die drei, Valon, Ilija und Branko, sich zwischen die beiden Gruppen stellten und Luca angriffen, sei seiner Meinung nach, dass sie Roland erkannt hätten und ihm imponieren wollten. In der Ansicht, dass er mit Luca und dessen Gruppe in einen Streit verwickelt war, wollten sie für ihn in die Bresche springen, ihm einen Gefallen tun, und dachten, sie könnten sich mit ihm befreunden, indem sie auf diese Weise die Arschkriecher spielten.

Unmittelbar nach dem Eingreifen von Ilija tauchte auch Valon an Brankos Seite auf. Er wird sagen, dass er Luca mit der rechten Faust ins Gesicht geschlagen und den linken Unterkiefer getroffen habe. Valon wird sagen, dass sein Schlag wirklich kräftig gewesen sei, dass Luca infolgedessen nach hinten taumelte und auf den Boden fiel. Um ihn zu schlagen, habe er mit dem rechten Arm weit nach hinten ausgeholt, und er habe mit seiner ganzen Kraft aus der Schulter heraus zugeschlagen. Die Hand sei aufgrund des Schlages angeschwollen und habe ihm weh getan. Er wird hinzufügen, dass Luca zuerst versucht habe, ihn zu schlagen, dass er aber Lucas Schlag ausgewichen sei und deshalb schon den Oberkörper nach hinten gebeugt hätte, damit der andere ins Leere träfe, und er habe diesen Schwung von hinten dann mit nach vorne genommen.

Branko wird erklären, dass er Luca gestoßen habe und ihn am Kragen gepackt, dass Ilija hinzukam, der Luca einen Schlag ins Gesicht versetzt habe, wonach der zwei oder drei Schritte nach hinten taumelte, dann sei auf seiner rechten Seite Valon aufgetaucht, und Luca sei näher gekommen und habe selber zu einem kraftlosen Faustschlag mit der Rechten ausgeholt, dem Valon mit Leichtigkeit habe ausweichen können, und dann habe er Luca mit voller Wucht einen Faustschlag versetzt.

Auch Ilija beschreibt, dass Valon im Gegensatz zu ihm selbst Luca mit voller Kraft getroffen habe. Er habe dafür weit mit dem Arm ausgeholt, mit zurückgebeugtem Oberkörper, und von unten nach oben einen Treffer an Lucas linkem Unterkiefer gelandet, und dieser Schlag sei so stark gewesen, dass Lucas Oberkörper um neunzig Grad nach vorne gekippt sei und er sich mit einer Hand an das Gesicht gefasst habe, und kurz danach sei er zu Boden gefallen.

Es wird allerdings keine Zeugen geben, die diesen Faustschlag und dessen Wirkung tatsächlich gesehen haben. Angelo wird sagen, dass er sich nicht gut daran erinnern könne, aber ihm scheine, Valon habe ausgeholt und versucht, Luca ins Gesicht zu schlagen, aber er habe nicht getroffen. Einige andere werden auch gesehen haben, wie Valon zu dem Schlag ausgeholt habe, aber nicht, dass er getroffen habe. Nur einer, Carlo, wird sagen, dass Valon einen gewaltigen Schlag gegen Luca geführt hätte, aber er wird auch sagen, es sei die rechte Wange gewesen, die Valon getroffen hätte.

Branko wird sagen, dass Luca zurückgewichen sei und dass er die Arme ins Leere bewegt habe, so als ob er Schläge austeilen wolle, aber dass diese Bewegungen ohne Kraft gewesen seien und dass da niemand war, den er hätte schlagen können. Auch Ilija wird bestätigen, dass Lucas Bewegungen langsam und sehr schlapp waren. Ilija wird sagen, er sei so wütend gewesen wie noch nie in seinem Leben, er wisse nicht warum, aber er habe noch nie vorher so ein Gefühl gehabt, so ein Gefühl der Wut. Er habe sich von Roland losgerissen, der versucht habe, ihn am Arm festzuhalten, und sei zu Luca gegangen, und er habe ihm zwei gut gezielte Tritte gegeben, den ersten gegen die rechte Wade, den zweiten gegen den Rumpf oberhalb des Oberschenkels. Er wird hinzufügen, dass er Luca von hinten erreicht habe und ihm die Tritte von hinten mit dem Fuß gegeben habe. Luca sei nach den zwei beschriebenen Tritten zu Boden gefallen.

Von diesem Moment an, wird Ilija sagen, von dem Moment, als Luca am Boden lag, könne er, Ilija, sich an nichts mehr erinnern. Sein Gedächtnis setze erst wieder ein zu dem Zeitpunkt, als er mit seinen zwei Freunden den Platz verlassen habe. Und, so wird er auch sagen, er sei der Erste gewesen, der den Ort verlassen habe.

Ja, wird Ilija sagen, *wir waren drei gegen einen, bis der eine auf den Boden fiel.*

V

Ein Zeuge wird sagen, Luca sei zusammengebrochen, nach hinten gefallen, zuerst auf den Po, dann auf den Rücken. Er sei auf den Boden gefallen wie ein Kartoffelsack. Gianni wird sagen, dass Luca zusammengebrochen sei wie jemand, der seine Kräfte plötzlich verloren hat; Angelo wird ihn mit jemandem vergleichen, der einen Fußball mit Wucht gegen den Brustkorb bekommt und zusammenklappt. Bianca wird sagen, dass Luca versucht habe, mit den Armen seinen Bauch zu schützen, dass er mit dem Kopf und dem Oberkörper nach vorne kippte und auf den Boden fiel. Sie wird sagen, das Fallen sei nicht gewaltig gewesen, er sei langsam zusammengesackt. Alle Zeugen werden sagen, dass Luca auf seine linke Seite gefallen sei. Seine Füße hätten in Richtung der Bibliothek gezeigt und der Kopf in Richtung der Piazza San Antonio, so sei er parallel zur Straße zu liegen gekommen. Alle Zeugen werden sagen, dass Lucas Kopf nicht auf dem Boden aufgeschlagen sei.

Ilija wird sagen, dass Luca keine Lebenszeichen mehr von sich gegeben habe und ohnmächtig schien; längere Zeit wird Ilija außerdem behaupten, er habe keinerlei Erinnerung daran, was passiert sei, nachdem Luca auf den Boden gefallen war. Branko wird sagen, dass Ilija und Valon den am Boden liegenden Luca weiter getreten hätten, und dass der letzte Tritt von Ilija kam und er Luca am Kopf traf. Später wird Branko sagen, dass er glaube, dass nur Valon dem Luca Tritte verpasst habe, aber dass er es nicht sicher sagen könne, weil er Valon nicht gesehen habe, denn die Sicht sei durch Ilija verdeckt gewesen.

Ilija wird sagen, er könne sich nicht erinnern, was passiert sei, nachdem Luca auf den Boden gefallen war. Er wird abstreiten, dass er Luca auf dem Boden getreten habe, und er wird hinzufügen, dass auch keiner der anderen Luca auf dem Boden getreten habe. Dann wird er sagen, er könne sich zwar nicht erinnern, aber er könne es nicht ausschließen, dass er Luca auf dem Boden getreten habe, in verschiedene Teile des Körpers und möglicherweise auch gegen den Kopf. Noch später wird er sagen, er könne sich nicht erinnern, aber es sei möglich, dass er Luca am Boden getreten habe, in den Brustkorb und gegen den Kopf. Und dann wird er es selber für wahrscheinlich ansehen, dass er Luca am Boden getreten habe, in den Körper und gegen den Kopf, obwohl er sich nicht daran erinnern könne.

Valon wird abstreiten, dass er den am Boden liegenden Luca in den Körper getreten habe. Er wird behaupten, dass er Luca einen Faustschlag versetzt habe, als dieser noch stand, und später einen Fußtritt gegen den Kopf, als Luca am Boden lag. Er wird verneinen, dass er Luca am Boden in verschiedene Körperteile getreten habe, weder in den Brustkorb noch in den Bauch oder gegen andere Glieder. Er wird zugeben, dass er Luca einen Fußtritt gegen den Kopf versetzt habe, und dass danach Ilija dem Kopf von Luca einen Tritt versetzt habe, und dass dieser davor dem Luca mehrmals in den Brustkorb oder den Bauch getreten habe.

Valon wird sagen, er habe gesehen, wie Ilija dem am Boden liegenden Luca Tritte in den Brustkorb versetzt habe, oder in den Bauch, und einen Tritt gegen den Kopf. Der Tritt gegen den Kopf sei genauer gesagt ein Tritt gegen die linke Schläfe gewesen. Er sei sich dessen sicher, denn er habe, nachdem er selber Luca gegen den Kopf getreten habe, den Blick gehoben, und da habe er gesehen, wie Ilija dabei war, Luca in den Brustkorb zu treten und zuletzt gegen den

Kopf. Er sei außer ihm der Einzige gewesen, und es habe sonst keinen anderen gegeben, der Luca so gegen den Kopf getreten habe. Er wird später hinzufügen, dass er denkt, Ilijas Tritt gegen die Schläfe von Luca sei ein besonders starker Tritt gewesen.

Ein Zeuge wird bestätigen, dass Ilija dem am Boden liegenden Luca drei oder vier Fußtritte in den Brustkorb gegeben habe, und diese hätten gesessen. Er sage das, weil es so gewesen sei und weil es nicht um kleine Tritte ging, sondern es sei fast wie beim Fußballspielen gewesen, ein Tritt mit vollem Einsatz. Danach gefragt, wie er selber denn einen Ball trete, wird der Zeuge sagen, er bleibe mit einem Bein fest am Boden stehen und mit dem anderen hole er nach hinten aus, um mit vollem Schwung gegen den Ball zu treten, und dies sei die Art und Weise gewesen, wie Ilija gegen den Brustkorb von Luca getreten habe, nur dass er, der Zeuge, nicht sagen könne, wie viel Kraft in Ilijas Bein stecke. Er wird hinzufügen, dass er nicht gesehen habe, wie Ilija dem Luca auf dem Boden einen Tritt gegen den Kopf gab.

Branko wird behaupten, dass er den auf dem Boden liegenden Luca nicht getreten habe.

Valon wird sagen, dass die beiden anderen, Ilija und Branko, Luca auf dem Boden getreten hätten, und dass er sicher sei, weil er Branko gesehen habe. Er könne aber nicht sagen, wie viele Tritte es genau waren und wo er ihn getroffen habe. Später wird Valon dies zurücknehmen; er wird unvermutet sagen, dass er nicht sicher sei, dass Branko den am Boden liegenden Luca getreten habe, denn er habe es nicht gesehen. Er habe nur vermutet, dass Ilija und Branko den auf dem Boden liegenden Luca getreten hätten, weil er schon weggegangen sei und die beiden ihn erst auf dem Weg zur Kirche eingeholt hätten, und dass er auch gedacht hätte, dass noch andere Personen den auf dem Boden liegenden Luca getreten hätten, denn es sei ihm alles wie eine große Rauferei erschienen, und auf dem Weg zur Kirche habe er in seinem Rücken eine Menge Menschen schreien hören. Aber nun müsse er zugeben, dass er weder Branko noch andere, fremde Personen gesehen habe, wie sie den auf dem Boden liegenden Luca geschlagen hätten.

Mehrere Zeugen werden sagen, dass alle drei, Valon, Ilija und Branko, dem am Boden liegenden Luca Fußtritte in den Brustkorb versetzt hätten oder in den Bauch, denn da Luca versucht habe, seine Brust mit den Armen zu schützen, sei die einzige freie Stelle, wohin sie hätten treten können, der untere Teil des Bauches gewesen.

Einige Zeugen werden sagen, es seien mehr als drei Personen gewesen, die den auf dem Boden liegenden Luca getreten hätten. Es seien vier oder fünf gewesen, die Luca in den Oberkörper getreten hätten. Einer wird sagen, er sei überrascht gewesen, dass die Jungen, nachdem Luca zu Boden gefallen war, weiter wie eine Meute Hunde über ihn herfielen und ihn in den Brustkorb traten. Luca habe in offensichtlichem Schmerz versucht, die Beine weiter anzuziehen. Ein anderer wird sagen, dass die drei sich bewegt hätten wie ein einziger Körper, dass er, der Zeuge, nicht sagen könne, wer wohin getreten habe, denn es sei ein einziges Chaos gewesen, dass aber alle drei Luca in den Oberkörper getreten hätten, bevor Ilija ihm den Fußtritt gegen die linke Schläfe gegeben habe. Das habe er gesehen. Gianni wird sagen, dass er verschiedene Füße gesehen habe, die alle in Lucas Oberkörper getreten hätten, und dass es Valon gewesen sei, der einen Tritt in Richtung von Lucas Kopf abgegeben habe. Bianca wird sagen, dass Branko am Anfang Luca gestoßen habe, der mit dem Rücken gegen die Mauer des Parkplatzes geprallt sei, nur ein kurzes Stück neben dem Schaufenster des angrenzenden Geschäftes, dass es dann ein großes Durcheinander gab, in dem Luca zu Boden gefallen sei, und dass auch Ilija und Valon ihn danach weiter angegriffen hätten; sie könne nicht genau sagen, an welcher Stelle die drei ihn getreten hätten, aber es seien alle zusammen gewesen. Jedesmal, wenn Bianca davon sprechen wird, wird sie anfangen zu weinen.

Ein Mann, der mit den Jugendlichen nichts zu tun hatte, der wie viele andere durch die Straße flanierte, um die Stranociada zu feiern, griff ein. Er hockte sich auf den am Boden liegenden Luca quasi in der Haltung eines Reiters, mit den Beinen rechts und links von Lucas Körper, um diesen zu schützen, wobei Luca längs unter ihm lag, mit den Füßen nach vorne, in Blickrichtung des Mannes, der Kopf lag in dessen Rücken, und breitete die Arme aus, als könne er dadurch die Angreifer abschrecken. Dieser Mann, Eugen, wird sagen, er habe im Näherkommen den Dreien zugerufen, *hört auf, seht ihr denn nicht, dass er schon am Boden liegt, lasst ihn los.* An die genauen Worte könne er sich nicht mehr erinnern, aber sie seien etwa in diesem Sinne gewesen. Danach habe er sich auf Luca gesetzt, die Arme geöffnet, und habe die drei nochmals aufgefordert, ihn in Ruhe zu lassen. Sie hätten sich daraufhin etwas beruhigt. Er habe aber dann in seinem Rücken eine Bewegung gespürt, als ob dort jemand gegen Lucas Kopf treten würde, und aus dem Augenwinkel konnte er Valon sehen, der hinter seinem, Eugens, Rücken stand, also dort, wo Lucas Kopf war. Valon sei die einzige Person gewesen, die in diesem Augenblick dort stand. Eugen wird sagen, er habe nicht gesehen, dass Valon einen Tritt gegen Lucas Kopf ausführte, aber er habe ganz klar gemerkt, dass es in seinem Rücken eine Bewegung gab, und da war Lucas Kopf, also könne es nur ein Tritt gegen seinen

Kopf gewesen sein. Aber als er sich umgedreht habe, sei es schon vorbei gewesen. Und dort habe Valon gestanden.

Valon wird sagen, dass Luca gefallen sei und versucht habe, wieder aufzustehen, und dass er, Valon, ihm also einen Tritt gegen den Kopf verpasst habe. Er wird gebeten, genauer zu sein, und Valon zeigt, wie er Luca einen Tritt gegen den oberen Teil des Kopfes versetzt habe. Er habe sich, wegen des Faustschlages, den er Luca gerade zuvor verpasst hatte, auf der Höhe des Kopfes von Luca befunden, von wo er ihm den Tritt gegen den oberen Teil des Schädels gegeben habe, mit dem rechten Fuß. Um den Tritt auszuführen, habe er sein rechtes Bein im Knie abgewinkelt und gehoben und mit dem rechten Fuß ausgeholt. Er habe nicht gehört, dass sein Tritt gegen Lucas Kopf ein Geräusch verursacht habe. Es sei wahr, dass er gezielt habe, um den Tritt auszuführen, aber es sei nicht wahr, dass er weggegangen sei und Anlauf genommen habe, um Luca den Tritt zu verpassen. Er sei immer in der Nähe von Luca geblieben. Es sei wahr, dass er sich nach dem Faustschlag, den er Luca verpasst habe, bewegt habe; dies seien zwei Schritte gewesen, um auf die Höhe von Lucas Kopf zu kommen. Er habe dann gezielt, um den Tritt auszuführen. Er wisse nicht mehr, warum er gezielt habe, warum er den Tritt ausgeführt habe. Er erinnere sich, dass Luca ausgestreckt auf dem Rücken lag, als er ihm den Tritt verpasste. Er glaube nicht, dass er auf einer Seite des Körpers lag. Es habe Platz gegeben zwischen der Mauer, dem Schaufenster daneben und dem Körper von Luca. Es sei sicher ein Meter oder eineinhalb Meter Platz zwischen der Mauer und dem Körper gewesen. Es hätten eine oder mehrere Personen Platz gehabt in dem Raum zwischen dem Schaufenster neben der Mauer und dem Körper von Luca auf dem Boden. Er habe mit dem Rücken zur Piazza San Antonio gestanden, und es sei nicht wahr, dass er in Richtung des Platzes gegangen sei, um Anlauf zu nehmen. Er habe sich seitlich von Lucas Körper befunden, als er ihm den Faustschlag versetzte, und nachdem Luca zu Boden gefallen war, habe er zwei Schritte gemacht, um auf die Höhe seines Kopfes zu gelangen.

Carlo wird sagen, dass Valons Tritt den Kopf von Luca auf der linken Seite getroffen habe, aber er habe nicht den genauen Moment gesehen, weil er die Augen zugemacht habe, als er gemerkt habe, dass Valon zutreten werde, denn ihm, Carlo, machten diese Dinge Angst.

Ein Zeuge wird sagen, dass Valon Anlauf genommen und Luca einen Tritt gegeben habe, der in diesem Moment auf seiner linken Seite auf dem Boden lag. Ein anderer Zeuge wird sagen, dass Valon, der sich von dem am Boden liegenden Luca entfernt hatte, mit schnellen Schritten zurückkam und ihm den Tritt versetzte.

Ein weiterer Zeuge, der Valon an dem roten T-Shirt mit der Nr. 10 von Niko Kovač wiedererkennen wird, wird sagen, er habe sich etwas von der Gruppe entfernt, habe sich dann zu Luca umgedreht und ihm einen gewaltigen Tritt in den Hals auf der rechten Seite versetzt.

Gianni wird sagen, dass alles sehr schnell ging. Dass Luca sich den Bauch gehalten habe und sich etwas am Boden hin und her bewegt habe, und dass Valon von der Gruppe weggegangen war, dann zurückkehrte, und als er sich hinter dem Kopf von Luca befand, diesem einen starken Tritt versetzt habe. Er habe das Geräusch des Trittes gehört, und es sei ein Tritt etwa in Höhe des Nackens gewesen.

Angelo wird sagen, dass Valon sich von links auf die Höhe des Kopfes von Luca zubewegt und Luca einen gewaltigen Tritt in den Nacken versetzt habe, zwischen Kopf und Schulter. Er habe den Kopf von Luca gesehen, der sich zehn Zentimeter nach vorne bewegt habe, und danach sei er definitiv bewusstlos gewesen.

Roland wird sagen, Valon sei die einzige Person gewesen, die er gesehen habe, wie sie Luca auf dem Boden getreten habe. Nach dem Tritt gegen den Kopf habe Luca sich die Hände vors Gesicht gehalten, danach sei er bewegungslos liegen geblieben.

Eine Zeugin wird sagen, sie sei sicher, dass Valon zwei Schritte in Richtung von Lucas Kopf gemacht habe, sich zu ihm gedreht und ihm einen starken Tritt gegen den Kopf verpasst habe. Er habe ihn von der linken Seite getreten.

Eine andere Zeugin wird sagen, sie sei schockiert gewesen durch das Geräusch, mit dem der Fuß gegen Lucas Kopf geprallt sei. Und sie habe gesehen, wie Luca sich auf dem Boden bewegt habe, nach dem Tritt aber nicht mehr.

Enrico wird sagen, er habe das Geräusch gehört, mit dem der Fuß auf Lucas Kopf traf; er wird hinzufügen, dass Valon sich umgedreht und Luca den Tritt gegeben habe, und vielleicht habe er gedacht, der Kopf sei ein Fußball. Ein anderer Zeuge wird den Tritt mit einem Elfmeterschuss vergleichen. Ein weiterer wird sagen, es habe ausgesehen wie bei einem Strafstoß. Noch ein anderer wird sagen, es sei ein ganz schön harter Schuss gewesen, wie einer von Roberto Carlos. Angelo wird sagen, dass Valon zweimal hintereinander einen sehr starken Tritt gegen den Nacken von Luca ausgeführt habe, als ob er einen Fußball treten würde, mit genau derselben Bewegung. Bianca wird sagen, sie habe ein dumpfes Geräusch gehört, das sie beeindruckte, weil es sich ihrer Meinung nach um einen Tritt gehandelt haben musste, der mit großer Gewalt ausgeführt worden sei; und dass sie dieses dumpfe Geräusch ihr Leben lang nicht vergessen werde.

Branko und Valon werden bestätigen, dass auch Ilija gegen Lucas Kopf getreten hat, und zwar gegen die linke Schläfe. Valon wird sagen, dass der Tritt den Kopf an der linken Seite getroffen habe, genauer an der linken Schläfe, und er sei sehr stark gewesen. Branko wird sagen, am Ende habe Ilija einen sehr starken Fußtritt gegen Lucas Kopf ausgeführt, und dann seien Ilija und Valon abgehauen. Branko wird auch sagen, dass Ilija diesen Fußtritt ausgeführt hat, obwohl Luca auf dem Boden lag und bewegungslos war, dass er dafür das Bein nach hinten bewegt und ausgeholt habe, und dass er mit dem Körper eine Bewegung machte, als ob er einen Freistoß schießen wollte, und dass er Luca am Kopf getroffen habe, wie Branko meinte, im Gesicht.

Eine Zeugin wird sagen, dass Ilija gegen Lucas Kopf getreten und ihn an der linken Schläfe oder der linken Wange getroffen habe, und bevor er wegging, habe er noch einmal zugetreten gegen die linke Hand von Luca, aber diese Hand habe auf dem Boden gelegen wie tot.

DNA-Spuren von Luca werden an Ilijas Schuh gefunden werden, und da die Kleidung verhinderte, dass bei den Tritten in den Bauch, in den Brustkorb oder gegen die Gliedmaßen solche Spuren an Ilijas Schuh hätten haften bleiben können, können diese Spuren nur von dessen Tritt gegen die Schläfe oder gegen die Hand stammen. Die Zeugin wird also die Wahrheit sagen.

Ein weiterer Zeuge wird sich erinnern, dass Luca von einem sehr starken Tritt an der Schläfe getroffen worden war, aber er wird sich nicht erinnern können, ob es die linke oder die rechte Schläfe war. Er wird gefragt werden, ob er die Person identifizieren könne, die diesen Tritt ausgeführt habe, oder ob er sich an ein Kleidungsstück, einen Schuh oder sonst ein Detail an dieser Person erinnere, aber der Zeuge wird diese Frage nicht beantworten können.

Vor den Fußtritten von Valon und Ilija gegen seinen Kopf war Luca bei Bewusstsein, danach nicht mehr. Ein Zeuge wird beschreiben, wie Luca auf dem Boden versuchte, sich vor den Schlägen zu schützen, indem er die Arme vor das Gesicht hielt, bis die drei angefangen hätten, ihn zu treten, danach habe er sich nicht mehr bewegt. Ein anderer Zeuge wird sagen, Luca habe in einer gekrümmten Position auf dem Boden gelegen, in etwa wie ein Baby auf dem Bauch seiner Mama, also in einer Schutzhaltung, und er habe die Arme und Hände vor das Gesicht gelegt. Der Zeuge glaube, das sei eine natürliche Schutzhaltung, die jemand instinktiv einnehme. Man habe sehen können, dass Luca Krämpfe hatte wegen der Schläge, denn er habe bei jedem Schlag gezuckt und mit Schmerzen reagiert. Angelo wird sagen, Luca habe versucht, seinen Bauch zu schützen, sei aber nach den Tritten bewegungslos gewesen. Eine Zeugin wird sagen, dass er einen Fußtritt mit Wucht gegen die Schläfe bekam, und dass er sich ab diesem Moment nicht mehr bewegt habe. Sie habe gesehen, dass seine Augen offen waren und nach oben starrten, und dass er kein Lebenszeichen mehr von sich gegeben habe.

VI

Sowohl Valon als auch Ilija und Branko werden später von sich behaupten, der Erste gewesen zu sein, der den Tatort verlassen habe. Branko wird sogar zunächst behaupten, er sei zurückgegangen, um die anderen beiden von ihrem Tun abzuhalten. Dann wird er zugeben, dass er aus Angst gesagt habe, der Erste gewesen zu sein, der den Tatort verlassen habe, und dass es Ilija war, der als Erster weggegangen sei, nachdem er Luca den letzten Tritt gegen den Kopf versetzt habe. Branko wird weiter sagen, er und Valon seien in einiger Entfernung stehengeblieben, um zu sehen, wie es Luca gehe. Er wird sagen, sie seien ungefähr zwanzig Sekunden lang stehengeblieben und hätten gewartet, ob er irgendeine Bewegung mache, aber er machte keine. Er habe gesehen, dass Lucas Augen weit offen standen und einen starren Blick hatten. In diesem Moment habe Brankos Handy geklingelt, und er habe auf dem Display gesehen, dass es Ilija war, der ihn anzurufen versuchte. Er und Valon hätten Ilija gleich danach bei dem chinesischen Restaurant an der Piazza San Antonio eingeholt.

Ilija, dessen Erinnerungen stets sehr ungenau und widersprüchlich sind, wird sagen, er sei als Erster weggegangen und er habe nicht gewusst, wo sich Valon und Branko befanden, also habe er auf Brankos Handy angerufen. Dieser habe aber nicht abgenommen. Als Ilija sich schon nahe dem chinesischen Restaurant befand, habe er sich umgedreht und gesehen, dass Branko und Valon nicht weit hinter ihm waren und in seine Richtung gingen, und bald danach hätten sie ihn erreicht.

Branko wird sagen, er habe nicht sicher gewusst, ob es Ilija sei, der ihn angerufen habe, er habe auf dem Display seines Handys nur die ersten Ziffern der Nummer gesehen und deswegen gedacht, es könne Ilija sein. Er habe den Anruf aber nicht entgegengenommen. Die Untersuchung der Handys wird ergeben, dass von Ilijas Handy aus bei Branko angerufen wurde, und zwar um 23.47 Uhr und 37 Sekunden, wobei man berücksichtigen wird, dass die Uhrzeiten auf den beiden Handys nicht synchronisiert waren. Dies wird beweisen, dass Ilija und Branko in diesem Moment nicht zusammen waren. Valon, der ebenfalls behaupten wird, der Erste gewesen zu sein, der den Tatort verlassen hat, wird den anderen beiden widersprechen.

Nachdem sich Valon, Branko und Ilija vor dem chinesischen Restaurant getroffen hatten, gingen sie in Richtung Hauptfestzelt auf der Piazza San Antonio. Alle drei werden sagen, dass ihnen zu diesem Zeitpunkt klar war, dass sie Luca mindestens sehr schwer verletzt hatten. Valon wird sagen, er habe Lucas aufgerissene Augen und seinen starren Blick gesehen und gedacht, er sei ohnmächtig. Branko wird sagen, er hätte verstanden, dass etwas sehr Schlimmes passiert war, dass Luca im Koma wäre oder sogar tot. Ilija wird sagen, er habe gedacht, Luca sei tot.

Valon wird sagen, dass er seine Bauchtasche abgenommen habe, als er aus der Via Borghese wegging und das Kovač-T-Shirt auszog. Er habe es unter den braunen Pullover gesteckt, den er angehabt habe. Er habe es ausgezogen, als er ungefähr zehn Schritte vom Tatort entfernt war, weil er nicht erkannt werden wollte. Er habe das T-Shirt erst wieder angezogen, als die drei später das Festzelt verließen und in Richtung Krankenhaus gingen. Auch Branko zog das Torwart-T-Shirt aus, das er während des Überfalls getragen hatte. Und zwar, wie er berichten wird, nachdem er Ilija bei dem chinesischen Restaurant getroffen habe und bevor alle drei weitergingen zu dem großen Festzelt. Er habe das T-Shirt ausgezogen und weggeworfen, weil er Angst hatte, sonst dadurch identifiziert zu werden.

Bevor sie ins Festzelt gingen, blieben die drei vor der Kirche San Antonio stehen. Valon war vorausgelaufen, und vor der Kirche drehte er sich zu den anderen beiden um. Valon schrie sie an, warum zum Teufel sie für nichts und wieder nichts unbedingt Ärger machen mussten. Ilija wird sagen, Valon sei sehr wütend gewesen, er habe die beiden gefragt, warum sie sich in Sachen eingemischt hätten, die sie nichts angehen, worauf er, Ilija, ihm geantwortet habe: *Na ja, aber der wollte es doch so.* Valon wird hinzufügen, dass er dann zu Ilija gesagt habe, er habe dem unbekannten Jungen einen Faustschlag und einen Fußtritt versetzt; daraufhin habe Ilija gesagt, was er mit dem Jungen gemacht habe, dass er ihn zu Boden geschlagen und getreten habe. An die genauen Worte wird Valon sich nicht erinnern. Branko sei dabei gewesen, aber er habe nichts dazu gesagt. Valon wird sagen, er habe mit Ilija über das geredet, was gerade passiert war, weil er Angst gehabt habe. Angst wegen dem, was er getan habe.

Ein Zeuge, ein Bekannter von Valon, wird sagen, er sei die Straße hinuntergegangen und habe auf der Höhe der »toi-toi«-Toilette Valon bemerkt, der gegenüber zwei anderen Jungs durchdrehte. Der Zeuge habe erst in den folgenden Tagen erfahren, dass sie es waren, die Luca überfallen und zusammengeschlagen hatten. Mit »durchdrehen« meine er, dass Valon zu den beiden sagte: *Was habt ihr für eine Scheiße gemacht, ihr seid dumme Ärsche.* Valon sei sehr wütend gewesen, und deswegen sei er, der Zeuge, nicht stehen geblieben, um mit ihm zu sprechen, sondern weitergegangen.

Vor dem Festzelt trafen die drei auf eine Bekannte, ein rothaariges Mädchen; sie wird berichten, dass Valon auf Kroatisch Branko gefragt habe, ob er denn zufrieden sei mit dem, was sie gemacht hätten, und dass er selber es bedaure. Das Mädchen habe gefragt, was denn passiert sei; darauf habe Valon zu ihr gesagt, sie solle ihnen nicht auf die Nerven gehen, und Branko habe sie zum Teufel geschickt.

Im Festzelt feierten die drei weiter und tranken einige Biere. Sie trafen mehrere Freunde und Bekannte. Nach einiger Zeit tauchte Enrico auf. Ilija habe auf dem Bühnenrand gesessen, Valon rechts von ihm, und Branko stand vor den beiden. Enrico wird sagen, dass er zu ihnen hingegangen sei und gesagt habe: *Wir haben ganz schön zugeschlagen, der Junge ist nicht mehr aufgestanden.* Valon habe ihm geantwortet: *Der wird auch nie mehr aufstehen.* Dann habe Valon ihm seine geschwollene Hand gezeigt.

Über den Inhalt dieses Gesprächs wird es verschiedene Versionen geben. Valon und Branko werden abstreiten, Enrico an diesem Abend noch einmal getroffen zu haben.

Ilija wird sich daran erinnern, dass Enrico in dem Festzelt aufgetaucht sei und erzählt habe, dass er Luca ins Gesicht geschlagen habe. Ilija wird hinzufügen, dass er nicht gesehen habe, wie Enrico das tat.

Da alle drei an dem Abend im Festzelt immer zusammengeblieben sind, konnte Enrico nur alle oder keinen getroffen haben. Die Tatsache, dass er sagen wird, Valon habe ihm seine geschwollene Hand gezeigt, wird beweisen, dass er die Wahrheit sagt, denn von der geschwollenen Hand konnte er nur etwas wissen, wenn Valon es ihm gesagt hatte.

Valon wird sagen, dass er und Ilija in dem Festzelt weiter darüber gesprochen haben, was passiert war, aber nicht, um eine gemeinsame Fassung zu vereinbaren. Er habe Ilija gesagt, was er mit dem Jungen gemacht habe, er wisse nicht mehr, was Ilija ihm darüber erzählt habe. Branko sei dabei gewesen, er habe sich aber an diesem Gespräch nicht beteiligt, und Valon wisse nicht, was davon und ob er es gehört habe.

Valon wird auch sagen, dass er niemals mit der geschwollenen Hand angegeben habe, obwohl er dem Mädchen mit den roten Haaren erzählt habe, was passiert sei, ohne ihr jedoch die Hand zu zeigen. Danach habe er mit einem anderen Mädchen gesprochen, und diesem habe er allerdings die geschwollene Hand gezeigt, jedoch nicht aus Eitelkeit. Auch mit einem Jungen habe er geredet, noch vor dem Festzelt, dessen Namen wisse er nicht, er kenne ihn von Fußballturnieren, und dieser Junge habe ihm zur Begrüßung die Hand entgegenstreckt, und da habe er, Valon, gesagt, er könne ihm die Hand nicht geben, weil sie ihm wehtue wegen dem, was er getan habe.

Der Junge wird sagen, dass er Valon gefragt habe, ob er beim Arzt war, und Valon ihm geantwortet habe, der Streit sei gerade erst geschehen. Er habe geschildert, wie ein Typ versucht habe, ihn zu schlagen, wie Valon mit zurückgebeugtem Oberkörper dem Schlag ausgewichen sei, sich aufgerichtet und dem Typ eine verpasst habe. Dieser sei auf den Boden gefallen, liegen geblieben und Valon sei weggegangen.

In dem Festzelt rauchten Branko und Valon zusammen einen Joint, den Valon von einem Freund besorgt hatte.

Enrico tanzte derweil auf der Bühne; einige Zeit später beugte er sich vom Bühnenrand hinunter zu Ilija und sagte in sein Ohr: *Pass auf, die Polizei ist draußen.* Das war um 00.30. Ilija warnte unverzüglich Valon und Branko, und sie verließen das Festzelt durch den Eingang, der Richtung Krankenhaus geht. Ilija wird sagen, sie hätten ungefähr fünf Minuten lang vor dem Eingang herumgestanden, aber Valon wird sagen, sie seien im Gegenteil sofort losgegangen, um sich von dem Festzelt zu entfernen. Er wird hinzufügen, dass sie nicht mehr durch die Via Borghese gegangen seien, weil sie Angst gehabt hätten wegen dem, was dort vorgefallen war. Es stimme nicht, dass ihm nicht klar gewesen sei, was sie angerichtet hätten, er sei sich völlig bewusst gewesen, dass sie etwas sehr Schlimmes getan hatten.

In der Via della Motta trafen die Drei auf einen Bekannten und seine Freundin. Auch den beiden erzählte Valon, dass er jemand niedergeschlagen habe, und zeigte ihnen seine geschwollene Hand. Ilija drängte Valon immer wieder, endlich weiterzugehen, und sie liefen zu dritt bis zur Piazza Grande, wo Branko sich von den anderen beiden trennte, weil er nach Hause wollte. Das war um 00.50. Kurz darauf traf Branko zu Hause ein, wie er sagte, *mit dreckigem Gewissen.* Valon und Ilija liefen zum Bahnhof, von wo sie den nächsten Zug nach Bellinzona nahmen.

Während der Zug in den Bahnhof von Bellinzona einfuhr, bemerkten die beiden zwei Polizisten auf dem Bahnsteig, und Ilija sagte zu Valon: *Pass auf, sonst kriegen sie uns jetzt.*

Die beiden gingen ans Ende des Zuges und sprangen am vorderen Teil des Bahnsteiges ab, den die Polizisten nicht im Blick hatten. Sie kauften sich eine Eintrittskarte für den Bellinzoner Karneval, wo Valon angeblich einen Freund treffen wollte, mit dem zusammen er am übernächsten Tag ein Fußballturnier organisiert hatte. Die beiden schafften es, unbemerkt bis zur Diskothek ZOO zu gelangen, trafen dort einige Bekannte und feierten weiter. Ilija kaufte für beide noch ein Bier, und nach ungefähr einer halben Stunde verloren die beiden sich aus den Augen. Ilija wird sagen, er wisse nicht, wie Valon die Nacht weiter verbracht habe, er selber habe getanzt, Freunde getroffen und sich amüsiert. Valon, der auch einige Freunde traf, wird sagen, dass er niemandem mehr von dem Geschehen erzählt habe. Er habe vor der Disko ein Mädchen kennengelernt, deren Namen er aber nicht wisse, und mit ihr sei er zu einer Kneipe auf der Piazza del Sole gegangen. Sie sei hineingegangen, er habe draußen gewartet. Dann habe er eine Runde gedreht und dabei einen Bekannten getroffen, mit dem er kurz geredet habe. Danach habe er zwei andere Bekannte getroffen und mit ihnen zusammen eine Runde gedreht; der Junge heiße Franco, das Mädchen Maria kenne er, weil sie ein oder zwei Jahre in der Rocket-Bar als Kellnerin gearbeitet habe. Die beiden hätten ihm zwei oder drei Bier ausgegeben, die alle größer gewesen seien als 0,33 l. Franco wird bestätigen, dass er und Maria auf der Straße Valon getroffen haben. Er sei nervös gewesen und habe erzählt, dass es eine Schlägerei mit einem Jungen gegeben habe und dass Ilija und Branko auch dabei gewesen seien. Franco wollte von Valon wissen, wie es dazu gekommen sei, und Valon sagte darauf, der Junge sei ihm auf die Eier gegangen. Franco fragte ihn, warum er zur Stranociada gehe, um Ärger zu machen, das sei doch Blödsinn, und Valon habe geantwortet, dass der Junge, während sie ihn schlugen, zu Boden gefallen sei, sich irgendwo den Kopf angestoßen habe und dass seine Augen ganz verdreht gewesen seien. Sie hätten aber weitergeschlagen. Er, Valon, habe bemerkt, dass die Situation außer Kontrolle geraten sei, und deswegen habe er zu den beiden anderen gesagt, *es ist besser, wir hauen ab, bevor uns jemand sieht und erkennt.*

VII

Branko, der sich um 00.50 Uhr von den anderen getrennt hatte und nach Hause ging, wurde um 04.00 in seiner Wohnung verhaftet.

Valon nahm von Bellinzona einen Zug nach Hause, der um 06.23 Uhr ankam. Während der Fahrt rief ihn ein Polizeibeamter auf seinem Handy an und fragte ihn nach der Tat; Valon gab vor, er wisse von nichts und legte auf. Als er um 07.30 zu seiner Wohnung kam, wurde er dort verhaftet.

Ilija fuhr um 05.40 Uhr mit dem Zug nach Hause. Er wollte um 09.00 dieses Tages einige Freunde zu einem Indoor-Fußballturnier treffen, zu dem er selber den Sponsor gefunden hatte. Im Zug saß er zusammen mit seinem Freund Sascha. Weil sein eigener Handy-Akku leer war, lieh er sich den von Sascha aus. Ilija wird sagen, er habe im Zug gemerkt, dass auf seinem Handy ungefähr zwanzig verpasste Anrufe waren, die alle von seiner Festnetznummer stammten, also von seiner Mutter kommen mussten. Als er noch dabei war, die Anrufnummern nach unten zu scrollen, erreichte ihn seine Mutter endlich und sagte ihm, dass zu Hause die Polizei auf ihn warte. Ilija reagierte nicht weiter auf die Nachricht, der Zug fuhr in einen Tunnel, und das Gespräch wurde unterbrochen. Am Bahnhof von Locarno angekommen, gingen Ilija und Sascha in die Bahnhofskneipe und frühstückten dort. Sie tranken jeder einen Kaffee und aßen eine Brioche. Dann gingen sie los, um den Bus nach Tenero zu nehmen. Weil der erst in 35 Minuten abgefahren wäre, nahmen beide stattdessen den Bus nach Solduno. Ilija wird sagen, dadurch, dass er die Runde nach Solduno und zurück gedreht habe, habe er den anderen Bus, der ihn um 6.30 nach Tenero und damit nach Hause gebracht hätte, verpasst. Also sei er wieder in die Bahnhofskneipe gegangen, in der Absicht, diesmal auf den Bus um 07.04 zu warten und um einer Kellnerin Hallo zu sagen, die in der Zwischenzeit ihre Frühschicht begonnen hatte. Dort habe die Polizei in Zivil auf ihn gewartet, ihn verhaftet und auf die Wache gebracht. Das war um 07.00 Uhr.

VIII

Zwei Angestellte einer Security-Firma, die für die Dauer der Stranociada engagiert waren, bemerkten auf ihrem Weg durch die Via Borghese die Menschenansammlung, die sich vor dem Schaufenster des Innenausstatters gebildet hatte, und traten näher. Keiner der dort Versammelten schrie oder gestikulierte, sie schienen stumm einen Kreis um jemanden oder etwas gebildet zu haben. Die beiden Sicherheitsleute drängten sich durch die Menge nach vorne und sahen einen jungen Mann, auf dem Rücken am Boden liegend, der offenbar das Bewusstsein verloren hatte. Er trug Jeans und ein gestreiftes Flanellhemd. Er schien keine sichtbaren Verletzungen zu haben. Die Straße war schlecht beleuchtet. Eine schwarze Perücke lag neben dem Jungen auf dem Pflaster. Um ihn herum riefen ihn andere Jugendliche beim Namen und wie es ihm ginge, aber er zeigte keine Reaktion. Die Angestellte der Sicherheitsfirma beugte sich zu Luca hinab und leuchtete ihm mit einer Taschenlampe ins Gesicht. Er hatte die Augen geöffnet, aber sein Blick war abwesend, er sah aus wie tot. Die Frau versuchte ihn auf die Seite zu drehen, um eine Atmung zu ermöglichen oder zu erleichtern, obwohl sie keine Anzeichen davon erkennen konnte. Lucas Lippen hatten angefangen, die Farbe zu wechseln, sie waren bereits violett. Ein Mann, der zufällig an der Ansammlung vorbeigekommen war, hatte auf seinem Handy den Tessiner Notruf 144 alarmiert; ein Krankenwagen wurde losgeschickt, und der Mann reichte das Handy an die Sicherheitsfrau weiter, die der Notrufzentrale die Situation schilderte.

Mittlerweile waren ein junger Mann und seine Freundin aus der Vicolo Fiorino gekommen, beide als Clowns maskiert, und wunderten sich über die gedrängt beieinanderstehende Gruppe; im Näherkommen bemerkten sie das Leuchten der Taschenlampe, und abgerissene Kommentare, *schrecklich, er hat einen Schock* –. Der junge Mann schob sich zu dem auf dem Boden liegenden Luca durch und sagte den Umstehenden, er sei Krankenpfleger im dritten Lehrjahr, also ließen sie ihn machen. Einer der beiden Sicherheitsangestellten, wahrscheinlich die Frau, sagte zu dem Krankenpfleger, *er atmet nicht mehr, ich glaube, er atmet nicht mehr.* Der Pfleger beugte sich über Luca, öffnete dessen Mund, um zu sehen, ob seine Zunge vielleicht nach hinten gegen den Gaumen gefallen war und die Luftröhre blockierte. Er und der Security-Mann kamen überein, dass eine Herzmassage nötig sei. Der Pfleger brachte Lucas Kopf in eine ebene Position, und der Security-Mann gab ihm zwei Mal eine Mund-zu-Mund-Beatmung, worauf der Pfleger feststellen konnte, dass sich der Brustkorb bewegte, er bekam Sauerstoff. Der Pfleger kniete sich auf Lucas linke Seite und begann mit einer Herzmassage, dreißig Stöße lang. Der Security-Mann schloss sich wieder mit einer zweimaligen Mund-zu-Mund-Beatmung an. Der Pfleger führte noch einmal dreißig regelmäßige Stöße gegen Lucas Herz aus. Vor Beginn der ersten Herzmassage hatte Luca nicht reagiert, als der Security-Mann ihm mit der Taschenlampe in die Augen leuchtete; sie waren offen und starr und die Pupillen zeigten keine Reaktion. Am Ende der zweiten Herzmassage kam der Krankenwagen. Der Pfleger fühlte Lucas Puls an der Halsader und hatte den Eindruck, er ginge ein klein wenig stärker. Er war froh, dass der Krankenwagen kam, und sagte einem der Sanitäter, dass Luca nicht atme und sein Puls schwach sei. Die erste Sanitäterin kontrollierte Lucas Herzschlag und fühlte den Puls an beiden Halsschlagadern, der aber nicht vorhanden war. Der zweite Sanitäter holte den Defibrillator. Ihrer beider Einschätzung nach hatte Luca einen Herz-Lungen-Stillstand. Die Pupillen waren starr, ohne jede Reaktion, und zudem verschleiert, was normalerweise auf ein schweres Hirntrauma oder jedenfalls eine schwerwiegende Kopfverletzung deutet. Lucas Lippen waren violett. Die beiden Sanitäter begannen mit einer Basis-Wiederbelebung, also mit einer Herzmassage und künstlicher Beatmung. Daraufhin fing das Herz wieder an zu schlagen und nach ungefähr zwei Minuten gab es einen spontanen Puls, den man am Hals feststellen konnte. Luca hatte aber keine selbständige Atmung. Die Sanitäter versuchten ihm eine Kochsalzinfusion zu legen, was sehr schwierig war, weil die Straße dunkel war und sie die Ader kaum finden konnten. Es gelang der Sanitäterin zuerst, aber kurz darauf verlor sie die Ader und Blut tropfte heraus. Sie legte Luca einen Mullverband an, den sie aber nicht richtig fixieren konnte, und es tropfte noch mal Blut aus der Vene.

Der zuständige Notarzt traf um 23.57 in der Via Borghese ein. Es handelte sich um einen Anästhesisten. Man teilte ihm mit, dass Luca bewusstlos war, der Herzschlag spontan wieder eingesetzt habe, aber er nicht atme. Die Umstehenden sagten dem Arzt, Luca sei überfallen worden, und er habe Fußtritte gegen den Kopf bekommen. Die Sanitäter fuhren fort, Luca mit Hilfe einer Maske zu beatmen, und zwar mit hundertprozentigem Sauerstoff, und sie versuchten weiter, eine Infusion zu legen. Sie hatten es ein Mal am rechten und ein Mal am linken Unterarm versucht, und beide Male war ein wenig Blut auf Lucas Kleidung getropft.

Die Sanitäter und der Arzt legten Luca mit großer Vorsicht auf eine Bahre und schoben ihn in den Krankenwagen. Weil seine Herzfunktion in diesen Momenten intakt war, beschloss der Notarzt, keine weitere Zeit auf der Straße zu verlieren und Luca sofort ins nahegelegene Krankenhaus zu bringen. Auf dem Weg dorthin wurde die Notaufnahme informiert. Als der Transport um 00.05 Uhr eintraf, standen zwei Assistenzärzte bereit. Da es keinen anderen Anästhesisten gab, wurde Luca vom Notarzt intubiert. Während sie darauf warteten, das dringende Computerencephalogramm machen zu können, führten die Ärzte einen Kopf-bis-Fuß-Check durch, bei dem sie den Patienten auf äußere Verletzungen untersuchten. Während dieser Untersuchung fanden sie ein paar Blutstropfen auf der Kleidung – auf Unterhose und Unterhemd –, und am Körper – auf beiden Handrücken. Sie drehten Luca vorsichtig zur Seite, um mögliche Verletzungen auf dem Rücken sehen zu können, kamen aber zu dem Schluss, dass die wenigen Blutstropfen von den fehlgeschlagenen Versuchen der Infusion stammen mussten.

Der Notarzt hatte keine Blutspuren auf Lucas Gesicht gefunden, obwohl man sagen muss, dass es dunkel war, als er zum Tatort kam, und dass Luca eine Atemmaske trug.

Für die Untersuchung wurde er komplett ausgezogen, und das heißt, dass seine Kleider alle aufgeschnitten wurden. Das, wird der Notarzt später bestätigen, sei eine normale Prozedur.

Auf der Intensivstation wurde ihm schließlich eine Veneninfusion gelegt, am selben Arm ein Verbindungstubus, um den Arteriendruck zu messen, und ein Zugang zur inneren rechten Halsschlagader wurde ebenfalls gelegt.

Nachdem der Radiologe eingetroffen war, wurde das Computerencephalogramm gemacht, und die Ärzte stellten schwerwiegende Blutungen in der gesamten Hirnregion fest. Der Neurochirurg eines anderen Krankenhauses wurde hinzugezogen, dem die Aufnahmen telematisch überspielt wurden. Der Neurochirurg bat darum, eine Angiographie zu machen, um herauszufinden, woher die Blutungen im Gehirn kämen. Es war dennoch bald klar, dass es keine Möglichkeit gab, diese Blutungen durch eine Operation zu beseitigen. Sie waren zu umfangreich und zu kompliziert.

Die Intubation fand um 00.30 statt. Um 01.05 zeigte das Computerencephalogramm eine verbreiterte Blutung mit Invasion der Hirnkammern und einer Ischämie des Gehirnstammes. Die Diagnose lautete auf Gehirnblutung infolge eines Schädeltraumas. Um 10.00 Uhr am folgenden Vormittag wurde der Hirntod festgestellt, am Abend um 18.06 der Tod.

IX

Luca war ein hochaufgeschossener Junge, der auf den ersten Blick schüchtern und ungelenk wirken konnte, weil seine Gliedmaßen zu lang und zu spillerig schienen, als ob er sich im wahrsten Sinne des Wortes selber im Weg stehen würde, der diesen Eindruck aber sofort vergessen ließ, sobald er mit einem zu sprechen begann, nicht nur, weil er schnell einen Draht zu seinem Gegenüber herstellen konnte und gute Laune verbreitete, sondern auch, weil er genau wusste, was er wollte, und seine Meinungen entschieden und unaufgeregt vertrat. Er war ein Junge, wie ihn sich alle Eltern wünschen, sagte sein Vater. Ein Junge, der die Buchstaben kannte, bevor er in die Schule kam, dem das Lernen Spaß machte, der gerne lachte und spielte. Ein Junge, der Mannschaftssport nicht mochte, weil ihm der Wettbewerb nicht behagte, der Skifahren und Schwimmen mit mäßiger Leidenschaft betrieb, aber, als er alt genug war, eine gewisse Begeisterung für das Tauchen entwickelte, vor allem das Tauchen in warmen Gewässern, in denen genügend bunte, ungewöhnliche Lebewesen zu entdecken waren, um seine Phantasie zu nähren; ein Junge, der eine jüngere Schwester hatte, mit der zusammen er nacheinander drei kleine Hunde hielt, und das vor allem seiner Schwester zuliebe, denn er selber fand diese Schoßhündchen zwar ein nettes Spielzeug, aber keine ernsthafte Beschäftigung wert. Ein Junge, der die größte Leidenschaft für romanhafte Computerspiele und den magischen Verwandlungszauber mancher Rollenspiele entwickelte; ein Junge, der viele Freunde hatte, mit denen er sich zu LAN-Partys traf und lange Diskussionen darüber führte, wie die Welt zu verbessern wäre. Ein Junge, der sich nach dem Abitur entschloss, auf die Offiziersschule zu gehen, obwohl dies so gar nicht mit seinem offenherzigen und freundlichen Wesen vereinbar schien, dem jegliches Harte und Durchtrainierte zu fehlen schien, ebenso wie der Wille, auf bloße, scheinbar willkürliche, auf jeden Fall nicht zu hinterfragende Befehle hin eine unerbittliche Selbstdisziplin an den Tag zu legen. Er tat es wahrscheinlich, weil ihn der Zusammenhalt und das vermeintlich spielerische an den sportlichen Aktivitäten reizten, und brachte es dort bis zum Leutnant. Ein junger Mann also, der anschließend das Fach Politische Wissenschaften an der Uni Zürich belegte, obwohl es ihn weiter zum Militär zog, und der vorerst nicht wusste, welcher Laufbahn er sich am Ende zuwenden würde.

Valon, Ilija und Branko kannten sich von Kind an. Ihre Eltern waren als Zeitarbeiter seit Mitte der achtziger Jahre ins Tessin gekommen; die Kinder ließen sie zurück – der größeren Beweglichkeit, der besseren Anpassung und nicht zuletzt der politischen Regeln wegen –, wo sich Großeltern und der mehr oder weniger weitläufige Kreis von Verwandten um sie kümmerte. Nur Valon, der älteste der drei Freunde, wurde 1987 in Locarno geboren. Die Familien waren kroatischstämmig und kamen aus Odžak. Ein Ort in Bosnien, nur wenige Kilometer von der kroatischen Grenze entfernt, und dieser Umstand weckte Anfang der neunziger Jahre umgehend die Begehrlichkeit der serbischen Kriegsführer, die sich von den kroatischen Verbündeten helfen ließen, die Stadt zu erobern, zu plündern und ihre Bewohner zu vertreiben. Die Kroaten zogen sich 1992 offiziell zurück, nach drei weiteren Kriegsjahren wurde Odžak im Vertrag von Dayton der neuen sogenannten Entität Bosnien-Herzegowina zugeteilt. Die Familien von Valon, Branko und Ilija waren in der Schweiz geblieben; sie sahen wenig Grund, in die zerstörte Stadt, die sie ohnehin schon halb hinter sich gelassen hatten, zurückzukehren; Branko und Ilija wurden von ihren Eltern nachgeholt in das Land, das Sicherheit versprach, Arbeit und ruhige Nächte.

Valon wohnte mit einem jüngeren Bruder und einer jüngeren Schwester bei seiner Mutter, seit die den Vater vor die Tür gesetzt hatte. Die Eltern hatten über Jahre im Streit miteinander gelebt, woran die Besuche des Vaters bei Prostituierten schuld waren, und sein Desinteresse an den familiären Beziehungen. Als die Mutter zu erkennen meinte, dass er sich an seiner eigenen Tochter vergriff, warf sie ihn endgültig aus der Wohnung. Sie zeigte ihren Mann wegen Pädophilie an, aber die Anzeige wurde, wahrscheinlich wegen Mangels an Beweisen, nicht weiter verfolgt. Valon, der das letzte Jahr der Hauptschule hatte wiederholen müssen und danach eine Stelle als Malerlehrling gefunden hatte, fand es schwer, das Handwerk zu lernen, und brach, damals noch mit Einverständnis des Vaters, die Lehre ab. Mehrere weitere Versuche bei anderen Firmen, die Lehre durchzuziehen und zu beenden, scheiterten. Mal diente ein privater Unfall, bei dem er sich gering verletzt hatte, als Vorwand, nicht mehr auf der Arbeit zu erscheinen, bis der Meister die Geduld verlor und ihn entließ, mal versagte er bei der Abschlussprüfung der Berufsschule und musste deshalb seinen Arbeitsvertrag auflösen. Nach einer kurzen Zeit der Arbeitslosigkeit versuchte er sich als Verkäufer in der Hoffnung, sich damit leichter zu tun, aber auch diese Stelle wurde ihm gekündigt, weil er zu häufig fehlte.

Valons Charakter wurde widersprüchlich beschrieben; seine Ausbilder sagten, er sei zwar meistens korrekt und nett, auch höflich im Umgang mit den Kunden, nur eben unzuverlässig; während einige seiner Freunde sagten, er neige zu Übertreibungen, zum Unruhestiften und zum Trinken, ohne aber aggressiv zu sein. Er bekam als Minderjähriger eine Verwarnung wegen des Konsums von Marihuana und wurde einmal zu fünfzehn Tagen Gefängnis mit zwei Jahren Bewährung verurteilt, weil er das Schaufenster eines Lebensmittelladens eingeschlagen hatte, um sich mehrere Schachteln mit Keksen zu klauen. Als Grund gab er an, dass er Hunger gehabt habe.

Valon war seit seinem sechsten Lebensjahr ein begeisterter Fußballspieler und wurde Mitglied beim Jugendclub in Locarno. Dem Kickboxen, das er später anfing, konnte er nichts abgewinnen.

Als er siebzehn Jahre alt war, starb sein Freund Dani bei einem Motorradunfall. Valon ließ sich das Datum auf den linken Oberarm tätowieren.

Ilija wurde 1991 als knapp Zweijähriger zusammen mit seiner älteren Schwester von den Eltern in die Schweiz geholt.

Er hatte sowohl die Schweizer als auch die kroatische Staatsbürgerschaft. Die Familie hielt immer gut zusammen. Ilija fing eine Lehre bei einem Heizungsbauer an, der sich bald über dessen mangelndes Interesse an der Arbeit beklagte, noch mehr aber über Ilijas arrogantes Benehmen, seinen Unwillen, sich Dinge sagen zu lassen, und sein oft unverschämtes Auftreten den anderen Handwerkern und Kunden gegenüber. Außerdem fehlte Ilija in der Schule und meldete sich krank, obwohl er in Wirklichkeit als Schiedsrichter zu einem Fußballturnier nach Deutschland fuhr. Weil sich seine Mutter für ihn einsetzte, ließ sich der Arbeitgeber mehrmals von der schon angedrohten Kündigung abbringen, bis sich zuletzt die Beschwerden der Handwerkerkollegen in dem Maße wie seine Abwesenheiten in der Schule häuften, so dass Ilija entlassen wurde. Die zweite Heizungsbaufirma, bei der er seit einigen Monaten angestellt war, äußerte sich zufrieden über ihn.

Ilijas große Leidenschaft war der Fußball. Wie Valon spielte er seit seinem sechsten Lebensjahr und hatte sogar eine Laufbahn als Schiedsrichter begonnen, in der er als sehr talentiert galt. Auch hier gingen die Meinungen über sein persönliches Auftreten auseinander, sein erster Trainer im Fußballverein hielt ihn für aggressiv, unhöflich und arrogant, während der zweite Trainer ihn als umgänglich und hilfsbereit beschrieb. Freunde von Ilija sagten, er werde aggressiv, wenn er getrunken habe, und dann sei er schnell bereit, sich mit jemandem zu schlagen; andere sagten, er ziehe gerne die Aufmerksamkeit auf sich und neige dazu, Dinge aufzubauschen, zu übertreiben, auch zu lügen.

Im Gegensatz zu Valon und Branko nahm Ilija keine Drogen. Stattdessen bewahrte er auf seinem Handy kurze Pornofilme auf, zum Beispiel einen, in dem ein Mann Sex mit einem Esel hat. Auf anderen Videos sind es vor allem Soldaten, die bei Schlägereien zu sehen sind. Ilija sagte, er mache sich nichts aus harter Pornographie, sie gefalle ihm nicht, und die Filme habe er nur zufällig nicht gelöscht.

Als Minderjähriger hatte er eine Verwarnung bekommen, weil er mit dem Moped seiner Mutter ohne Führerschein gefahren war und gegen Verkehrsregeln verstoßen hatte. Über vier Jahre später, immer noch minderjährig, wurde er zu 20 Arbeitstagen wegen Trunkenheit am Steuer verurteilt, er war mit 0,75 Promille im Auto seiner Mutter in eine Polizeikontrolle geraten und hatte versucht zu entkommen, war aber dabei mit einem anderen Auto zusammengestoßen. Die Strafe hatte er nicht abgeleistet, er hatte als Schiedsrichter zu viel zu tun.

Ilija nannte Branko, der ein Jahr älter war, seinen »Paten«. Das bedeutete, dass er und Branko später jeweils Trauzeuge bei der Hochzeit des anderen sein würden, und außerdem hieß es, dass das Band zwischen ihnen tiefer war als das einer Freundschaft.

Branko war von den dreien derjenige, dessen Leben am geregeltsten verlief, zumindest seit die Familie in der Schweiz war. Er bekam seinen Schulabschluss ohne große Schwierigkeiten und begann dann eine Lehre als Einzelhandelsverkäufer, die er nach drei Jahren abschloss. Er wurde ohne weiteres als Vollzeitkraft übernommen und arbeitete insgesamt seit fast fünf Jahren in demselben Geschäft, einem Supermarkt. Seine Kollegen wie auch sein Chef mochten ihn gerne und berichteten, dass er versucht habe, sich von den Mitarbeitern in der Fleischerei-Abteilung einiges abzuschauen und ihnen zur Hand zu gehen. Obwohl das nicht zu seinen Aufgaben gehörte, habe es ihm offensichtlich Spaß gemacht. Sie werteten es als Zeichen für einen gemäßigten Ehrgeiz, und das war ihnen sympathisch. Er sei ein ruhiger Typ gewesen, man habe sich auf ihn verlassen können, und wenn er aus sich herausging, dann habe er harmlose Faxen gemacht, ein großes Kind sei er gewesen. Niemand konnte oder wollte die Tat, an der er beteiligt gewesen war, mit ihm in Verbindung bringen. Der Personalchef wollte seine Stelle für ihn freihalten, aber das war nicht möglich, weil die Arbeitskraft fehlte; also wurde ihm zwei Monate nach seiner Verhaftung gekündigt. Über die Familie von Branko ließ sich nichts Besonderes berichten. Branko hatte keine Vorstrafen und keine Verwarnungen; am Feierabend und am Wochenende rauchte er manchmal Marihuana, ohne dass er deswegen auffällig geworden wäre. Bei den Kollegen aus dem Supermarkt hieß es übereinstimmend, der Umgang mit Ilija und Valon habe ihn verändert und ruiniert.

III.
Die Bergung

1

Als er die Nachricht bekam, war er weit von zu Hause fort. Er war weit fort, in einer kleinen Stadt namens Santa Elena in den venezolanischen Bergen. Es war gegen die Mittagszeit, gerade noch hatte er seine Kleider in eine der Waschmaschinen gesteckt, jetzt saß er in dem Münzsalon auf einer Bank, hatte eine Flasche Bier neben sich und las in einer fünf Tage alten Ausgabe der Zeitung *La Razón.* Sein Handy piepte, auf dem Display erschien eine Mitteilung: *Liebster Jordi, etwas Furchtbares ist passiert.* Nur das.

Der Absender war Patrizia. Was konnte so schlimm sein, dachte er, dass sie mir schreibt, aber nicht schlimm genug, um anzurufen. *Etwas Furchtbares ist passiert.* Er ignorierte einen flauen Anflug von Angst. In diesem Moment klingelte das Telefon in seiner Hand.

Was sie sagte, klang klar und überraschend nah, sie hätte neben ihm stehen können. Er antwortete und hörte seine eigene Stimme mit einem Hall. Er konnte kaum sprechen. Er belauschte ein fremdes Paar, ein Gespräch, das nichts mit ihm zu tun hatte, dessen Sätze sich von ihm entfernten und einen Schmerz hinterließen, der ihm nur zufällig nahe kam, aber nicht sein eigener war.

Ungefähr eine Stunde später fand Miguel ihn vor der Waschtrommel sitzend, von der er nicht wegsah, obwohl sie sich nicht mehr bewegte. Die Lauge war nicht abgepumpt worden, sie stand halbhoch im Bullauge, eine leuchtend rote Flüssigkeit, in der versunken die Kleider lagen. Miguel fragte scherzhaft: »De dónde salió toda esa sangre?« Als er keine Antwort bekam, beugte er sich vor und sah Jordi an – »qué te pasa amigo, tan temprano y ya borracho?« – und tippte gegen seine Schulter, wie um ihn aufzuwecken.

Jordi sah auf, er sah in Miguels rundes, freundliches Gesicht und begann zu weinen.

Angel Falls, dachte er, das war lächerlich. Er sagte es Miguel, er sagte, »wir fahren nicht weiter nach Norden«. Was wollte er dort. Er konnte sich nicht erinnern.

2

Am nächsten Tag machte Jordi sich auf den Weg nach Caracas und flog von dort nach Hause. Nach Hause. Seit langem dachte er an Ascona, den Ort, in dem er aufgewachsen war und seine Familie lebte, mit einer Mischung aus Dankbarkeit und Abscheu. Abscheu wegen der Enge und der Langsamkeit des Ortes, wegen der Sommer um Sommer einfallenden Touristenbusse voller Greise, die so bezähmt und verkümmert waren, dass selbst ihre Mimik erstarrt schien; im Grunde war es, als lägen sie schon auf dem Totenbett. Abscheu empfand er wegen der Art, wie die Leute hier dachten, langsam, aber dem Alten und Hergebrachten verpflichtet. Mit einer Methodik, von der sie glaubten, sie sei gründlich und ehrenhaft. In Wirklichkeit war sie beinern und voller Angst. Dankbar war er, weil die Gegend schön war, klar war sie schön, verdammt schön sogar, sonst hätten all die Fremden keinen Grund, da zu sein, sich Ferienwohnungen und Häuser zu kaufen und die Preise für die Einheimischen in die Höhe zu treiben. Dankbar war er, weil sein Großvater und sein Vater ihm gezeigt hatten, wie man den See liest, wie man den Himmel, die Wolken und den Wind liest, um hier zwischen den Bergen arbeiten zu können. Jordi besaß ein Unternehmen, das auf Unterwasserarbeiten spezialisiert war, sein Großvater Max hatte es gegründet. Er war ein Pionier gewesen, er hatte viele seiner Werkzeuge selbst entwickelt.

Jedes Jahr Anfang November schloss Jordi den Betrieb und schickte seine Mitarbeiter in die Winterpause. Das machten viele Firmen im Tessin, deren Aufträge von der Jahreszeit abhängig waren, vor allem die Hotels und Pensionen, aber auch manche Handwerker. Er selbst reiste dann zwei, manchmal drei Monate durch die Welt, am liebsten in die Anden oder die Gebirge Asiens. Er suchte die Weite und wenige Menschen. Manchmal mietete er sich zwischendurch für zehn Tage in einem Touristenhotel an der Küste ein, nur um zu trinken und zu surfen, und dann bezahlte er zwei oder drei Frauen, ihm Gesellschaft zu leisten.

Die übrige Zeit im Sommer arbeitete er wie ein Hund. Erst in der Dunkelheit nach der Arbeit fuhr er in seine Wohnung, zog die Vorhänge zu und ging nicht mehr nach draußen.

Jetzt hatte Jordi offiziell noch fast einen Monat Auszeit. Erst Anfang März würde er sein Geschäft wieder aufnehmen.

Als er in Mailand ankam und am Flughafen in sein Auto steigen wollte, war es der Zorn, den er stärker als alles andere spürte. Ein Zorn, der sich wie eine geladene Waffe gegen die drei jungen Männer richtete, die verhaftet waren und in Locarno im Gefängnis saßen. Wenn er irgendein Werkzeug gehabt hätte, hätte er es genommen und auf den Wagen eingeschlagen; er war froh, dass er den Zorn in sich einschließen musste, dass er nur sich selbst schaden konnte und niemand sonst in Gefahr bringen würde. Er stützte die Hände haltsuchend auf die Kühlerhaube. Der Schwindel dauerte nur ein paar Sekunden, aber er verharrte vornübergebeugt, leicht benommen. Auf der anderen Seite des Parkdecks stand eine Frau im roten Kostüm. Jordi sah die Frau an, wahrscheinlich sah er sie flehend an, als könnte die unvorhergesehene Bekanntschaft mit ihr seinem Leben eine Wendung geben und er bräuchte sich nicht den Dingen zu stellen, die zu Hause auf ihn warteten. Sie stand vor dem Eingang zum Treppenhaus und sah abwechselnd zur Tür, dann wieder zu Jordi. Sie kam nicht näher, sie behielt ihn nur im Blick. Sie schien auf jemanden zu warten oder sie hoffte, dass jemand käme, irgendjemand, auch gerne ein Fremder, damit sie nicht mehr alleine wäre mit diesem Fremden da, der sich vielleicht gleich übergab oder nur so tat, als müsste er sich gleich übergeben, und sich stattdessen im nächsten Moment auf sie stürzen würde. Sie wartete und schaute, und Jordi drehte sich um und kehrte ihr den Rücken zu, immer noch an die Kühlerhaube gelehnt. Er versuchte, ruhig zu atmen. Es war nicht der Zorn, der ihn vor allem beherrschte. Er schämte sich. Er schämte sich ungeheuerlich, ohne zu wissen, wofür. Einfach für das, was passiert war, als wäre er selbst in irgendeiner Weise dafür verantwortlich.

3

Zu Hause wusste er nicht, was er als Nächstes tun sollte. Sein Rucksack stand im Flur, er hatte ein Glas Leitungswasser getrunken und saß seither reglos in der Küche.

Im Flugzeug und auf dem Weg hierher war klar gewesen, dass er als Erste seine Freundin Patrizia anrufen würde, dann Lucas Eltern, Monica und Umberto Mezzanotte. Aber jetzt erschien ihm der Gedanke abwegig, und je länger er darüber nachdachte, desto zweifelhafter kam ihm sein Verhalten vor, wie überhaupt sein ganzes Vorhaben. Wie er Monica und Umberto sein Beileid aussprechen würde, wie er ihnen sagen würde, dass er seine Reise abgebrochen hatte, dass er ihnen Hilfe anbieten wolle. Das hatte Jordi sich die ganze Zeit ausgemalt, als sei es das Selbstverständlichste, das einzig Folgerichtige, als wäre Umberto sein Bruder oder sein bester Freund oder so etwas. Aber schließlich, woher nahm er das Recht dazu? Wie kam er überhaupt auf die Idee, Umberto würde sich freuen, wenn Jordi sich meldete? Was konnten den Mezzanottes ausgerechnet seine Worte bedeuten? Wären sie nicht froh, Ruhe zu haben und mit niemandem sprechen zu müssen? Genau genommen war Umberto ein Bekannter, mit dem Jordi drei, vier Mal im Jahr segeln ging, wenn es sich ergab, und Monica kannte er praktisch nur von diesen Ausflügen. Wann hatten sie sich das letzte Mal gesehen und über Privates geredet? Je mehr er überlegte, desto übertriebener und überflüssiger kam ihm seine abrupte Rückkehr vor. Er war derjenige, der alleine in einer stillen Wohnung saß, die auf eine lange Abwesenheit vorbereitet war. Er musste aufpassen. Irgendetwas an der Sache ließ ihn aufdringlich und hysterisch werden.

Patrizia war erstaunt, ihn am nächsten Tag zu hören.

»Was, du bist schon zurück?«, sagte sie.

Er fragte sie, wann die Beerdigung sei. Sie sagte, sie wisse es nicht, der Junge sei anscheinend noch in der Autopsie. Es klang tröstlich; es klang, als würde er untersucht und operiert und könnte dann geheilt entlassen werden. Jordi gab diesem Gedanken nach. Er rief Umberto auch an diesem Tag nicht an. Stattdessen fuhr er in die Werkstatt, um nach dem Rechten zu sehen; allerdings hatte er das Lager vor seiner Abreise ohnehin aufgeräumt. Er hatte es geordnet hinterlassen, dachte er. Das Wort »hinterlassen« schien ihm seltsam in diesem Zusammenhang. Es war eisig kalt, aber er konnte sich nicht aufraffen, die Heizung einzuschalten. Er überprüfte, ob alles an seinem Platz war, nahm die Post aus dem Briefkasten und schob Giuseppe, dem benachbarten Schreiner, eine Nachricht unter der Tür durch, dass er wieder da sei.

Am Abend besuchte er seine Eltern. Sie freuten sich, ihn zu sehen, waren aber nicht gesprächig. Keiner von beiden sagte, dass es unnötig gewesen sei, dass er früher als geplant zurückgekehrt war. Emile wirkte müde und unkonzentriert. Er wollte nur Kartoffeln und Sauermilch essen. Barbara war in sich gekehrt. Sie schienen Jordi bedrückt, und nach dem Essen fragte er sie, ob die Krankheit des Vaters sich verschlimmert habe. Barbara sah Jordi an, als wolle sie ihn zurechtweisen, dann zuckte sie die Schultern. Emile sagte etwas von Metastasen im Bauchraum, dann begann er heftig zu husten und verließ für eine Weile das Zimmer. Sie hörten ihn nebenan im Bad. Das Wasser lief, dann gab es ein Geräusch, als würde jemand ein nasses Handtuch gegen Fliesen klatschen. Das Geräusch kam mehrmals hintereinander. Dann war Stille. Dann wieder das Klatschen.

»Was ist das? Was macht er?«

Die Mutter tat abgelenkt. Sie sagte: »Er will es nicht wahrhaben.« Und, nach einer Pause: »Ich auch nicht.« Und, wieder nach einer Pause: »Aber es ist da, jeden Tag. Wir versuchen zu leben, wie wir immer gelebt haben. Und es ist jeden Tag da.«

Beide schwiegen.

»Quälen müssen soll sich dein Vater nicht. Das habe ich ihm versprochen.«

Jordi wusste nicht, was er auf diese Mitteilung sagen sollte.

»Wird er denn noch behandelt?«, fragte er schließlich.

Sie nickte. »Er bekommt Schmerzmittel. Aber bestrahlt wird nicht mehr, und auch keine Chemo.«

Er bewunderte ihren Entschluss, hatte aber nicht den Mut, es ihnen zu sagen.

Seine Mutter sah ihn prüfend an, nickte resolut, um das eben von ihr Mitgeteilte zu bestätigen, und verfiel in ein abwesendes Schweigen. Dann, plötzlich, wandte sie sich ihm nahe zu und sagte mit eindringlicher Stimme: »Schrecklich ist das, was mit Luca passiert ist. Was mit uns geschieht, ist organisch, Staub zu Staub. Aber dieser Junge –.« Sie hielt einen kurzen Moment die Luft an und atmete dann entrüstet aus.

»Was du dabei machen kannst, sehe ich allerdings nicht.«

Sie sagte es in der ihr eigenen bestimmten Art, der vermeintlich nicht widersprochen werden sollte, aber gut, wie Jordi sie kannte, wusste er, dass sie insgeheim neugierig war.

»Es wird sich finden«, sagte er.

Emile kam wieder herein und schlug vor, eine Partie Schach zu spielen. Sie setzten sich ins Wohnzimmer, das Brett stand bereit. Jordi dachte, er könnte jetzt »Manuel« sagen oder »Luca«, und die Nennung des Namens allein würde zwei völlig verschiedene Reaktionen bei seinem Vater hervorrufen, oder sie würde beide Male auf Desinteresse stoßen, oder er würde das eine Mal mit Schweigen antworten und nur das andere Mal etwas zu sagen haben. Er erwähnte keinen der beiden Namen. Dann stellte er sich vor, dass es dem Vater vielleicht ähnlich ging, dass er gerne fragen würde, *und wo sind dein Bruder Manuel, Danila und der Junge, der mein Enkel ist?*, oder dass er dachte, *wenn Luca noch am Leben wäre, würdest du heute nicht hier sitzen*, und dass er, Jordi, das eine Mal antworten und reden und erklären und bitten würde, und das andere Mal aus Verlegenheit schweigen.

Emile spielte schnell und konzentriert. Seine Züge waren Jordi vertraut, und er wehrte sich nicht dagegen, in die Enge getrieben zu werden. Emile schlug ihn ohne zu zögern. Als Jordi gehen wollte, sagte der Vater, er habe eine neue Erfindung gemacht. Es handle sich dabei um ein Verfahren, mit dem man verhindern könne, dass beim Unterwasserschweißen der Wasserstoff ins Metall eindringe. Er wolle es aufzeichnen und die dazugehörige Formel notieren, aber er sei noch nicht fertig, denn er habe geglaubt, er könne sich damit Zeit lassen, solange Jordi in Venezuela sei. Er drückte ihn an sich. Von dort fuhr Jordi zu Patrizias Haus; im ersten

Stock brannte noch Licht. Sie schliefen miteinander, fast ohne Worte.

4

Patrizia meinte oft, dass Jordi die Dinge dramatisiere. Er hingegen fand, er sei nur realistischer als sie. Nicht, dass er etwas gegen ihre Familie hatte oder gegen die ihres Ex-Mannes, aber wenn man von Hause aus so viel Geld besaß und nicht mehr zu arbeiten brauchte, dann sah man die Verhältnisse nicht mehr klar, man verlor die richtige Einschätzung für sie und begann zu idealisieren. Er dachte nicht, dass man als Einwanderer das riesengroße Los gezogen hatte, wenn die Schweiz einen aufnahm. Warum. Als Einwanderer konnte man vieles falsch machen, und die Schweizer achten drauf, wer du bist und was du tust; es gab Länder, da wollte man seine Nachbarn im Ort nicht kennen, hier war es anders. Die Schweiz war ein kleines, intimes Land, und es existierten sicher Gegenden auf der Welt, wo dir deine Fehler eher verziehen wurden. Fehler zu machen hieß in der Schweiz, nicht ordentlich genug zu sein. Ordentlich, gewaschen, arbeitsam, gut bei Kasse. Und natürlich Christ. Die Schweiz war nichts für Aussteiger. Das Leben hier hatte seinen Preis, und den musste man zahlen wollen, sagte Jordi. Und dennoch oder gerade deshalb war er sicher, dass es der reine Zufall war, dass drei junge Männer vom Balkan Luca ermordet hatten. Der reine Zufall. Sie hätten genauso gut seit Generationen gebürtige Tessiner sein können. Oder Deutsche oder Japaner oder Neuseeländer, sie hätten von überall und irgendwoher sein können. Sie hätten irgendjemand oder irgendjemand anders sein können.

»Es geht nicht um Zeitarbeiterkinder«, sagte Jordi zu Patrizia. »Es geht nicht um Kriegsflüchtlinge. Es geht schon gar nicht um Ausländer. Es geht um drei Jungs, die Scheiße gebaut haben. Große Scheiße, die sie der Familie von Luca zu fressen gegeben haben. Ich entschuldige mich für den Ausdruck. Große Scheiße, an der sie selber ihr Leben lang fressen werden. Hinzu kommt, was die drei danach getan haben, wie sie sich danach verhalten haben. Gehen sie hin und sagen, es tut uns leid, es ist nicht wiedergutzumachen, wir haben euren Sohn umgebracht, wir wünschten, wir könnten es rückgängig machen. Sagt uns, was wir tun können, als Strafe, und damit unsere Schuld um ein weniges abgetragen wird. Nein, das haben sie nicht getan, und das haben sie nicht gesagt. Sie haben es nicht kapiert. Und das ist böse.«

Und Jordi dachte, es sollte doch möglich sein, der Aufregung um die drei Täter, ihre Familien, ihre Herkunft und ihre Gefährlichkeit eine andere Handlung entgegenzusetzen, die den Ausschlag dieser Waage veränderte; etwas Schwerwiegendes, das man nicht ignorieren, nicht wegmessen, nicht verwerfen konnte; etwas gutartig Schönes, dessen Kraft einen Teil der Gewalttat überstrahlen könnte; etwas, das dem Schrecken und der Hysterie, die diesen Mord umgaben, trotzen konnte; etwas Unfertiges, Fragendes, das Fantasien und Interesse auf sich zog; eine Geschichte, die von irgendwoher kam und von der man nicht sagen konnte, wo sie enden würde. Ein Riesending, ein Zartes.

5

Lucas Leichnam wurde an einem Vormittag um zehn Uhr in Gordola beigesetzt. Als Jordi ankam, war auf der Straße zum Friedhof kaum noch ein Durchkommen. Er parkte das Auto kurzerhand in einer Hauseinfahrt, ging zu Fuß weiter und wich hinter dem Eingangstor in einen Seitenweg aus, der an der Friedhofsmauer entlangführte; das Grab war seinem Blick entzogen, er konnte von weitem den Bischof erkennen, der etwas erhöht auf einem Treppchen stand; und trotz der Bitten der Familie um Rücksicht warteten dort ein halbes Dutzend Fotografen und zwei oder drei Fernsehteams. Jordi harrte aus bis zum Ende der Trauerrede, obwohl von den Worten des Priesters kaum etwas bis zu ihm drang. Es kam ihm vor, als sähe er auf ein Bild, zu dem er selbst nicht gehörte.

Er verließ den Friedhof noch vor dem Ende der Beisetzung und fuhr zurück in seine Werkstatt, wo er an einem Ersatzteil für die Seilwinde auf der großen Plattform feilte; kurz vor zwei Uhr nachmittags setzte er sich aufs Motorrad und fuhr hinüber zum Seeufer, dorthin, wo eine alte Rampe noch immer als Anlegeplatz diente. Er mochte diese Stelle, man hatte links die Bucht von Ascona vor sich, rechterhand dehnten sich weit die Berge und der See. Er dachte kurz daran, in den Ort zu laufen, einen Strauß Blumen zu kaufen und in die Wellen zu werfen, als Andenken für Luca, irgendetwas, um seine Wut mit einer Geste abzuschließen, um eine Beruhigung zu finden, die es in der schweigenden Versammlung am Morgen nicht gegeben hatte, aber nichts schien ihm angemessen.

Er geriet ins Fantasieren, wie es in Ascona früher gewesen sein mochte, als es noch keine Ausflugstadt für Alte war, als sich ein paar Maler und Schriftsteller hierher verirrt hatten, ein paar Spinner und Spintisierer, Barfußläufer und Bäumehorcher und Wassertreter; aber wahrscheinlich war der Ort schon immer langweilig gewesen, und auch dieser schreckliche Monte Veritá mit seinen traurigen, sich esoterisch spreizenden Gebäuden und Anlagen war nur der fürchterlichste, weil vollkommen belanglose Ausdruck dieser Langeweile und Abgehobenheit.

Die Vorstellung von früher überfiel ihn unweigerlich, wenn er an der Anlegestelle stand, seit ihm der Großvater Max ein Foto gezeigt hatte, *Ascona im Jahr 1936*. Statt der Promenade gab es einen einfachen Kiesstrand, dahinter standen niedrige Fischerhäuser; sie machten einen ärmlichen, sogar schäbigen Eindruck. Vorne rechts waren drei Frauen festgehalten, die mit ihrer Wäsche ans Seeufer gekommen waren; die eine bückte sich über ein Stück Laken im Wasser, zwei redeten, und hinter ihnen standen die Weidenkörbe, ein Haufen Weißwäsche türmte sich daneben. Jordi wünschte sich die Vergangenheit nicht zurück, eine Vergangenheit, in der seine Großmutter, weil sie Italienerin war und aus dem Süden, lange Zeit mit niemandem mehr Worte wechseln sollte als *Guten Tag* und *Schönes Wetter heute*, eine Vergangenheit, in der seine Mutter, weil sie Deutsche war, sich wünschte, sie wäre in der Schweiz geboren, um ein Ansehen zu haben.

Die Rampe, auf der Jordi stand, fiel tief und steil ins Wasser, wurde aber jetzt beinahe von den Wellen überspült, der Pegel war hoch heute. Jordi sah hinaus auf die Bojen, die zwischen hier und dem Ostufer lagen, zwischen hier und der Promenade. Wieder fiel ihm diese eine Boje auf, die auf halber Strecke lag. Er hatte sie nicht gesetzt. Von wem und wofür war sie?

Ungefähr an der Stelle, die die fragliche Boje markierte, in einer Tiefe, die nur für erfahrene Taucher zugänglich war, lag ein Wrack. Ein altes Auto. Man vermutete, dass es ein Auto war, denn zu sehen war genau genommen nur ein Rad. Ein einziges. In Wirklichkeit war es nicht einmal ein Rad, sondern nur die Nabe eines Rades. Es hieß sogar, dass das Auto ein Bugatti sein sollte, den jemand in den dreißiger Jahren im See versenkt hatte, aus zwielichtigen Motiven.

Ein Bugatti! Jordi hielt es für einen der Mythen, die die Taucher sich als Anlass schufen, um in Finsternis und Kälte hinabzusteigen.

Er selber war nur ein Mal unten gewesen, ein einziges Mal hatte er das Rad oder vielmehr die Nabe des Rades gesehen. Es hatte ihn nicht im Geringsten interessiert.

Jordi erinnerte sich, wie er Umberto und Luca im letzten Sommer auf dem Gelände des Wassersportclubs begegnet war, als sie von einem Tauchgang zurückkehrten. Umberto hatte angefangen, von dem Autowrack zu erzählen.

»Würde es dir gefallen, so tief zu tauchen?«, wandte Jordi sich an Luca. Der Junge sah ihn an mit dem gleichgültigen Blick, der für Erwachsene bestimmt ist.

»Was sollte mir daran gefallen«, erwiderte er, nicht unhöflich, wenn auch ein wenig verdrossen.

»Baldi hat es entdeckt, die Tieftaucherin«, warf Umberto ein, »irgendwann in den Sechzigern, da war es noch nicht ganz so zugeschlammt.«

»Vielleicht ist es überhaupt kein Auto«, meinte Luca ungeduldig.

»Doch«, insistierte Umberto, »doch doch, Baldi hat es sogar fotografiert.«

Luca sah seinen Vater beinahe wütend an. »Ihr mit eurem Wrack, da ist doch nichts, ein paar Schrauben, die im Schlamm begraben sind; wahrscheinlich ein schrottiges Teil von einem Motor oder was weiß ich –.« Luca hob missmutig die Schultern und dann, in einem plötzlichen Ausbruch, »Mann, was für ein Scheiß, ein mickriger Rosthaufen im Dreck, stockdunkel ist es und saukalt, nein, es würde mir nicht gefallen, es ist einfach nur deprimierend, der Scheißsee ist ein Scheißgrab –.« Und Luca schritt, ohne sich noch einmal umzusehen, dem Vereinslokal zu.

Umberto hatte nachsichtig abgewunken und war ihm hinterhergegangen.

Als Jordi daran dachte, schloss er einen Moment die Augen. Die Verachtung des Jungen hatte ihn an Manuel, seinen jüngeren Bruder, erinnert; Manuel, dessen Leben jahrelang aus den Fugen geraten war und dem Jordi nicht hatte helfen können.

Vielleicht hatte Luca recht. Da war nichts. Ein Schrottteil, das irgendjemand über Bord geworfen hatte, sei es im Suff oder einfach, um es loszuwerden. Jordi musste kurz auflachen bei der Vorstellung, dass die Taucher jahrzehntelang zu einem alten Autorad pilgerten und es anstaunten, als wäre es ein seltenes Seetier oder der lang vermisste Schatz einer Piratenbande. Aber wann hatte es in Ascona schon mal Piraten gegeben, nie. Jordi dachte an Lucas Traurigkeit, wie unwirsch ihm der Junge begegnet war und wie er den See verabscheut hatte. Und Jordi beschloss, er würde es herausfinden. Er würde herausfinden, was da unten war, und wenn es ein Auto war, würde er es hochholen. Was er dann damit anfangen wollte? Jordi wusste es nicht, vielleicht würde man das Auto ausstellen können, eine Erinnerung schaffen an Luca. Es war eine seltsame Idee. Es war eine mehr als seltsame Idee. Etwas Verrückteres fiel ihm nicht ein.

6

In den wenigen Tagen, seit er wieder da war, hatten Jordi und Patrizia sich noch kaum gesehen. Patrizia lebte mit ihren zwei Töchtern, Karin und Ellen, in dem kleinen Ort Ronco nahe bei Ascona, auf der westlichen Seeseite, und Jordi hatte eine Wohnung im Ortsteil Losone.

Patrizia fand es angenehm, dass sie mit ihren beiden Kindern alleine leben konnte; sie wollte keine engen Bindungen mehr, kein Zusammenziehen, und sie wollte auch nicht jeden Tag Zeit mit Jordi verbringen müssen.

Die beiden kannten sich aus der Schulzeit; sie waren in ihrem Jahrgang die zwei Kinder mit den roten Haaren gewesen – wilde borstige bei Patrizia, feine dünne bei Jordi. Die Haarfarbe war so ziemlich das Einzige, das sie verband, im Übrigen machten sie sich gegenseitig das Leben so schwer wie möglich. Jordi, indem er Sekundenkleber auf ihrem Stuhl verteilte und sich freute, wenn ihr Kleid beim

Aufstehen zerriss, oder wenn er vor Patrizias Augen ihren Schulranzen plünderte und versuchte, die Schreibhefte mit dem Feuerzeug anzuzünden. Im Gegenzug nahm Patrizia in der Turnstunde schnell wie ein Eichhörnchen eine Handvoll Sand aus der Weitsprungbahn und warf sie Jordi gezielt in die Augen. Dann, als Jordis Haare im Laufe der Pubertät vom Rötlichen ins Dunkelblonde wechselten, begann Patrizia mit Gerardo auszugehen, einem ekelhaften Angeber aus der Abiturklasse, der Mitglied in der Christlichdemokratischen Volkspartei war. Jordi verzieh ihr das nie. Später fing Patrizia an, Ökonomie in St. Gallen zu studieren, so wie es ihre Eltern vorgesehen hatten, und dort lernte sie einen gewissen Pierre kennen, den sie noch während des Studiums heiratete. Da hatte Jordi den Kontakt zu ihr schon verloren, er hörte nur, dass sie mit dem gewissen Pierre von St. Gallen nach Zürich, von Zürich nach Brüssel und von Brüssel nach Genf zog, dass sie zwei Kinder bekam und die Ehe bald geschieden wurde. Pierre saß inzwischen im Vorstand einer Schweizer Bank, und obwohl Patrizia sowieso ein großes Vermögen von zu Hause mitbrachte, hatte sie nun durch den Unterhalt, den ihr Ex-Mann zahlte, wahrscheinlich für immer ausgesorgt. Um nicht ganz untätig zu sein und weil sie ein Händchen für Geschäfte hatte, fing sie an, Immobilien zu vermakeln, und als sie mit den Töchtern von Genf zurück nach Ascona zog, hatten sie und Jordi sich wiedergetroffen.

Er hatte nie geheiratet; eine Zeitlang lebte er mit einer Italienerin aus Bergamo zusammen, die ein Kind von einem Tunesier hatte, der in Frankreich im Gefängnis saß. Danach hatte er verschiedene Liebschaften, von denen keine länger als ein halbes Jahr dauerte; er stellte fest, dass es irgendwann einen Zeitpunkt gab, an dem er die Frau anblickte und nicht sagen konnte, warum er mit ihr zusammen war; dass ihn ihre Gesellschaft langweilte. Vielleicht gab er sich nicht genügend Mühe; aber vielleicht hatte er den Frauen einfach nichts zu sagen, oder jedenfalls schienen seine Worte durch sie hindurchzugehen und nirgendwo anzukommen, und das hinterließ bei ihm einen Sog der Leere und Mutlosigkeit. Er begann sich vor dem Moment zu fürchten, an dem er unweigerlich feststellen würde, dass ihm seine Gefühle – wieder einmal – abhanden gekommen waren.

Er ging dazu über, für den Sex, den er haben wollte, zu bezahlen, und er fand heraus, dass ihm diese Begegnungen mehr Vergnügen bereiteten als die eintönigen Beziehungen, die er kennengelernt hatte. Aber er versuchte, dem allen nicht so viel Bedeutung in seinem Leben einzuräumen, sondern die Dinge einfach und klar zu halten und ansonsten keine Verwicklungen zu verursachen.

Patrizia wiederzutreffen war ein Schock. Es war auf dem Hafenfest der Stadt. Sie lachte lauthals wie ein kleiner Junge und aß während des ganzen Abends ungeniert ein Tartarbrot mit rohen Zwiebeln nach dem anderen.

Sie hatte, anders als die meisten Frauen, mit denen er sonst zusammen gewesen war, keine Probleme, mit denen fertig zu werden sie sich nicht zutrauen würde. »Sie hat nur das Problem mit dem zu vielen Geld«, sagte Jordi bei Gelegenheit. Und das trug dazu bei, dass sie manchmal an den Dingen vorbeischielte.

Patrizia liebte ihn dafür, dass er sich so wenig einschränken ließ, auch wenn sie sich manchmal wünschte, er wäre berechenbarer oder greifbarer. Andererseits bestand seine Zuverlässigkeit nicht darin, dass er ständig anwesend und an ihrer Seite war, sondern dass er sich selber nicht verraten würde und von einer so unbedingten Aufrichtigkeit und Direktheit war, dass er seine Umgebung oft genug verärgerte oder sie sich gar bedroht fühlte.

Dann wieder konnte er schweigsam, ernsthaft und versunken vor sich hin arbeiten und sich tagelang in seine

Gedankenwelt zurückziehen, deren vermuteter Abgrund – den sie nie zu sehen bekam, vor dem Jordi sie aber spürbar schützen wollte – Patrizia einige Furcht einjagte. Und es schmerzte sie zu sehen, dass er in diesem Ascona umherging wie ein Fremder, obwohl er hier aufgewachsen war und seine Familie seit drei Generationen hier lebte. Es schmerzte sie zu sehen, wie die Leute ihm zwar freundlich, aber oft auch reserviert begegneten, so als würden sie ihn am liebsten auf eine Armeslänge Abstand halten, als könnte er ihnen irgendwie gefährlich werden und als fänden sie seine bloße Nähe verunsichernd und bedrohlich. Vielleicht verlangte er zu viel, vielleicht forderten die anderen von ihm zu wenig. Etwas jedenfalls stimmte nicht in dem Verhältnis, das er zu dem Ort und das dessen Bewohner zu ihm hatten.

Lucas Tod hatte ihn in einem Maß aufgewühlt, wie Patrizia es vorher nur einmal erlebt hatte, als das Kind seines Bruders auf die Welt gekommen war. Er hatte den Säugling nicht gesehen und erfuhr von der Geburt erst eine Woche später, aber die bloße Mitteilung bewirkte, dass er in Tränen ausbrach. Er lief die Treppe in ihrem Haus auf und ab, zehn, fünfzehn, zwanzig Mal, röchelnde kieksende Schreie ausstoßend wie ein kaputtes Saxophon, dann fing er an, auf der Stelle zu hüpfen, er riss sie hoch und schwenkte sie durch die Luft, und dann rannte er hinaus, schwang sich auf sein Motorrad und war bis zum nächsten Morgen verschwunden.

7

Dann hatte Jordi genug vom Warten. An einem Samstagnachmittag fuhr er zum Haus der Mezzanottes. Alles war ruhig. Wieso hatte er sich vorgestellt, das Haus würde belagert werden und er könnte vielleicht gar nicht mit der Familie sprechen. Umberto kam sofort an die Tür.

»Jordi«, sagte er, »komm rein.«

Sie gingen ins Wohnzimmer, es schien alles so wie immer. Es war alles anders.

»Monica ist oben, sie hat sich hingelegt.«

Jordi sagte, dass er Umberto nicht lästigfallen wolle. Nein, er sagte, »ich hoffe, ich komme nicht ungelegen«. Er bereute seinen Ausdruck sofort. Er hielt seine Mütze in der Hand und wusste nicht, wohin damit. Seine Schuhe waren schmutzig.

Umberto machte eine Handbewegung, Jordi sah seinem Gesicht die Anstrengung an.

»Du weißt, was passiert ist«, sagte Umberto einfach.

»Ja, natürlich.« Was Jordi sich zurechtgelegt hatte, schien unpassend. Es gab nur unpassende und ungelenke Wörter.

›Ich weiß nicht, wie du dich fühlst‹, hatte er sagen wollen. ›Aber ich bin dein Freund‹, hatte er sagen wollen, ›und deswegen bin ich zurückgekommen. Deswegen bin ich hier.‹

Er sagte nichts, es wäre eine Lüge, sie waren keine Freunde, sie kannten sich irgendwie, sie hatten als Kinder miteinander gespielt, gingen als Erwachsene zusammen segeln und manchmal tauchen, und sie hatten sich immer gemocht; sie konnten Spaß miteinander haben, das war alles. Es war nicht Umbertos wegen, dass Jordi zurückgekommen war, er war um seiner selbst willen zurückgekommen. Er, Jordi, wollte irgendetwas Wichtiges tun, für Umberto und seine Familie, etwas, das kein anderer für ihn tun würde oder tun konnte, und auf einmal kam er sich vor wie ein aufgeblasener kleiner Idiot.

Sie schwiegen beide, verlegen.

Und plötzlich brach Umberto in Tränen aus, er versuchte, sich zu beherrschen, aber er weinte, unhaltbar, untröstbar, fassungslos. Jordi streckte die Hand aus und berührte Umbertos Oberarm, und Umberto griff nach Jordis Arm und hielt sich daran fest, mit der anderen Hand bemühte er sich, sein Gesicht zu bedecken und die Tränen abzuwischen. Sie standen so eine Weile, die ausgestreckten Arme ineinander verschränkt, eine Minute, drei, sieben, sie wussten es nicht, es war schrecklich unbequem, und weil es so unbequem war, wollte keiner als Erster aufgeben und sich bewegen. Dann machte Umberto sich los:

»Setz dich doch, setz dich bitte.«

Jordi setzte sich auf das Sofa und Umberto ließ sich in einen Sessel fallen. Gleich stand er wieder auf, ging in die Küche und kam mit ein paar Bier und einer Flasche Whisky zurück.

»Nur ein oder zwei Bier, dann einen Whisky, ich kann sonst nicht schlafen.«

Jordi nickte.

»Du weißt, dass ich nicht trinke.«

»Du musst dich nicht entschuldigen.«

»Das wird wieder aufhören, das hört wieder auf.«

»Bestimmt.«

Wieder schwiegen sie.

»Was ist mit Monica.«

»Nein, sie … Sie isst ja kaum. Sie nimmt auch keine Medikamente. Nichts. Sie isst ja kaum.«

Umberto stand noch mal auf, holte Gläser und schenkte ihnen Bier ein, und die nächsten Minuten tranken sie, ohne etwas zu sagen.

Es schoss Jordi durch den Kopf, dass er Umberto von seinem Plan erzählen könnte, das alte Auto aus dem See zu bergen. Eine Erinnerung an Luca zu schaffen. Ich will mich dafür rechtfertigen, dass ich hier bin, dass ich hier sitze, dachte er. Und das elende Gefühl von vorhin kam zurück.

»Inter spielt heute gegen Livorno«, sagte Jordi.

»Ach ja. Das ist gut«, Umberto sprang sofort auf und ging zum Fernseher, nahm die Fernbedienung und schaltete auf den Sportkanal.

Sie hatten den Anfang der ersten Halbzeit verpasst. Es stand 1:0. In der Pause machten sie den Whisky auf, und als das Match zu Ende war und Inter Mailand 2:0 gewonnen hatte, sahen sie sich das Spiel Parma gegen AC Milan an.

8

Wo Rita Baldi wohnte, wusste Jordi nicht, aber er wusste, wo die alte Taucherin regelmässig ihre Abende verbrachte. Also setzte Jordi sich in den *Gläsernen Fisch*, bestellte einen offenen Roten und wartete. Der Gang, der links vom Tresen nach hinten zu den Toiletten führte, war plakatiert mit Konzertankündigungen und lokalen Veranstaltungshinweisen. Ein Aufruf der Initiative »Stoppt Rassismus« hing neben einem Plakat der rechtslastigen »Volksdemokratischen Wählerschaft«, die zu einem Frühlingslauf durchs Maggiatal einlud.

Es dauerte drei Abende, bis Rita Baldi in der Tür erschien und sich dann an einen kleinen Ecktisch zu zwei Männern setzte, die sie nur beiläufig begrüßten, sie mussten sich also häufig sehen. Jordi ließ sich und Rita Zeit, bis das bestellte Bier kam, und sie einen guten Zug getrunken hatte.

Rita Baldi hörte sich ruhig an, was Jordi zu sagen hatte. Sie hatte beide Hände um das Glas gelegt, das genau mittig auf dem Deckel stand, und blickte kaum auf. Wenn, dann warf sie Jordi einen blitzschnellen, taxierenden Blick zu.

»Wissen Sie, wie lange ich nicht mehr da unten war? Fünfzehn Jahre. Fünfzehn Jahre ist das jetzt her.«

Sie machte eine Pause und schien sich in Gedanken in die Zeit zurückversetzen zu wollen.

»Ich habe keine Ahnung, wirklich keine Ahnung, wie es dort jetzt aussieht. In fünfzehn Jahren kann viel passieren.«

Jordi machte eine abwiegelnde Handbewegung.

»Darum geht es ja nicht«, erklärte er noch mal. Er machte

eine Pause, und wie um ein Einverständnis herzustellen mit Baldi, »ich tauche auch nicht mehr so viel wie früher«.

»Ach.« Baldi warf ihm einen ihrer schnellen Blicke zu. Jordi hatte einen Moment lang das unangenehme Gefühl, sie nehme ihn nicht ernst.

»Ja. – Aber was wissen Sie? Was wissen Sie über das Auto?«

»Nichts. Nichts weiß ich. Was ich damals gefunden und gesehen habe, meine Güte ... da gab es nur so Vermutungen.«

»Sie haben Fotos. Oder nicht? Sie haben damals Fotos gemacht.«

»Das ist – hm –«, Baldi rechnete, »über vierzig Jahre her.« Sie hustete ein stockendes Lachen in sich hinein. »Du meine Güte, einundvierzig Jahre.«

»Wie sah es damals aus da unten? Was konnten Sie erkennen?«

Rita hustete wieder ihr Lachen und nahm sich Zeit, ihr Bier auszutrinken.

»Schwarz-weiße Fotos, auf denen man –.«

»Was, auf denen man was?«

»Ein Metallstück vielleicht, ein Schutzblech, einen Reifen ...«

Sie drehte das leere Bierglas in der Hand. Jordi winkte dem Kellner, ihr noch eins zu bringen. Rita hob abweisend den Kopf, zum ersten Mal sah sie Jordi voll an, ihre Augen waren ganz klar.

»Das kann alles Mögliche sein, Jordi. Alles Mögliche.«

»Aber Sie glauben nicht, dass es alles Mögliche ist, oder? Sonst hätten Sie die Fotos nicht gemacht. Sie glauben daran, dass es ein Bugatti ist, der da unten liegt, unversehrt unter dem Schlamm, und dass man ihn hochschaffen kann, und dass er es wert ist.«

Das Bier kam nun doch. Rita ließ es stehen, lehnte sich

zurück, wischte sich mit der schmalen, feinen Hand über den Mund, als hätte sie Schaum dort.

»Nein«, sagte sie und sah Jordi lächelnd an, und in dem Lächeln lag eine kaum merkbare Provokation. »Das glaubst du.«

Jordi schwieg kampfbereit.

»Jordi Polar –. Bist du nicht der, der vor drei oder vier Jahren die beiden Amerikanerinnen aus dem See gefischt hat. Die zwei, die wochenlang vermisst waren, und dann stellte sich raus, dass sie von der Straße abgekommen waren und mitsamt dem Auto im See gelandet. Bist du nicht der?«

»Molly Poxx und Geneviève Poxx, aus England waren sie. Und ganz schön verrückt, glaube ich. Traurige Sache. Sie saßen in ihren Sitzen und waren immer noch festgeschnallt, anscheinend haben sie nicht mal versucht, sich zu befreien.«

»Haben sie sich umgebracht, was meinst du?«

Rita schien interessiert daran, eine griffige Geschichte zu hören.

»Ich habe nur gehört, dass sie abenteuerlustig waren, und neugierig. – Aber was weiß man schon.«

»Was heißt das, in diesem Fall?«

Jordi wartete. Er hatte keine große Lust, Ritas Neugier zu befriedigen. Er wollte die beiden Engländerinnen nicht diesem spöttischen Blick preisgeben. Dann tat er es doch.

»Sie waren Mutter und Tochter, die eine Mitte sechzig, die andere um die vierzig. Aus Berkhamsted sagte man, nahe London. Alleinstehend. Zu Hause haben sie die Zimmerpflanzen verschenkt, und Briefe sollte man postlagernd schicken. So viel hat die Polizei rausgefunden.«

Eine Pause, Ritas Hände drehten wieder an ihrem Glas, es musste immer der gleiche konzentrische Kreis sei, es ließ sie ungeduldig und gleichzeitig pedantisch wirken. Jordi redete weiter, als könnte er diesen pedantischen Kreis dadurch zerstören oder Ritas Hände zum Stillstand bringen oder, noch besser, dazu, das Bier einmal neben dem Deckel abzustellen, und dann würde Rita den Deckel nehmen, ihn auf der Tischplatte hin und her rollen, er würde durch ein paar nasse Flecke rollen, die die Bedienung nicht weggewischt hatte, und seine Ränder würden aufgeweicht werden, und an den Stellen, wo die Pappe aufquoll, würde Rita beginnen, Fetzchen davon abzuziehen und zwischen den Fingern zu zerkrümeln; sie würde damit fortfahren, bis der Bierdeckel so klein geworden wäre, dass nur noch die runde Mitte übrig wäre, die trocken und hart wäre und so groß wie ein Kronkorken, der letzte Rest, dem weder die Feuchtigkeit noch Ritas Zerpflückungswut etwas anhaben könnten, und die Mitte dieses Bierfilzes würde zwischen ihnen auf dem Tisch liegen, umgeben von flockenhaften Pappeteilchen, die beinahe aussahen wie Sand.

»Nein, ich glaube nicht, dass sie sich umgebracht haben. In Cannobio waren sie eine Woche auf Urlaub. Danach hatten sie Zimmer in Turin bestellt und wollten einen Sprachkurs machen. – Aber was weiß man schon.«

Rita drehte ihr Bierglas; sie drehte ihr Bierglas so, dass es immer genau in der Mitte des Deckels blieb.

»Sie sahen scheußlich aus. Als ich sie gefunden habe, sahen sie scheußlich aus.«

»Ja, wer kann ahnen, was ihnen in Cannobio zugestoßen ist. Oder davor. Oder etwas ist *nicht* passiert, obwohl sie vielleicht gewartet und darauf gehofft hatten.« Rita sagte es träumerisch.

»Worauf?«

»Keine Ahnung. Auf irgendetwas eben.«

Jordi machte einen zustimmenden Laut und trommelte mit den Fingern auf dem Tisch.

»Ich bin dreißig Jahre lang da runtergetaucht. Mehr als dreißig Jahre, egal. Als ich das Auto gefunden hab, das war

1967. Irgendwann hab ich mal ein paar Fotos gemacht, mit einer Kleinbild-Unterwasserkamera. Die Fotos waren zum Spaß, mich hat die Kamera viel mehr interessiert als das komische Auto. Es lag auf der Seite, auf der linken Seite, nehme ich an, verschüttet bis zu den Rädern, war ja auch schon seit dreißig Jahren da unten, angeblich. Die zwei Räder rechts ragten noch heraus, mit Schutzblech. Wir haben immer wieder ein bisschen dran rumgekratzt, aber da war nichts zu machen. Der ganze Schlamm, der Sand, festgebackt, wie in Zement. Aber das weißt du besser als ich. Bin mit dem ein oder anderen Taucher hin, das war ein gutes Ziel, wenn sie so weit waren fürs 50 m-Tauchen. Man konnte dabei zuschauen, wie das Teil immer weiter zugedeckt wurde von dem Schlamm, im Lauf der Jahre. Und wie der Rest allmählich zerfallen ist. Wird nicht viel übrig sein. Weggefressen alles. Was damals noch zu sehen war, die Schutzbleche, Räder, Speichen, Reifen, wird verrostet und zerbröselt sein, wird sich aufgelöst haben im Wasser, nehme ich an, oder. Korrosion, über siebzig Jahre, stell dir vor. Nichts zu machen. Aufgelöst, einfach aufgelöst. So wird's sein.«

Rita sah Jordi jetzt spöttisch an. Als wollte sie sagen: Beweis doch das Gegenteil, wenn du kannst.

»Und was wissen Sie über die Geschichte? Was hat man sich erzählt, damals?«

»Gerüchte.«

Jordi lachte, er lachte ungehalten und versuchte, seinen Ärger zu unterdrücken.

»Klar.«

Es schien, als würde Baldi ein ganz klein wenig den Mund verziehen. Freundlicher. Sie überlegte, sah sich in der Kneipe um, atmete ein paar Mal laut.

»Wenn du den ausgräbst, den Karren, vorausgesetzt, da ist überhaupt noch etwas dran, und es stellt sich raus, es ist etwas Schönes, auf seine Art etwas Schönes, dann ruf mich an und sag mir Bescheid. Dann komme ich mit meiner alten Taucherausrüstung und schaue mir das an. Bevor du ihn hochholst. Die Luft verträgt er gar nicht mehr, da sollst du dich drum kümmern, denk dran. – Das wird mein letzter Tauchgang werden, auf dieser Welt jedenfalls.«

Sie hustete, sie amüsierte sich auf ihre Art.

Vorsichtig, wie es nicht seine Art war, sie kostete ihn Überwindung, diese versöhnliche Geste, schob Jordi die Rechte über den Tisch und bot sie Baldi an. Die schlug wortlos ein, sie drückte zweimal kräftig zu.

»Zu Zippo musst du gehen.«

Jordi schaute fragend.

»Kennst du nicht Zippo?«

»Der Bauunternehmer? Der arbeitet schon lange nicht mehr.«

»Hat aber was zu erzählen. Leoni Zippo. Merk's dir. Und denk an die Luft.«

Dann nahm Rita Baldi das Halbliterglas und leerte es in einem einzigen Zug aus.

»Jetzt können wir trinken.«

9

Jordis Großvater Max, der das Unternehmen gegründet hatte, war ein Schmied und ein Schlosser, aber das ist zu wenig gesagt. Er konnte nicht lange zur Schule gehen, seine Familie hatte nichts, er musste sehen, dass er Geld verdiente. Er ist aus den Walliser Bergen in Richtung Lago Maggiore gezogen, weil er das Wasser liebte, weil er in den Süden wollte. Weiter ist er nicht gekommen, denn da traf er die Frau, die Jordis Großmutter werden sollte. Sie stammte aus Apulien und wollte in den Norden, in die Berge, und also blieben sie im Tessin. Max baute und reparierte Brückengeländer und Regenrinnen, Garagendächer, Bahnschienen und Gartenzäune. Wenn er schweißte, stellte er sich vor, dass er Stahlskulpturen schuf, und er schweißte an Kränen, Getreidesilos, Lastenaufzügen, Hochspannungsmasten, Abwasserrohren, Turbinenrädern und Baggerschaufeln; bald musste er einen Mitarbeiter einstellen, und zu zweit schweißten sie in Tunneln, Zügen und auf Schiffen. Und als sein Sohn Emile, der auch Schlosser und Schweißer wurde, mit knapp zwanzig den Tauchschein machte und sich zum Unterwasserschweißer ausbilden ließ, stellten Max und er das ganze Unternehmen auf Arbeiten im, am oder unter Wasser um. Das war Ende der sechziger Jahre. Max selbst gelang es erst gegen Ende seines Lebens, sich den womöglich meistgehegten Wunsch zu erfüllen: zu tauchen, richtig zu tauchen, mit Sauerstoffflasche und Nassanzug und Tiefenmesser und allem Drum und Dran. Er war 89, als er seinen ersten Tauchgang machte, und er fand, es sei grade früh genug, um die nächsten Jahre noch etwas von seinem neuen Hobby und dem frischen Wissen zu haben; er machte Pläne, welche Tauchplätze er als Erstes sehen wollte, und er war bei alldem hochvergnügt, als hätte er irgendjemandem, den er sehr mochte, vielleicht sich selber, einen unerwarteten Streich gespielt. Er starb fast auf den Tag genau fünf Jahre nach der Wassertaufe, und sein Gesicht auf dem Totenbett war so kantig und heiter, als hätte er nichts versäumt. Jordi dachte oft an ihn.

Jordi war Schlosser, wie es sein Großvater und sein Vater waren, und Berufstaucher wie sein Vater und sein Bruder. Sie wollten damit keine Tradition begründen oder so etwas, es gab einfach nicht viele andere Möglichkeiten. So wie Jordi es sah, hatte sein Bruder gar nicht erst groß darüber nachgedacht, und er hatte zwar eine Weile nachgedacht, aber dann gefunden, dass ein Beruf nicht dazu da war, wie sollte er sagen, eine Erfüllung zu sein; wenn es darum ging, das Beste aus sich selbst zu machen, dann wäre das wohl mit jeder

Arbeit möglich; jedenfalls war ihm seine nicht zu schlecht. Für kurze Zeit gehörte ihnen die Firma zu dritt; der Vater machte Jordi und seinen Bruder Manuel nacheinander zu Teilhabern, als sie volljährig wurden; alles hätte gut laufen können, aber Manuel ging weg aus Ascona, zuerst nach Zürich, später nach Amsterdam, irgendwann landete er in Mulhouse. Der Vater übertrug Manuels Anteil auf Jordi, und vor einiger Zeit zog er sich aus dem aktiven Geschäft zurück. Jordi konnte merken, wie seine Neugierde auf das, was in der Firma passierte, nachließ.

Jordi selbst tauchte nur noch in speziellen, schwierigen Fällen, z.B. als sie die beiden ertrunkenen Engländerinnen mitsamt ihrem Auto aus dem See holen sollten. Normalerweise saß er auf der schwimmenden Plattform in der winzigen Kabine mit dem Monitor und überwachte, was da unten vor sich ging. Von da aus konnte er die Videokamera steuern, und er sah jeden Taucher jederzeit; falls irgendetwas nicht stimmen sollte, hatte er alles Nötige zur Hand, um einzuspringen. Auch ein Notrufgerät.

Nach dem Gespräch mit Rita Baldi konnte Jordi nicht anders, als seine Tauchausrüstung und die Unterwasserkamera hervorzuholen. Er musste sich selber vergewissern, wie es jetzt da unten aussah. Luca, der das Wrack nie zu Gesicht bekommen hatte, sollte recht behalten: da war nichts außer einer Nabe, kaum als solche zu erkennen. Jordi machte ein Foto davon.

10

Jordi kannte Leoni Zippo nur vom Hörensagen, und er hatte eine vage Erinnerung daran, dass er ihn wohl ein paar Mal gesehen hatte; er musste dieser sehr kleine Mann sein, korpulent, aber nicht dick, der in unendlich langsamen Schritten in der Stadt unterwegs war, aber immer nur kurze Wege machte, vom Supermarkt zur Uferpromenade, um sich auf ein Bänkchen zu setzen, zum Zeitungskiosk und in die Kirche Santa Maria della Misericordia. Der Gang von Leoni Zippo war nicht nur langsam, sondern auch von einem Zittern begleitet, oder besser von einem Zittern behindert, oder vielmehr von einem Schütteln erschwert, das den ganzen Körper erfasste und durchfuhr, das zweifellos von einer Parkinson'schen Krankheit herrührte und das ein Gespräch mit Zippo in normalem Tempo oder eine Unterhaltung, in der man sich schnell über das Wesentliche verständigen konnte, so gut wie unmöglich machte. Zippo zitterte auch beim Reden, sein Kopf wackelte, seine Augenlider flatterten, sein Kiefer öffnete und verkantete sich und wollte sich nur schwer wieder schließen lassen, und seine Zunge und Lippen gehorchten ihm nur widerwillig, was Zippo verständlicherweise in umso größere Anspannung versetzte, je weniger ihm das Formen der Laute gelingen wollte. Und im Bemühen, die Sprechwerkzeuge seinem immer noch schnellen, tadellosen und ungeduldig vorauseilenden Denken zu unterwerfen, trat ein Ausdruck von Panik in seine Augen und Schweißtropfen auf seine Stirn. Also musste man als Gesprächspartner von Zippo nicht nur ihn verstehen können, was kompliziert genug war, man musste ihn gleichzeitig beruhigen und versuchen, das Miteinanderreden so geruhsam und beiläufig wie möglich anzugehen. Keinesfalls aber durfte der Eindruck entstehen, als würde man Zippos Beschwerden dadurch weniger ernst nehmen oder gar ignorieren, weil diese Nichtachtung und Herabwürdigung der Einschränkungen, mit denen er zu kämpfen hatte, seinerseits sofort einen neuerlichen Blutdruckanstieg und Schweißausbruch zur Folge gehabt hätte und damit die Verschlimmerung aller Symptome.

Jordi hatte wenig Lust, sich mit Leoni Zippo zu treffen, er wurde mutlos angesichts der voraussehbaren Mühseligkeit der Unterhaltung. Aber er hatte keine Wahl; wenn er herausfinden wollte, ob das Wrack, das im See unter dem Schlamm verborgen lag, wirklich ein Bugatti sein konnte, musste er sich an Zippo wenden, der, wie es schien, der einzige noch lebende Augenzeuge war oder jedenfalls der einzige noch lebende Augenzeuge, den er aufzufinden imstande wäre.

Leoni Zippo hatte das Bauunternehmen, das er von seinem Vater und der von seinem Vater übernommen hatte, vor rund fünfzehn Jahren, als er sich dem regulären Rentenalter näherte, seinerseits an seinen Sohn übergeben. Was danach genau passierte, darüber kursierten nur Gerüchte, jedenfalls ging die Firma des Sohnes einige Jahre später in Konkurs. Die Gläubiger teilten untereinander auf, was an Gebäuden, Geräten und Mobiliar übrig war, und der Sohn war seither verschwunden. Leoni Zippo, der den Niedergang des Familienbesitzes mit ansehen musste, ohne ihn aufhalten zu können, lebte seit dem Tod seiner Frau allein in einem bescheidenen Holzhaus auf mittlerer Höhe des Monte Bré, zu dem es weder eine Bus- noch eine Seilbahnverbindung gab, denn das Haus lag am Ende einer abgelegenen Stichstraße, und es war ein vollkommenes Rätsel, wie Zippo, der kein Auto besaß, um seine Besorgungen in der Stadt zu erledigen oder die wenigen verbliebenen Freunde zu besuchen, es den Berg hinunter und wieder hinauf schaffte.

Es gelang Jordi, sich telefonisch mit Zippo zu verabreden. Er sollte am übernächsten Abend zu dem alten Mann nach Hause kommen. Nach einer umständlichen Begrüßung ging Zippo voran in die Stube, wo er Gläser, eine Kanne mit Tee und eine Flasche Wein hergerichtet hatte, und sie setzten sich einander gegenüber an den viereckigen Holztisch. Das Zimmer war weiß getüncht, fast leer bis auf den Tisch, eine Eckbank an der einen und zwei Stühle auf der anderen Seite und einen alten Fernseher neben dem Fenster, zu dem ein tiefer Sessel mit kippbarem Fußteil gehörte. Die Wände waren schmucklos, allerdings hingen an einigen Stellen über den Fenstern und über der Tür und hoch über der Bank – an ganz unsinnigen Stellen, die nur mit Hilfe einer kleinen Leiter erreichbar wären – von Hand bestickte Zierbänder mit Sinnsprüchen wie *Früher Vogel* oder *Kommt Rat* oder *Gott erhalts* oder *Kein Preis* oder *Gold im Mund*, bei denen allen jedoch ein Teil fehlte oder doch zu fehlen schien. Geheizt wurde mit einem Holzofen, und da die Tür zur Küche offen stand, bemerkte Jordi statt eines Herdes eine altmodische Küchenmaschine, die mit Holz und Kohlen befeuert werden musste. Er fragte sich, wie Zippo mit seinen täglichen Verrichtungen zurechtkam. Zippo registrierte sehr wohl die erstaunten Blicke seines Gastes und die unausgesprochenen Fragen dahinter, aber er ging nicht darauf ein.

Er schenkte Jordi von dem Wein ein und erklärte, dass er selber zu dieser Tageszeit und überhaupt aus gesundheitlichen Gründen nur noch Tee trinke, und Jordi sah zu, wie er die Kanne nahm und mit zittriger Hand einen Strahl in die Tasse zielte, den Rest in die Untertasse vergoss und eine tröpfelnde Spur über den Tisch zog, bis er die Kanne wieder abstellte. Es roch nach kaltem Kamillentee. Er ließ einen tiefen Lacher hören. Zum ersten Mal hatte es für Jordi den Anschein, dass er mit seinem Gebrechen ein Spiel trieb vor anderen Leuten. Aber dieser Gedanke blitzte auf und Jordi hatte ihn gleich wieder vergessen. Was vor allem daran lag, dass Zippo aufstand, den Deckel der Bank hochklappte und mit wieselflinker Geste etwas darunter hervorzog und umgedreht auf den Tisch legte und Jordi dann schlau musterte, mit einem nur leicht bebenden Mittelfinger auf das Papier herunterstach, das zwischen den beiden lag, und nuschelte: »Weiß, was du willst, weiß schon Bescheid.«

Wie alte Männer manchmal so etwas Fuchshaftes haben, dachte Jordi.

»Da bin ich gespannt, Leoni«, antwortete er, das vertrauliche Du halb aufnehmend und zurückgebend.

Zippo lächelte noch immer schlau, ließ Jordi nicht aus den Augen, drehte das Papier um, das sich als altes, braunstichiges Foto entpuppte, und benutzte weiter den Mittelfinger:

»Ambrosius, Frisée, Zippo«, sagte er, und jedesmal klopfte der Finger auf eine Gestalt.

Er sah Jordi lauernd an. Jordi sagte nichts. Zippo grinste, überzeugt, Jordi vollkommen überrumpelt zu haben. Das hatte er auch.

»Walter Ambrosius, Fausto Frisée, Ermenogildo Zippo«, um die Namen vollständig auszusprechen brauchte er fast eine Minute, und seine Hand und das Foto waren mit feinen Tröpfchen übersät.

»Ermenogildo Zippo, war das Ihr Großvater?«, fragte Jordi.

Zippos Kopf neigte sich Richtung Brust und zuckte wieder hoch.

Jordi nahm das Foto und sah es sich genauer an. Die drei Männer standen nebeneinander, alle trugen sie Anzüge, bis auf Ermenogildo, der in Hosen und Hemd war, die Ärmel hochgekrempelt, alle drei hatten schicke Hüte auf und sahen gutgelaunt Richtung Kamera. Es musste ein sonniger Tag gewesen sein, denn auf dem Boden waren deutlich ihre Schatten zu erkennen, die schräg nach hinten in Richtung einer Toreinfahrt zeigten, und auf dem Hof, auf dem die Männer sich offenbar befanden, gab es am rechten Rand einen ordentlichen Stapel Ziegel, linkerhand ragte das Ende eines Anhängers mit einer Ladung Bretter ins Bild. Sonst nichts. Jordi war ein wenig ratlos, Zippo dafür umso eifriger bei der Sache. Er sprach jetzt im Telegrammstil, um Zeit zu sparen.

»Opa hat Baufirma. Ambrosius ist Architekt aus Zürich, baut mit Opa drei, vier Jahre in Ascona. Häuser gibts noch. Dann Frisée, 1935, kommt aus Paris, pleite –«, das Wort wiederholte Zippo gleich drei Mal, so wichtig war es ihm, »abgebrannt – blank, ja?«

»Ja, ja«, Jordi nickte.

»Aber –«, Zippo machte eine kunstvolle Pause, Speichel rann aus seinem Mundwinkel und tropfte auf den Tisch. »Frisée hat ein Auto!«

»Den Bugatti?« Jordi war gespannt.

Zippos Kopf kippte nach vorn. Der Mittelfinger tippte rhythmisch auf den Tisch, Jordi dachte, es hilft ihm beim Sprechen, es hilft ihm, es hilft ihm, wie kann ich ihm helfen zu sprechen.

»Frisée ist ein –«, Zippo machte eine Handbewegung, die außer Kontrolle geriet, er wedelte in der Luft, Jordi verstand nichts.

»Auch ein Architekt? Ein Bauherr? Was will er?«

»Schül –«, verstand Jordi. »Ein Schüler? Er ist noch Schüler?«

»Sch…itze… Schütz…or…litze öhr …«

»Ein Schütze? Ein Schausteller? Schriftsetzer?«

Zippo machte wilde Augen, hob beide Fäuste in die Luft, schleuderte Jordi schließlich mit gewaltiger Anstrengung ein Wort ins Gesicht:

»HALLODRI!«

Jordi wurde rot: »Ach, ein Schlitzohr!«

Zippo wippte auf der Bank hin und zurück, lachte mit weit offenem Mund, zwinkerte Jordi zu oder versuchte es, bei ihm sah es so aus, dass er beide Augen zudrückte, sie eine Sekunde oder mehr geschlossen hielt, wobei er mit dem Zeigefinger auf Jordi zeigte.

»Ein Schlitzohr«, freute Jordi sich nun auch. »Gut, Frisée war ein Schlitzohr.«

»Lebemann, Weiberheld, Spieler«, das kam überraschend klar.

Jordi nickte.

»Sagt, er hat Bugatti gewonnen.«

»Gewonnen? Wie gewonnen?« Jordi dachte an eine Lotterie, eine Tombola oder etwas in der Art, aber Zippo ließ ihn erst gar nicht weiterreden, er verneinte mit der Hand.

»Poker. Frisée hat Bugatti beim Pokern von Dreyfus gewonnen.«

Jordi musste nachdenken. Wenn das stimmte, hatte das Auto tatsächlich eine ungewöhnliche Vorgeschichte, oder Frisée war ein grober Aufschneider.

»Dreyfus, der Rennfahrer?«

Wieder kippte Zippos Kopf.

»Von René Dreyfus, Paris, 1934. Tolle Nacht mit Champagner. Ein Jahr später. Frisée ist Schweizer, will von Paris zurück nach Genf, weil pleite. An der Grenze muss er Auto verzollen, aber hat kein Geld. Sie schicken ihn zurück. Er fährt über Italien, probiert es in Brissago, überredet, bleibt Zoll schuldig, kommt nach Ascona. Will das Auto zu Geld machen. Pokern, ja, aber ach, Ascona, wer spielt, niemand. Jetzt Ambrosius. Leiht Frisée Geld, Frisée haut ab nach Genf, lässt Bugatti als Pfand. Steht bei Opa Zippo im Hof. Weiter. Ambrosius ist Charmeur, hat viele Frauen, viele. Verliebt sich in eine aus – ah, Australien, Kanada, weit weg. Aber verheiratet. Kuddelmuddel. Ambrosius lässt sich scheiden, Geliebte auch, beide weg. Auto vergessen. Bugatti – steht immer noch bei Opa Zippo.«

Leoni war in Fahrt gekommen, er griff gierig nach der Kanne mit Kamillentee, schüttete sich die Flüssigkeit in den offenen Mund, ein Rest rann ihm übers Gesicht, er lachte, machte ein Geräusch aus dem Rachen, das klang wie fernes Gurgeln, ah –.

»Zwei Jahre lang. Ein oder zwei Jahre steht Bugatti da. Ich erinnere genau. Ganz genau. Kleiner Junge, damals, acht, neun. Bugatti steht im Hof, ist meine Katze drin. Kriegt Junge auf dem Sitz. Ich gehe da hin jeden Tag. Spiele mit den jungen … Jungen Katzen. Ja.«

»Und Sie sind sicher, dass es ein Bugatti war.«

Zippo verzog das Gesicht, tat kurz, als ob er böse wäre, lachte dann wieder.

»Hast du –«, sagte er und richtete seinen Zeigefinger auf Jordi, »schon mal Bugatti gesehen, alte blaue Kiste, real?«

»Nein«, musste Jordi zugeben.

»Ist nicht zu verwechseln. – Entschuldige.« Zippo tauchte mit einer Hand unter den Bankdeckel und holte ein Küchentuch hervor, mit dem er sich rasch über Gesicht, Haare und Hals fuhr, und das er dann ebenso hurtig wieder in der Sitztruhe verschwinden ließ.

»Dann. Kommt Zoll. Zoll ist nicht bezahlt, Auto steht im Hof bei Zippos. Opa sagt, hat Frisée gehört, der lässt es Ambrosius als Schuldpfand. Bei mir steht es herum, und die Katze kriegt drin Junge.« Zippo lachte.

»Zoll sagt, wo ist Frisée, wo Ambrosius. Opa, weg weg, beide.«

Zippo bewegte seine Handflächen gegeneinander, vor und zurück, wie sich streifende Blätter.

»Zoll sagt, Opa soll zahlen. Opa, ist doch nicht mein Bugatti. Zöllner und Opa kennen sich. Zöllner ist Aldo. Aldo sagt, Auto muss da hin, wo's herkommt oder verschrotten.«

Jordi nickte wieder, verstanden.

»Jetzt Vorschlag Aldo. Praxis Zoll«, Zippo sah Jordi mit bedauernder Miene an und öffnete weit seine Arme.

Jordi stieß Luft aus: »Sie lassen das Auto im See verschwinden, haben weiter keine Arbeit und das Problem ist gelöst.«

Zippo haute die Faust zur Bestätigung auf den Tisch, mitten in die Kamillenteepfütze.

Und dann griff er sich unvermittelt Jordis Weinglas, das der gerade vollgeschenkt hatte, und kippte den Inhalt auf einmal hinunter, zielgerichtet und sicher, ohne das kleinste Zittern.

Er musterte Jordi herausfordernd.

»Das war's.«

Jordi musste sich vergewissern.

»Sie haben also das Auto zusammen zur alten Rampe geschoben und dort im Wasser versenkt. Und durch das abschüssige Gelände und die Strömung ist es ein Stück weiter in den See hinausgetrieben, wo Rita Baldi es dreißig Jahre später zufällig beim Tauchen entdeckt hat.«

Zippo zielte mit seinem Zeigefinger auf Jordis Brust und machte ein Geräusch mit vollen Backen, als ob er schießen würde.

»So war das«, sagte Jordi.

Zippo saß ganz ruhig, nur sein Kopf wiegte sich leicht hin und her.

»Ja. – Ja. – Ja.« Das sagte er dann sehr deutlich, sehr klar, hintereinander, wie ein Indianerschamane, der seine magische Erzählung bekräftigt, die einmal wichtig sein wird für die Überlieferung und Einhaltung der Rituale.

Jordi stellte in diesem Moment fest, wie sehr er den alten Mann mochte. Sehr. Vielleicht, weil er ihn an seinen Vater denken ließ, der zu Hause im Bett lag und mit jedem Tag schwächer wurde, und weil er sich kaum vorstellen konnte, wie es wäre, wenn er nicht mehr am Leben wäre. Jordi wünschte sich, er würde später in dem Alter, in dem man ungestraft unehrenhaft sein durfte, auch die Leute hemmungslos bespucken und grotesk unrührselig sein, auf eine Art, die sicher weiß, dass man anderen nichts mehr, sich selber aber alles schuldig ist.

11

Im März kam eine Postkarte von Miguel. Darauf stand:

Ciudad Bolivar, 21. Februar

Ich sitze am Ufer des Orinoco und sehe in den Fluss und sehe in den Himmel. Ich, Miguel, Reporter der Últimas Noticias, Historiker, Fremdenführer und Zimmervermittler in einer Person, warte auf meinen Freund Jordi – denn ein Freund ist er geworden in all der Zeit, in der wir uns nicht gesehen haben. Wenn er gekommen sein wird, werde ich mit ihm in eine kleine Maschine steigen und nach Angel Falls fliegen, endlich. Da sind sie, würde ich sagen, da sind sie, sieh sie dir an, die berühmten Wasserfälle … so lange haben sie gewartet, auch sie … muchos saludos, siempre Miguel

12

Es war eine Nacht in der zweiten Märzwoche, und Jordi ruderte in seinem kleinen grauen Boot auf den See hinaus. Wenn man sich eine gerade Linie dachte, die von der Rampe über den See hinweg ans andere Ufer Richtung San Nazzaro führte, dann war die Wrackstelle ungefähr zwanzig Meter von der letzten Reihe Ankerbojen entfernt. Es war also nicht weit, vielleicht siebzig Meter vom westlichen Seeufer und circa zweihundert vom nördlichen; Jordi brauchte den Motor nicht, und außerdem tat es ihm gut, die Ruder zu bewegen und damit seine Gedanken zu beruhigen; und er wollte die Anwohner nicht aus ihrem Schlaf schrecken, zumal – bei diesem Gedanken konnte er nicht anders, als einen belustigten Ton auszustoßen, aus dem ein Pfeifen, eine Melodie zu machen misslang – zumal er sie in zukünftigen Nächten oft genug aufwecken oder gar nicht erst zum Schlafen kommen lassen würde, vermutlich den ganzen Sommer über, die offizielle Genehmigung für die Bergung lief bis Ende August.

Er war an der Stelle angekommen, musste sich jetzt über dem Wrack befinden, das auf Grund lag. Er legte die Ruder ein und ließ das Boot richtungslos auf den Wellen treiben. Es war eine sternklare Nacht, noch kalt für die Jahreszeit. Er würde seine Kräfte einteilen und sich auf eine lange Zeitspanne einstellen müssen, in der er tagsüber seine Aufträge erledigen und abends und nachts an der Bergung des gesunkenen Autos arbeiten würde. Jordi blickte sich um. Er hätte die Silhouetten der Berge, die den See umgaben und ihn in den Kessel ihrer steilen Wände fassten, auswendig zeichnen können, so vertraut waren sie ihm. So steil sie zum See abfielen, so steil ging es unter Wasser weiter abwärts, in einer 45-Grad-Neigung zuerst, dann allmählich schwenkten die Wände in einen sanfteren Hang aus, aber eben wurde der Grund des Sees nie, an der tiefsten Stelle hatten sie 372 Meter gemessen, insgesamt war es eine Schlucht, die da unten auf sie wartete. Dieser Gedanke spornte Jordi jedoch eher an, als dass er ihm Sorgen bereitete. Sein Blick wanderte noch einmal die Bergketten entlang; der Generator würde viel Lärm machen, und nachts bei der allhaften Stille, die hier sonst herrschte, würde das Motorengeräusch sich in die Träume der Seeanwohner fräsen, so dass er froh sein konnte, wenn sie ihn nicht wegen fortgesetzter Ruhestörung bedrohten, seine Unternehmung zunichte machen wollten. Andererseits, und dabei pfiff er noch einmal vor sich hin, konnte er ohnehin von Glück sagen, wenn das sein einziges Problem sein würde.

13

Sie trafen sich am Samstagnachmittag; es war keine feste Vereinbarung, sondern ergab sich so. Genauer gesagt war es Jordi, der, wenn er an einem Samstagnachmittag Zeit hatte und ihm danach zumute war – wenn er also meinte, er könne einen Besuch nicht nur verkraften, sondern es sei ihm sogar möglich, den anderen durch seine eigene stabile Gemütsverfassung aufzurichten oder abzulenken –, bei Umberto vorbeifuhr. Umberto war meist zu Hause, und die beiden setzten sich, wie sie es bei Jordis erstem Besuch nach Lucas Tod getan hatten, ins Wohnzimmer und tranken zusammen ein paar Bier. Bei schönem Wetter öffneten sie die Tür zur Terrasse. Sie sahen sich die Sportnachrichten und das eine oder andere Fußballspiel an; manchmal kam Monica dazu und blieb eine viertel oder halbe Stunde bei ihnen sitzen, manchmal arbeitete sie im Garten, und oft hörten sie sie im ersten Stock umhergehen; wenn es regnete, setzte sie sich an den Computer und spielte mit sich selber Mahjongg, Stunde um Stunde. Eines Samstagnachmittags, während sie auf verschiedenen Sportkanälen herumzappten, sagte Umberto leise, so leise, dass er eher sich selber als Jordi zu meinen schien: »Ich kann Fußball nicht leiden.«

»Wie bitte –.«

»Ich kann Fußball nicht leiden.«

»Ach so.«

»Ich kann Fußball nicht leiden. Ich kann Fußball nicht leiden.«

Jordi sah beunruhigt zu Umberto, der aufrecht wie immer auf dem Sofa saß und geradeaus auf den Bildschirm schaute.

»Diese drei Jungs waren alle Fußballfans. Einer sogar Schiedsrichter. Er soll eine regelrechte Begabung als Schiedsrichter haben.« Umberto machte eine Pause, sah weiter auf den Bildschirm und lachte einmal auf. »Aber damit hat es nichts zu tun.«

Jordi schwieg.

»Jetzt wollen sie ihn aus dem Fußballverein ausschließen.«

Jordi machte eine Bewegung, als wollte er etwas sagen, aber Umberto kam ihm zuvor.

»Keiner von denen hat sich bei uns gemeldet. Gesagt, dass es ihnen leid tut. Dass sie es selber nicht verstehen. Dass sie es gerne rückgängig machen würden. Nichts.«

Jordi konnte spüren, wie Umberto mit sich rang. Sein Körper war von Unrast ausgefüllt, und trotzdem zwang er sich, ruhig sitzen zu bleiben. Er zwang sich, ruhig sitzen zu bleiben, die Spannung in seinen Gliedern zu beherrschen und unter Kontrolle zu halten; vielleicht hatte er eingesehen, dass er diese Unrast, diesen Druck lange nicht mehr loswerden würde, womöglich sein Leben lang nicht, und es das Klügste wäre, eine Art und Weise zu finden, die es ihm erlaubte, unauffällig und unangestrengt zu wirken und sich in einem Raum aufhalten zu können, ohne auf und ab und gegen die Wände zu rennen, ohne die Möbel umzuwerfen, Bücher, Vasen, Bilder, Urlaubs-Erinnerungsstücke aus den Regalen zu fegen, nicht aus Zerstörungslust, nicht aus Wut, nicht aus Rache, einzig und allein, weil dieser Körper nicht mehr wüsste, wohin mit seiner Unruhe, weil es da diesen Tod gab, den Tod an dem einen Abend im Februar, den der Verstand nicht begreifen konnte, für den niemand eine schlüssige Erklärung hatte, der von drei jungen Männern einfach weggeschwiegen, vergessen oder in eine verwirrende und bewusst konfuse Erzählung umgeformt wurde, eine lückenhafte und widersprüchliche noch dazu, so dass jede Mühe der Rekonstruktion, und vor allem jede Mühe der Rekonstruktion, die auch eine Rekonstruktion der Gründe, des Anlasses und der Ursachen sein wollte, ins Leere, ins ewig und unaufhaltsam Leere verlief. Umberto blickte gewissermaßen ins Nichts, und dieses Nichts gab keinen Blick zurück.

Jordi berührte Umberto behutsam am Arm. »Komm, lass uns rausgehen, lass uns wohin fahren.«

Sie nahmen Jordis Wagen, Jordi schlug den Weg zum Staudamm ein.

»Ich habe mir etwas überlegt. Ich will das gesunkene Auto, du weißt schon, das Wrack aus dem See, das will ich hochholen.«

Umberto war höflich interessiert. »Wozu? Was willst du damit machen?«

»Wir werden es in Ascona auf die Uferrampe holen. Es erst mal dort zeigen. Ausstellen vielleicht. Dort oder in einem Museum.«

Umberto schwieg verwirrt, war mit den Gedanken woanders.

Er musste diese Lethargie durchbrechen, dachte Jordi, die den Ort, den ganzen Landstrich beherrschte, diese Trägheit, die selbstzufriedene. Das Beharren auf dem milden Klima, dem gemäßigten Wohlstand, das bedachtsame und rechtmäßige Handeln, der geregelte Gang der Dinge, alles war ideal; die Stadt, die Seelandschaft und das Leben all derer, denen erlaubt war, hier zu existieren, waren so ideal, dass Jordi sich danach sehnte, eine Springflut würde aus einer bisher unbekannten tiefen Quelle hervorbrechen und das ganze Tal überfluten und alle Häuser, alle Bewohner und alles, was am Leben war, mit sich reißen und ertränken. Solange das nicht geschah, musste er sich anders schützen vor der gasigen, lähmenden, ihn und sein Leben einhüllenden und durchpestenden Atmosphäre. Was Umberto unruhig machte und quälte, das ließ Jordi aggressiv und ungerecht werden.

»Vielleicht wird ein Sammler das Auto kaufen, vielleicht bauen wir einen Ponton in den See und stellen es darauf …«, Jordi lachte grimmig. »… es geht darum, die Erwartung zu unterlaufen … Etwas zu tun, was keiner vorhersieht oder besser, ja besser noch, dessen Ausgang keiner kennt.« Er redete stockend, Umberto wurde noch verwirrter.

Jordi dachte, dass die Lethargie in merkwürdigem Gegensatz zu der Hysterie stand, die darüber ausgebrochen war, dass die drei Täter keine gebürtigen Schweizer waren, aber wahrscheinlich war es genau so, dass gerade das Lethargische und für sich selber Unempfindliche die ideale Voraussetzung dafür war, hysterisch zu werden und nach Hilfe zu schreien, wenn das Verbrechen oder das Unglück schon geschehen waren.

Inzwischen waren sie bei dem Staudamm angekommen, Jordi und Umberto stiegen aus und liefen ein Stück auf die Mauer hinaus, unter ihnen schoss das Wasser aus drei offenen Schleusen talwärts, der schmale, tiefe Seespeicher lag harmlos und glitzerte in der Abendsonne, ein Tuch aus Seide auf der Oberfläche.

»Ich weiß es nicht …«, sagte Jordi, es klang ihm zu resigniert, und er setzte noch einmal an, »ich weiß nicht genau, was ich mit dem Auto machen werde, was ich machen können werde, wenn es überhaupt noch vollständig ist und wenn es mir gelingt, es nach oben zu holen. Mir – es werden viele mithelfen müssen. Ich weiß es noch nicht genau – aber ich will es Luca widmen, das ist sicher.«

Umberto wandte sich ihm verblüfft zu.

»Ja, ja, natürlich. Das ist der Grund zu allem. Ich weiß nicht, in welche Beziehung ich es zu Luca und Lucas Tod setzen werde, aber es wird für Luca sein, da bin ich sicher.«

Jordi hätte den Satz am liebsten noch mal wiederholt, und noch mal und noch mal. In Wirklichkeit war er alles andere als sicher, aber er versuchte dringend, Wahrheit und Lüge zu vereinen oder Gewissheit und Zweifel oder Überzeugungswillen und Unsicherheit oder einfach nur Ohnmacht und Wunschdenken.

Umberto sah ihn eine Weile stumm an, dann nickte er langsam und sagte: »Ja, ich erinnere mich an das Auto.« Er sagte es so, als könne er sich in Wirklichkeit nicht entsinnen, je von dem Auto gehört zu haben, geschweige, dass er selber gerne von dem Wrack erzählt hatte.

»Das ist eine wirklich gute Idee«, fügte er noch hinzu, »die dürfen wir nicht vergessen.«

14

Der Zustand von Jordis Vater Emile verschlechterte sich. Sie hatten ihm einen dauerhaften Zugang in den Bauchraum gelegt. Man konnte etwas Hartes unter der Bauchdecke ertasten. Aus der Haut sah das Ende einer Kanüle hervor, die mit einem Stöpsel verschließbar war. Und Barbara sollte ihrem Mann jeden Tag abgesehen von dem Schmerzmittel, das er bekam, eine Anzahl verschiedener Tabletten geben. Jordi bezweifelte, dass sie das tat. Aber er wagte keinen der beiden zu fragen, warum sie es hatten geschehen lassen, dass ihm der Zugang implantiert wurde. Es musste eine ziemliche Prozedur gewesen sein; und sie hätten Emile nicht zwingen können. Er war inzwischen wieder zu Hause, sagte aber immer öfter, sie sollten ihn alleine im Zimmer oder wenigstens in Ruhe lassen. Er lag dann auf dem Sofa oder in seinem Bett, und Jordi konnte spüren, wie es in ihm arbeitete. Worüber Emile nachdachte, wusste Jordi nicht, aber er schien Zeit dafür zu brauchen.

Jordi erzählte ihm, dass er bei der Seepolizei in Camorino die Genehmigung bekommen hatte, das Auto aus dem See zu holen.

»Wem hat es gehört? Wie kam es in den See?«, fragte Emile und die Neugier riss ihn hoch, er setzte sich halb auf und ließ die Beine über den Bettrand baumeln. Seine beiden Besitzer hätten es im Stich gelassen, und dann sei es vom Zoll und vom alten Zippo in einer gemeinsamen konspirativen Aktion versenkt worden, erzählte Jordi ihm.

»Was glaubst du, wie viel davon übrig ist?«, fragte Emile, und die Frage war nicht rhetorisch.

»Vielleicht das Fahrgestell, vielleicht ein Rest vom Fahrgestell, vielleicht Speichen und Felgen, vielleicht ein Tacho, vielleicht ein Steuerknüppel, vielleicht nur einzelne Teile, die vollends zerfallen, wenn wir versuchen, sie an die Oberfläche zu holen.«

Jordi konnte nicht sagen, dass er vom Sinn seiner Unternehmung ganz und gar überzeugt war. Aber er musste tun, als wäre er es. Womöglich würde er einen Haufen Schrott ans Licht befördern, für den niemand die Hand heben und etwas bieten würde, weit davon entfernt, ihn irgendwo ausstellen zu können, und sei es auf der Promenade in Ascona, eine schadhafte, lädierte Skulptur, die der Witterung ausgesetzt wäre und langsam unter aller Augen verrotten würde. Aber Jordi wollte nicht jeden Tag aufs Neue darüber grübeln müssen.

»Ich denke, das Auto liegt da unten im Schlamm, unter Sand und Kies, und ist so gut erhalten, dass man es restaurieren könnte. Ja, das denke ich.«

Sein Vater sah ihn an mit geradezu beglückter Empörung. »Spinner«, sagte er nur. »Dämlicher Spinner. Furzdämlicher Spinner. So einen furzdämlichen Spinner hab ich in die Welt gesetzt, dumm wie ein Ast, verrückt wie eine kastrierte Ratte, eine selten hirnrissige Idee.«

Emile beschimpfte Jordi eine Weile, was ihm sichtlich gut tat, und schlief dann ein.

15

Jordi hätte Patrizia gern gefragt, ob sie sich beteiligen würde. Ob sie ihm helfen würde, das Auto zu bergen, und er hätte diese Frage, wenn er sie gestellt hätte, ganz praktisch gemeint. Aber es war ausgeschlossen, dass sie mit dem Tauchen wieder anfangen würde, selbst um dieser Sache willen nicht. Im Grunde, dachte Jordi, war sie ein Einzelgänger wie er, und wahrscheinlich hielten sie es deshalb miteinander aus; und selbst die Art von Gruppe, wie sie sich zur Bergung zusammenfinden würde – freiwillig oder quasi ehrenamtlich für ein verführerisch unlogisches Projekt mit sehr ungewissem Ausgang, wie Patrizia es genannt und sich dabei ein wenig lustig gemacht hatte, und Jordi ließ es sich gern gefallen, es erleichterte ihn auf eine seltsame Art, wenn sie ihn nicht ernst nahm –, selbst diese Gruppe verstieß gegen ihren Instinkt, der sie von Vereinigungen, die mehr als zwei Menschen einschlossen, strikt fernhielt. Nur ihre Familie, zu der nun auch Jordi zählte, war davon ausgenommen.

Als Studentin musste sie eine sehr gute Taucherin gewesen sein, das erzählte man sich jedenfalls, und Jordi konnte es sich vorstellen. Es gab ein Foto von ihr, auf dem sie im Tauchanzug zu sehen war, nach dem Tauchgang, die Maske hielt sie noch in der Hand, die Kopfhaube hatte sie ausgezogen, ihre kurzen roten Haare standen kreuz und quer ab, sie hatte erhitzte Wangen, als ob sie unter Wasser der Sonne begegnet wäre, und strahlte ein absolut glückliches Lächeln in die Kamera. Er liebte dieses Foto, speziell dieses eine, und fand sie darauf unwiderstehlich.

Was danach passiert war, wusste niemand außer ihr selbst, und sie redete nicht.

Es schien so, als hätte sie jetzt Angst vor dem Wasser, und Jordi gelang es nicht, ihr diese Angst oder was es auch war, zu nehmen oder zu schmälern, so dass sie, nach einer geraumen Zeit der Gleichgültigkeit, vielleicht der Fühllosigkeit gegenüber dem Wasser, sich wieder daran gewöhnen würde und einsehen, dass die Gefahr, die von ihm ausgehen konnte, zu vernachlässigen war; und darauf würde sie einen Zustand der Entspanntheit erreichen, der nach einer weiteren geraumen Zeit augenblickslang eine Ahnung von Genießen zulassen würde. So hatte Jordi es sich zurechtgelegt, aber in all den Jahren, in denen sie zusammen waren, hatte Patrizia nicht einen einzigen Schritt dahin gemacht. Als die Kinder noch klein waren, planschte sie mit ihnen am Seestrand, im Flachen, immer da, wo sie noch stehen konnte, sie zeigte, wie Schwimmzüge gehen, ohne jemals selbst den Boden unter ihren Füßen aufzugeben. Die Töchter sollten es lernen, von Anfang an sollte ihnen niemand den Spaß verderben. Sie sollten das Schwimmen selber verwerfen, wenn ihnen danach war. Das taten sie nicht, sie waren gerne im Wasser, und Jordi war derjenige, der sie auf dem Boot mit hinaus nahm, Patrizia kehrte ihnen den Rücken zu und ging nach Hause, sie sah einfach nicht hin. Sie diskutierte ihr Unbehagen nicht und ließ sich weiter auf nichts ein, schwamm auch mit Luftmatratze nicht hinaus und ging auf kein Boot. Rätselraten war Jordis Sache nicht. Einmal, im ersten Sommer, hatte er erwogen, sie überfallartig hochzuheben und festzuhalten, auf den nächsten Steg zu rennen, sie in die Tiefe zu werfen, hinterherzuspringen; aber rechtzeitig hatte er sich besonnen und vermutet, dass es die ganz verkehrte Art wäre, ihr den Schrecken austreiben zu wollen, indem er vorführte, dass es ihn überall geben konnte, und dass er, der Schreck, die nichtsahnende Patrizia selbst durch einen Menschen, dem sie so vertraute wie Jordi, jederzeit einholen und gefangennehmen konnte.

16

Etwas wie das, was Jordi jetzt vorhatte, hatte er noch nie geplant. Weder geplant noch mitgeholfen, es durchzuführen. Er brauchte eine kleine Mannschaft, auf die er sich unbedingt verlassen konnte. Er konnte nicht einschätzen, wie lange das Ganze dauern würde, und sie mussten zur Verfügung stehen, wenn er sie brauchte. Sie sollten außerhalb ihrer normalen Arbeitszeit kommen, was eine zusätzliche Belastung war, und Jordi konnte ihnen kein Geld zahlen. Ob es jemals einen Lohn geben würde außer einem auch fraglichen ideellen, stand in den Sternen. Und zuletzt sollten sie schweigen können, denn an Gerüchten und Reportern war ihm vorerst nichts gelegen. Die Bergung war Ziel eins. Alles Weitere dann. Dachte er.

Nacheinander rief er Giuseppe, Piero, Ladislas und Berta an und verabredete sich mit ihnen am Samstagmittag in seinem Büro neben der Werkstatt. Giuseppe war sein Nachbar, er war Schreiner und Mitglied im Tauchclub Ascona. Einer der gelassensten und konzentriertesten Taucher, die Jordi kannte. Giuseppe würde er jederzeit sein Leben anvertrauen, allerdings nur, wenn der vorher nicht zu viel Dope geraucht hatte. Das war sein einziges Laster, und das machte ihn manchmal fahrig und reaktionslahm; aber tauchen würde er in dem Zustand niemals, so gut kannte Jordi ihn. Piero verdiente sein Geld als Model für Versandhauskataloge; er war mehr als ein Hobbytaucher, er verbrachte seine gesamte Freizeit unter Wasser; und er besaß ungefähr ein Dia von jedem Seepferdchen zwischen hier und dem Barrier Reef in Australien; Piero sollte ihre Arbeit mit seiner Unterwasserkamera dokumentieren. Ladislas und Jordi kannten sich noch aus der Schule, Ladislas war der Sohn eines Landwirtes und betrieb mit seiner Frau eine Frühstückspension in Brissago; und Berta war Chirurgin im Krankenhaus von Locarno. Sie wohnten alle in der Nähe.

17

Auf den Fotos, die Jordi bei seinem Tauchgang von dem vermeintlichen Wrack gemacht hatte, war nichts zu sehen außer einer Nabe, und vage zeichneten sich unter dem verkrusteten Schlamm die Umrisse von Speichen ab. Es war auch von einem Taucher unter Wasser nicht mehr zu erkennen oder zu ertasten als eine Nabe und ein paar stabförmige Erhöhungen, die unter Umständen auf die Existenz von Speichen hindeuten könnten. Durch nichts war zu beweisen, dass diese Nabe und die ungefähren Speichen zu einem Autorad gehörten, weder zu einem alten noch zu einem neuen. Durch nichts war zu beweisen, dass diese

Nabe zu mehr als einem Haufen verrosteten Stahls gehörte, und noch weniger, dass die Nabe Teil von etwas Wertvollem, Interessantem, gar Bergenswertem war. Er aber musste sie davon überzeugen, dass genau dies der Fall war, dass die Nabe nicht nur irgendeine Nabe womöglich eines weggeworfenen Fahrrads, einer Wäsche- oder Kabeltrommel war, sondern seltenes Indiz eines alten ungewöhnlichen Fahrzeuges, und dass sie genau dieses Fahrzeug ausgraben und bergen mussten.

Was, wenn die Nabe nichts als der Ausgangspunkt, der Zuspitzungspunkt einer durch Jahrzehnte überlieferten, aber inzwischen längst hinfälligen Geschichte war; einer Geschichte, die sich im Laufe der Zeit verselbständigt hatte und abenteuerliche, phantastische Züge angenommen hatte; was, wenn die Nabe nichts weiter war und zu nichts anderem taugen würde und je getaugt hatte als zum Köder für Taucher, deren Tauchgang ein Ziel brauchte und deren Phantasie entzündet werden wollte?

Er musste sie davon überzeugen, dass die Geschichte, die man sich über das Auto erzählte, wahr war, und dass sie diejenigen sein würden, die die Wahrheit der Geschichte nach 72 Jahren ans Licht holten, die der Nabe damit eine weitere Geschichte hinzufügten und sie vielleicht sogar ins Unendliche verlängerten.

Berta meinte, die alten Bugattis aus den zwanziger und dreißiger Jahren, diese blauen Rennwagen, der 35er vor allem, das seien so ziemlich die schönsten Autos, die jemals gebaut worden seien. Und man müsse sich wundern, wie die zierlichen und fragilen Gefährte jene wilden und waghalsigen Rennen auf derart halsbrecherischen Pisten wie zum Beispiel der Targa Florio in Sizilien oder der Mellaha-Rundstrecke beim Grand Prix von Tripolis überstanden hätten, nicht nur ohne auseinanderzufallen, sondern in selbst für heutige Fahrgewohnheiten rasender Geschwindigkeit. Und sie fügte hinzu, dass der erwähnte Typ 35 imstande war, mit 200 Stundenkilometern dahinzuschießen.

Die anderen hielten dagegen: »Aber wozu das alles? Was sollen wir mit dem Ding machen? Wer wird etwas damit anfangen können?«

Jordi holte Luft. Es wird das Auto von Luca sein. Ihm werden wir es widmen. Ein ertränktes, versenktes Auto für einen erschlagenen, zu Tode getretenen Jungen. Nichts weiter? Nichts weiter. Und dafür der ganze Aufwand? Dafür der ganze Aufwand.

Und wenn es schiefgeht? Wenn es schiefgeht, war es umsonst. Lachen werden sie über uns. Lustig machen werden sie sich. Kann sein. Glück werden wir brauchen. Einen Versuch ist es wert, allemal. Allemal.

18

Jordi stand jeden Morgen vor Sonnenaufgang auf. Jeden Morgen vor Sonnenaufgang. Das konnte im Winter um 7.30 sein, im Sommer um 5.00 oder noch früher. Er stand auf, wenn es noch dunkel war, um zu sehen, wie das Licht in die Welt trat. Genau so wichtig nahm er das. Kein Tag sollte vergehen, keinen Tag wollte er erleben müssen, der angebrochen war, ohne dass er dabei war. So wichtig nahm er das. Nur wenige Male bisher hatte er den Tagesanbruch versäumt, und diese Tage konnte er einzeln herzählen, Datum, mit Begründung des Versäumnisses. Er versuchte, deshalb nicht nachtragend mit sich selber zu sein, aber er musste zugeben, dass die Schwäche, die ein paar Mal daran beteiligt war, dass er den Anbruch des Tages verpasst hatte – wenn sie seine eigene Schwäche war –, ihn lange wurmte und er sich schwer vergeben konnte.

Manchmal hatte er das Gefühl, dass sein Leben zerfaserte. Er versuchte es zusammenzuhalten, er versuchte es so sehr, wie Umberto versuchte, dem Tod seines Sohnes einen Sinn zu geben, aber es gelang Jordi kaum. Er dachte, dass er so dahinschlingerte, mal mehr, mal weniger auf Kurs, und zuweilen, entgegen aller äußeren Disziplin, gar nicht. Zwischendurch war Flaute, und er dümpelte bei herabhängenden Segeln ohne Ziel auf einer offenen See. Er war oft müde.

Der Tagesanbruch. Der Sonnenaufgang. Wegen des Lichts. Weswegen sonst. Wenn es zuerst nur ganz zart erschien, ein Hauch am Himmel, und dann über dem Horizont heller und klarer wurde. Das Licht, es legte sich flach hin und dehnte sich aus, und allmählich fing alles über und unter ihm zu strahlen an, Bäume, Luft, Berge, Land, Tiere, See. Besser gesagt, es gab dann kein Über und Unter mehr, es gab nur noch den weiten Raum, der ihn in sich aufnahm und in dem er sich leicht dahintreiben lassen und auf die Dinge sehen konnte in einer Art von Schwerelosigkeit. Man musste auf dem Land sein, um das verstehen zu können. Um verstehen zu können, was er dabei empfand. Am besten in einer Gegend, die nicht bewohnt war. Von Menschen nicht.

19

Als Erstes brachten sie das Arbeitsboot hinaus. Es war das achteinhalb Tonnen schwere Pontonboot, mit dem Jordi arbeitete, wenn er mit seinen Leuten die Pfähle für Dampferstege, Uferbefestigungen oder Bootsliegeplätze in den Untergrund rammte. Die Kabine auf Deck war groß genug, so dass neben dem Steuerstand auch der Unterwassermonitor, die Steuerung für die Kamera und ein Computer darin Platz fanden. Die Plicht im hinteren Teil des Bootes konnte er für jeden Einsatz so einrichten, wie es am zweckmäßigsten war, dort waren Kompressor, Generator und Staukästen untergebracht. Und über den Bug ragte der Kranausleger mit der Seilwinde.

Sie richteten das Boot am Wrack aus, so dass es über der Stelle trieb, wo das, was sie für die Nabe eines Rades hielten, aus dem Schlamm spitzte. Der Seegrund fiel vom Ufer aus ungefähr in einem 45-Grad-Winkel nach unten ab, zwischendurch bildete der Grund schmale ebene Terrassen, auf die sie die Betonblöcke hinablassen wollten, die als Verankerung für das Arbeitsboot dienen sollten. Sie mussten in genügend großem Umkreis gesetzt werden, um es sicher zu halten; von jeder seiner Ecken führte ein 150 Meter langes Stahlseil zu einem der Blöcke, die sich in unterschiedlicher Höhe auf den Terrassen befanden, das konnten bei dem einen 36, bei dem anderen etwa 90 Meter sein.
Sie arbeiteten nach Feierabend in den Stunden, bevor es dunkel wurde. Jordi bat einen, manchmal zwei der Taucher, ihm zu helfen, sie sollten sich reihum abwechseln können. An dem Ausleger befestigte er das aus Einzelteilen zusammengesteckte Rohr samt dem Druckschlauch, mit dem sie den Schlamm um das Wrack herum absaugen wollten. Jordis Ziel war es, das Auto von allen Seiten her freizulegen, um zu sehen, was davon überhaupt noch übrig war oder ob der See und die Zeit es zerfressen hatten. Aber der Schlamm war festgebackt und an manchen Stellen hart wie Kies; die Taucher mussten ihn mit Gewalt, aber trotzdem vorsichtig losklopfen. Außerdem lag der merkwürdigste Müll auf dem Grund verstreut; Blechkanister, Gummisandalen, Plastikverpackungen und Metallschrott, auch einige alte und völlig verrostete Bojenketten. Ladislas und Berta tauchten ein Kofferradio, einen Fahrradlenker, abgebrochene Radspeichen, einen Lederhandschuh, mehrere Korkenzieher und Schraubenschlüssel, eine runde Brille mit Gläsern und einem Bügel, eine Porzellantasse mit Muschelbewuchs, einen Kühlschrank ohne Innenfächer, ein verschlammtes Regencape, einen algenbewachsenen Holzklappstuhl, mehrere Metallkisten verschiedener Champagnerfirmen – leere Flaschen! –

und eine Stirnlampe an die Oberfläche, bei manchen Fundstücken in der Erwartung oder vielmehr mit dem Bangen, es könne ein beschädigter und nicht zu reparierender Teil des untergegangenen Autos oder dessen Zubehörs sein. Danach begannen sie, im Umkreis von einem Meter um die Wrackstelle, den Schlamm wegzusaugen.

20

Beim Herumzappen auf verschiedenen Sportkanälen waren sie irgendwann auf einen Sender gestoßen, der Pferderennen übertrug. Das Besondere an diesen Pferderennen war, dass sie nachts stattfanden, auf einer Bahn, die von einer schier unendlichen Ausdehnung sein musste, da nur ein kleiner Ausschnitt von der Kamera erfasst wurde, oder jedenfalls gab es nur diese eine unverrückbare und feststehende Einstellung, die den mittleren Abschnitt eines mutmaßlich langgezogenen Ovals so auf den Bildschirm übertrug, dass man eine parallele obere und untere oder vordere und hintere Bahn vor sich hatte, mit einem Streifen Feld dazwischen.

Wann immer sie diesen Sender einschalteten, und sie schalteten ihn fortan jeden Samstagnachmittag ein, wenn Jordi zu Besuch kam, herrschte auf der Pferderennbahn dunkelste Nacht; der Ausschnitt, den die Kamera zeigte, war am unteren Bildrand von einem Flutlichtscheinwerfer erhellt, die obere Bahn blieb im Halb- oder Fastdunkel. Es gelang ihnen nicht – sie bemühten sich allerdings auch nicht sonderlich –, herauszufinden, an welchem Ort der Welt sich die Rennbahn befand. Die Stimme, die das Rennen zu kommentieren schien, brachte keinen Aufschluss, denn sie verstanden die Sprache nicht, ja, sie hatten nicht einmal eine Ahnung, um welche Sprache es sich handeln könnte. Es war selbst schwierig zu sagen, um welche Art von Rennen es ging, denn wann immer sie einschalteten, hatte das Rennen schon begonnen, so dass sie nie den Start miterlebten und das ganze Feld zu Gesicht bekamen, solange es noch zusammen war. Sie wussten auch nicht, ob das Rennen bei Tageslicht gestartet worden war und bis in die Nacht dauerte oder für das Gros des Feldes schon beendet war und man aus antiquierten Regeln oder Gründen der Fairness auf einen oder mehrere Nachzügler wartete oder warten musste, oder ob es sich grundsätzlich, also traditionell, um ein Nachtrennen handelte und vielleicht wegen der extrem schlechten Beleuchtung die Teilnehmer in großen Abständen nacheinander starten mussten oder gar, um Unfälle auszuschließen, einzeln und unabhängig voneinander.

Die längste Zeit saßen Umberto und Jordi also nebeneinander auf dem Sofa und betrachteten das Bild der Pferderennbahn. Hin und wieder sagte die Stimme des Kommentators etwas in einer fremden Sprache; was die Stimme sagte, stand anscheinend nicht in Beziehung zu irgendetwas, das auf dem Bildschirm zu sehen gewesen wäre, das heißt, die spärlichen Kommentare deuteten nicht darauf hin, dass gerade eben etwas passiert war oder sich in naher Zukunft etwas auf dem Bild verändern würde. Unabhängig davon tauchte in sehr großen und unregelmäßigen Abständen ein Reiter auf; er erschien links auf der unteren Bahn, trabte durch das Bild und verschwand rechts wieder. Irgendwann würde er dann rechts auf der oberen Bahn wieder auftauchen, aber wann das sein würde, war ebenso ungewiss zu beantworten wie die Frage, wann der nächste Reiter unten links kommen würde. Es konnte auch geschehen, dass es kein Reiter war, der ins Bild kam, sondern ein Sulky, und manchmal passierte beides, während sie zusahen, obwohl sich sonst nichts an den Ausgangsbedingungen geändert hatte, was zu der Frage führte, ob zwei verschiedene Disziplinen gleichzeitig auf der Bahn ausgetragen wurden; das erschien praktisch immerhin möglich, weil durch die ungewöhnlich großen, manchmal Stunden betragenden Abstände zwischen dem Auftauchen der einzelnen Teilnehmer sich die Annahme aufdrängte, dass die Kapazität der Bahn als Ganze nicht ausgelastet sein könnte. Am Ende wäre es sogar denkbar, dass es ein und derselbe Jockey war, der mal auf einem Pferd saß, das andere Mal im Sulky, ein einziger Jockey, der in jeder Disziplin gegen sich selbst antrat, und das Nacht für Nacht.

Weil die Kamera nur die eine feste Einstellung auf die Bahn kannte, auf die sie panoramaartig ohne Zoom und ohne Schwenks ausgerichtet blieb, waren sowohl die Bahnen als auch die Rennteilnehmer ziemlich klein, der Jockey auf dem Rücken des Pferdes winzig wie ein Kinderdaumen, die Sulkys erreichten nicht annähernd die Größe einer Streichholzschachtel, und das alles bei unzureichender nächtlicher Beleuchtung; es gelang kaum, die galoppierenden Beine des Pferdes auszumachen, so dass es eher schien, als schwebte hin und wieder ein Geisterpferd von links nach rechts durch einen kaum erhellten Traum. Dazwischen sprach eine kehlige Stimme wunderbare zögernde Worte einer sehr fernen Sprache.

Sie nannten es Nachtrennen. Umberto wurde vollkommen ruhig, sobald sie eine Weile Nachtrennen gesehen hatten. Beide waren insgeheim erleichtert, jeder auf seine Weise. Sie mussten nicht miteinander sprechen, sie waren trotzdem zusammen, Erleichterung, einer von beiden holte zwischendurch Bier, sie warteten darauf, dass etwas passierte und dass dieses Etwas sehr lange dauerte und dann, wenn es passierte, vollkommen unspektakulär vorübergehen würde – Erleichterung.

21

Er war es leid, in Spuren zu gehen; was er, Jordi, wollte, hatte ihn nie einer gefragt, sein Ehrgeiz hatte ihn geleitet und manchmal irregeführt. Was ihn, Jordi, glücklich machte, war eine Frage, über die alle Leute, die er kannte, einschließlich Patrizia, hellauf gelacht hätten. Jordi ist nur alleine glücklich, hätten viele gesagt, oder in einer Hütte am Meer mit Schnaps und Weibern. So schlecht kannten sie ihn, so leicht glaubten sie ihm. Alles, was er sich einmal gewünscht hatte, hatte sein Bruder ihm genommen; alles, was er sich einmal gewünscht hatte, hatte sein Bruder bekommen. Den Rausch, die Familie.

22

Jordis Bruder Manuel und seine Frau Dani waren von Mulhouse zurück zum Lago Maggiore gezogen, nachdem das Kind auf die Welt gekommen war; sie wohnten jetzt auf der italienischen Seite in Luino und hatten einen Motorbootverleih. Das Geschäft lief leidlich.

Jordi sprach mit seinem Bruder weder über die Krankheit des Vaters noch redeten sie überhaupt über die Eltern. Nur manchmal flocht Jordi wie zufällig eine Bemerkung in beider Gespräch, etwas scheinbar Harmloses wie: »Mutter hat gerade Irisknollen gesetzt, an der sandigen Stelle hinten im Garten« oder: »Bei dem Sturm neulich hat es Vater samt seinem Fahrrad umgeweht, er musste sich in einem Hauseingang unterstellen, so heftig waren die Windböen«. Manuel reagierte höchstens mit einer Bewegung des Kopfes, die bedeutete, dass er den Satz gehört hatte, aber er gab nie eine Antwort, und weil Jordi wusste, dass es so war, sagte er alle diese Dinge, auch wenn sie unverfänglich schienen, im Grunde nur, um Manuel zu provozieren. Dessen Sturheit ging ihm auf die Nerven, wie ihm auch die Sturheit des Vaters auf die Nerven ging. Die Sturheit von allen dreien. Denn auch die Mutter hatte sich nie nach Manuel erkundigt, hatte nie gefragt, wie es ihm gehe, hatte nie aus seinem, Jordis, Mund wissen wollen, ob er und Dani und das Kind zusammen waren und gesund, und ob sie fröhlich waren und ein Auskommen hatten. Sie mussten nicht so tun, als würde sie das alles nicht interessieren und nichts angehen, denn sie erfuhren und wussten ohnehin alles; klein, wie die Stadt, und eng, wie die Gegend war, wurde ihnen im Groben zugetragen, was sie im Einzelnen nicht nachzufragen wagten, von fernen Bekannten und Nachbarn, die auf dem Laufenden waren und Bescheid wussten, die den Eltern aber nicht nahe genug standen, dass sie gelernt hätten, besser zu schweigen. Beide, Emile und Barbara, saugten alle Nachrichten in ihre Körper auf, ganz unscheinbar wurden sie, sobald von Manuel und seiner Familie die Rede war; sie hatten sich angewöhnt, keinerlei Reaktion, vor allem keine Neugierde, zu zeigen, dabei dehnte sich ihre Haut aus, sobald Neuigkeiten erzählt wurden, ihre Haut dehnte sich aus und wuchs der Neuigkeit entgegen, mit allen Härchen und Poren wurde sie still und aufmerksam und schweigsam und bereit, noch weiter zu werden und sich ganz dem Lauschen hinzugeben, die Haut ein einziges Empfangsorgan. Empfänger waren sie geworden, was ihren Sohn Manuel betraf. Empfänger von Schall, Empfänger von Worten, die sie sich zu einem Sinn zusammenfügten und dem Bild anzugliedern versuchten, das sie von ihrem jüngeren Sohn in Erinnerung hatten. Es war ihnen unmöglich geworden, diese Haltung aufzugeben, es hätte so gedeutet werden können, als würden sie ihre Überzeugungen aufgeben. Jemand anderem eine Frage zu stellen, undenkbar. Ihm, Jordi, eine Frage zu stellen, undenkbar. Und wenn Jordi ganz am Anfang dieser Entwicklung manchmal nachforschte und die Eltern fragte, aber wer könnte irgendetwas deuten außer euch selber, wer würde wissen, wie etwas zu verstehen ist, außer euch selber, und wen würde es mehr betreffen außer Manuel und mich, dann erntete auch er diese sich zurückziehenden, abschweifenden und beinahe leeren Blicke, die früher Manuel gegolten hatten.

Umgekehrt musste Jordi auch Manuel nicht sagen, dass der Vater krank war. Auch ihm hatten es sicher schon andere Leute unaufgefordert zugetragen. Aber dann konnte man Emile die Krankheit ansehen, und es war klar, dass er sich der Behandlung entziehen wollte.

Also begann Jordi sich vorzustellen, wie ein Gespräch mit dem Bruder ablaufen würde. Jordi würde sagen, *unser Vater wird nicht mehr lange leben.* Manuel: *Wir sind alle mal dran.* Jordi: *Nicht, dass du mir hinterher Vorwürfe machst.* Manuel: *Wieso Vorwürfe?* Jordi: *Dass du's nicht rechtzeitig erfahren hast, um was zu tun.* Manuel: *Um was zu tun? Was? Er hätte auch bisher jeden verdammten Tag sterben können, einfach so, an jedem einzelnen Tag hätte er sterben können, durch irgendwas, ohne dass irgendwer es vorher geahnt hätte.* Und darauf würde Jordi nicht weiterwissen, weil er Manuel zu nichts zwingen wollte. Sie hatten jeder eine andere Idee vom Tod, schien ihm. Auch darauf hätte Manuel eine zynische Antwort parat.

Trotzdem wollte Jordi mit ihm reden, er war nicht gleichgültig genug, es nicht zu tun.

An einem Donnerstagabend, nachdem er vier Stunden lang Schlamm vom Grund des Sees gesaugt hatte, fuhr er zu Manuels Wohnung. Dani öffnete.

»Hallo Jordi. Manuel schläft schon.«

»Weck ihn auf. Sag ihm, sein Vater ist gestorben.«

Dani sah Jordi mit offenem Mund an. Ungefähr zwei Sekunden lang.

»Wann.«

»Vorhin.«

»Wie … was hatte er …«

»Los, sags ihm. Krebs.«

Dani ging wie ferngesteuert fort und ließ Jordi in der Tür stehen.

Er hörte sie gedämpft reden, dann tauchte Manuel im Flur auf.

»Erzähl kein' Scheiß.«

Jordi zuckte die Schultern.

»Was –«, Manuel begann zu jammern. »Was is los, Mann –.«

»Stell's dir einfach nur vor«, sagte Jordi, drehte sich um und ging. Manuel nölte weiter in seinem Rücken. Jordi wandte sich im Gehen noch einmal um.

»Wenn du wissen willst, ob's wahr ist, kannst du ja hingehen und nachsehen …«

Der Junge war hinter den Eltern in der offenen Tür aufgetaucht, er schlüpfte zwischen Danis Beinen durch und winkte seinem Onkel zu.

Jordi fuhr nach Hause und überlegte unterwegs, was das Kind gehört hatte. Das Kind war sieben; und obwohl die Schrecken der Vergangenheit vorbei waren, ertappte Jordi sich manchmal dabei, wie er das Gesicht des Kindes musterte, ob Spuren davon sich in ihm finden ließen. Das Gesicht des Kindes sah nichtsahnend aus und, natürlich, unschuldig, aber Jordi war mit dieser Unschuld nicht zufrieden; sie tat ihm an irgendeiner Stelle seines Körpers weh. Es tat ihm weh, sie zu sehen. Er wusste nicht, warum. Flüchtig dachte er, wie ungleich die Gnade der Unwissenheit verteilt war, wenn es denn eine Gnade war. Denn, dachte Jordi, was ist die Unschuld anderes als Unwissenheit. Sehen und nicht erkennen, was man sieht.

Er dachte daran, wie das Kind gerade auf die Welt gekommen war und Manuel und Dani geheiratet hatten, einige Wochen nach der Geburt. Ein Schwindelgefühl überkam ihn wie an dem Tag, als er von der Reise zurückgekehrt und am Flughafen ausgestiegen war. Er hielt vorsichtig am Straßenrand, lehnte sich im Sitz zurück und ließ das Fenster herunter. Damals hatten die Eltern, Emile und Barbara, versucht, das Sorgerecht für den kleinen Jungen zu bekommen. Sie fürchteten, Manuel würde rückfällig werden. Das hatte Manuel ihnen nie verziehen. Er brach jeden Kontakt ab. Jordi sah aus dem Wagen, er war auf der Via Cantonale; wenn er sich umdrehte, konnte er den See sehen, vor ihm im Abendlicht lag der kleine Sportflugplatz des Magadinotals. Er dachte an Miguel und nahm sich vor, ihm endlich zu schreiben.

23

Nicht immer brauchte Jordi die Hilfe der Taucher. Er hatte die Unterwasserkamera, die er in einigem Abstand neben dem Saugrohr hinabließ und die so beweglich war, dass er oben auf dem Bildschirm alles in den Blick bekam, was im Umkreis geschah; sollte irgendetwas passieren, würde er den Kompressor sofort abschalten können. Der war jetzt auf eine niedrige Druckstufe gestellt, bis Jordi herausgefunden hatte, wo genau die Umrisse des Wracks waren und in welchem Abstand er es freilegen musste, damit sie es nicht beschädigten. Der Sauger hing stundenlang über derselben Stelle; sie nahmen an, dass das Auto tatsächlich auf der linken Seite lag, und der allmählich darum herum entstehende Graben sollte mutmaßlich bis zu dieser Unterseite reichen. In einem zweiten Arbeitsgang würden sie das Wrack vorsichtig mit Hilfe von Wasserdruck von den Schlammresten befreien, und was danach noch abzutragen und wegzukratzen wäre, müssten sie per Hand erledigen. Bisher war jedoch nur zu ahnen, vor welchem Teil des Autos sie gerade arbeiteten. Oben wurde der Schlamm mit Getöse aus dem Rohr geschleudert und je nach Windstärke näher oder weiter auf der Wasseroberfläche verteilt, von wo er gemächlich wieder nach unten sank. Um das Saugrohr weiterzurücken, mussten sie die ganze Plattform bewegen, das hieß, die Verankerung an allen vier Seiten neu ausrichten. Zwischendurch fuhr Jordi allein hinaus, meist am Abend, schaltete den Kompressor ein und ließ den Sauger die nächste Stunde seine Arbeit verrichten, während er in der Stadt seine Einkäufe machte oder mit Patrizia zu Abend aß.

Manchmal blieb er auch vor dem Monitor sitzen und starrte auf das fast immer unveränderte Bild darauf: das Rohr mit den geknickten Haltegriffen an seinem Ende sah aus wie ein Mann, der die Arme mit spitzen Ellbogen in die Hüfte stemmte.

24

Sie parkten in der Einfahrt. Es war ein sonniger, eiskalter Spätnachmittag Ende April. Dani machte die hintere Autotür auf und ließ das Kind aussteigen. Obwohl es nur ein kurzer Weg war bis ins Haus, wurde der Reißverschluss am Mantel des Kindes geschlossen, es bekam eine Mütze aufgesetzt, Schal und Handschuhe wurden ihm angezogen, und als sie fertig waren, war die Großmutter immer noch nicht auf der Treppe erschienen, auch die Haustür hatte sich nicht geöffnet.

Das Grüppchen trödelte auf das Haus zu; sie benutzten den Plattenweg und liefen nicht quer über den Rasen; der Plattenweg führte am Schlafzimmer vorbei, am Bad vorbei zu den drei Treppenstufen vor der Haustür. Die drei kamen nicht weiter als bis zum Schlafzimmerfenster. Die Vorhänge waren nicht zugezogen, damit das Licht des Frühlingstages so lange wie möglich hereinfiel; Manuel blieb stehen, wandte den Kopf hin und konnte ihn nicht mehr abwenden. Dani tat es ihm nach, und das Kind stand ratlos zwischen beiden, reichte mit den Augen bis zum Fensterbrett und starrte den Sims an.

Manuel sah seinen Vater im Bett liegen, bis zur Hüfte zugedeckt mit einer bunt-karierten Wolldecke, das Federbett hing zurückgeschlagen über das Fußende. Der Vater lag auf dem Rücken und schlief. Der Vater schlief mit halb offenem Mund, man hörte keinen Laut, aber Manuel konnte erkennen, wie der Brustkorb sich sehr langsam hob und senkte. Das Profil des Vaters zeichnete sich trocken und knochig ab wie ein Gebirgszug, mit Augentälern, Mundbächen und Wangenwiesen. Sein Haar war glatt wie immer, aber nicht mehr glänzend schwarz, sondern graphitfarben und stumpf. Seine Haut schien gelblich und aufgerauht.

Lange Zeit sah Manuel auf seinen Vater und es kam ihm so vor, als würde sich der Rhythmus der schlafenden Atemzüge auf ihn, Manuel, übertragen und ihn selbst zum Schlafen bringen. Als könnte er den Schlaf seines Vaters garantieren, indem er synchron mit ihm ein- und ausatmete, genauso langsam, als ob keine Zeit ihm jemals fehlen würde, als ob sie ewig reichen würde, langsam, langsam, und solange der Sohn seinen Atemwechsel, ein, aus, teilte, würde der Vater nicht aufwachen und bräuchte sich nicht gestört zu fühlen oder bedrängt durch die Zumutungen des Wachseins. Und Dani stand neben ihm, Dani stand neben Manuel am linken Rand des Fensters; nie hatte sie ihren Schwiegervater ohne Aufregung betrachten können, stets waren Herzschläge von Aufruhr und Angst zwischen ihnen gewesen, und Atemstöße der Hoffnung auch, wenn auch wenige. Dani wäre gerne hineingegangen, sie wäre gerne in dieses fremde Zimmer hineingegangen, hätte sich an das fremde Bett gesetzt, hätte ihren Schwiegervater in die Arme genommen und ihn geküsst womöglich, einmal nur, einmal nur, so fest es ihr gelänge, und ihm gesagt, dass sie ihn leiden konnte, nicht mehr, nicht weniger, nur das, weiter nichts, aber da war das Fenster, da war die Tür, und da war Manuel, der unbewegliche. Manuel, der unbewegliche, der seinen Vater ansah mit einer sachlichen Aufmerksamkeit, aha, so also sieht mein Vater aus, hatte ich ganz und gar vergessen, zwischendurch, aber nun erinnere ich mich, ich werde erinnert, die Erinnerung ist nicht unangenehm, sie ist auch nicht angenehm, sie ist ein handwarmes Wasser, das ich über meinen Körper laufen spüre, ohne Erregung – sachlich war Manuels Blick, und kein Mensch konnte wissen, was er gerade dachte. Meinte Dani. Sie wollte ihn in die Seite stupsen; Manuel fing ihren Blick auf, deutete ihn nicht, fragte stattdessen das Kind, »willst du deinen Großvater sehen«, das Kind zuckte die Schultern, gleich darauf nickte es verlegen, und Manuel hob es hoch und zeigte ihm den schlafenden Mann im Bett unter der karierten Wolldecke.

Weiter kamen sie nicht. Sie kamen nicht die Treppe hinauf, bis zur Tür und zur Klingel. Sie kamen nicht dazu, an die Tür zu klopfen; sie klopften auch nicht ans Fenster, das sowieso hätten sie nie getan. Sie drehten sogar dem Fenster nach einer Weile den Rücken zu, stampften mit den Füßen auf gegen die Kälte, Dani trippelte auf der Stelle in ihren Stiefeln mit der dünnen Sohle, ihr Atem hinterließ Wolkenfähnchen in der Luft, sie wandten die Köpfe und sahen hierhin und dorthin, auf die leere Straße, die Nachbarhäuser mit ihren Gärten, in denen niemand sich blicken ließ, die nackten Straßenlaternen und hinter Holzpalisaden versteckten Mülltonnen. Sie blinzelten in den Himmel, nach Westen, wo die Sonne gerade unterging. Das Kind hüpfte unschlüssig, aber stumm auf und ab, auf und ab. Schließlich gingen sie zurück zu ihrem Auto und fuhren zu der Wohnung, die sie bewohnten. Sie wussten nicht, ob die Mutter sie nicht gehört hatte. Wahrscheinlich hatte sie auf kein Motorengeräusch geachtet, sie hatte anderes zu tun gehabt. Oder aber, könnte das sein, vielleicht, dass sie nicht mit ihnen gerechnet hatte.

25

An diesem Samstagnachmittag wollte Umberto kein Nachtrennen sehen. Er legte stattdessen ein Foto auf den Tisch. Es zeigte Luca in seiner Uniform. Umberto sagte: »Er hat sich für die Offiziersschule beworben, die Fliegerschule, eine speziell harte Ausbildung, und er hat es bis zum Oberleutnant gebracht.« Umberto machte eine Pause, dann fuhr er fort: »Ich war nicht einverstanden damit. Ich war überrascht und ein wenig schockiert, als er mir erzählt hat, dass er da hingehen wollte. Es passte nicht zu ihm. Es passte nicht zu ihm. Was will mein Sohn beim Militär«, Umberto stutzte einen Augenblick, vielleicht, weil er in der Gegenwart gesprochen hatte. »Es war so, dass … also ich … ich schämte mich fast ein wenig, oder …« Er hatte seine Hände ineinander verschränkt, als ob er beten würde, aber es war nur, um sie ruhig zu halten. »Ich habe zu ihm gesagt, was willst du da, was ist los mit dir, da gehörst du nicht hin, du hast nichts im Sinn mit Krieg und Waffen und Verteidigung, bist nicht mal besonders sportlich, und Mannschaftskämpfe kannst du am wenigsten leiden.« Umberto sah Jordi fragend an, hilfesuchend, als könne der ihm womöglich erklären, was in Luca vorgegangen war. »Jahrelang hat er Zeit mit seinen Computerspielen verbracht, Call of Duty, Halo, God of War, und wie sie alle heißen, nächtelang, manchmal hab ich einfach den Stecker rausgezogen, wir hatten viel Streit deswegen. Da drüben –«, er deutete mit dem Kopf Richtung Küche, »haben sie ihre Spielepartys gefeiert, jeder der Jungs mit so einem Kasten –«, er bezeichnete mit den Händen, wie groß die Computer waren, »die ganze Küche war verkabelt«, Umberto lachte ein trauriges, kaputtes Lachen. Er atmete tief ein, wischte sich mit den Fingerspitzen über die Stirn und faltete dann wieder die Hände. »Und weißt du, was Luca zu mir gesagt hat, er hat gesagt, ich werde das ändern, ich werde das Heer ändern, das Militär ändern, von innen.« Umberto stieß einen kurzen Lacher aus, der diesmal hoch und verschreckt klang, als würde ein altes Weib nach Luft schnappen, ungläubig, erstaunt darüber, was dem Sohn eingefallen war, welch riesenhafte, schier übermenschliche Aufgabe er sich vorgenommen hatte, die er nun nie mehr zu Ende bringen können würde. »Luca sagte, ich mag die strategischen Spiele, ich bin wirklich gut im taktischen Denken, ich habe Spaß dran, mir Spielzüge und Listen und Täuschungsmanöver auszudenken, die Logistik zu berechnen und meine Gruppe von 15 Mann, mit der wir ausgeschwärmt sind, auch alle heil wieder nach Hause zu bringen. Ich werde Berufsoffizier, und ich werde das Militär verändern.« Umbertos Stimme klang immer noch ungläubig, aber in der Art, wie er davon erzählte und ihn dabei ansah, konnte Jordi eine unbestimmte Hoffnung spüren, dass das, was Luca geplant und sich so sehr gewünscht hatte, vielleicht doch noch, jetzt, nach seinem Tod in Erfüllung gehen könnte, oder mehr noch, dass auf eine verdrehte und ungerechte, aber dann doch irgendwie logische und zu rechtfertigende Weise gerade Lucas Tod der Schlüssel zur Erfüllung dieses Wunsches sein möge. Jordi sah zu Boden, er hielt Umbertos suchendem Blick nicht stand, er fühlte mit Umberto, aber er konnte dessen Gedanken nicht teilen. »Dann haben wir gemerkt, dass es Luca gutging, er blühte richtig auf in der Ausbildung. Und wir sind alle zur Feier seines Abschlusses gefahren, die ganze Familie, da haben wir das Foto gemacht –«, sein Finger strich über das Porträt von Luca in Uniform, »und Luca strahlte die ganze Zeit, und er sagte, das sei der glücklichste Tag in seinem Leben.« Wieder lachte Umberto kurz, mehr ein Husten und Räuspern diesmal, verlegen, er hustete seine Angst weg, die Verzweiflung. »Stell dir vor, mein Sohn wird Leutnant, und er sagt, das ist der glücklichste Tag in seinem Leben.« Umberto waren die Tränen in die Augen geschossen, aber die gefalteten Hände kneteten einander, und er behielt sich in der Gewalt; nur Jordi war dem Ansturm dieser unausgesprochenen Fragen nicht gewachsen, er wusste keine einzige Antwort, er wusste kein einziges Wort, das er Umberto sagen könnte. Er dachte, ich bleibe hier, ich bleibe hier neben ihm sitzen, ich lüge nicht, ich verstehe ihn nicht, ich verkrieche mich nicht, ich laufe nicht weg; ich bleibe hier und höre ihm zu, ich sehe auf meine Hände, ich wäre gern ein anderer.

»Das Militär verändern, von innen.« Wieder lachte Umberto, ein alter Mann, eine alte Frau in seiner Stimme.

26

Emile starb am ersten Samstag im Mai. Er starb eine Woche, nachdem Jordi und sein Team die Räder auf der rechten Seite des Autos freigelegt und Fotos davon an einen Mann namens Bronski ins Waadtlandt geschickt hatten, einen Fachmann für Oldtimer, den Jordi ausfindig gemacht hatte; er starb genau an dem Tag, an dem Bronskis Antwortbrief eingetroffen war. Am Mittag saß Jordi damit am Bett seines Vaters und gab dem Drang nach, ihm zu erzählen, dass das Auto, das sie im Begriff waren zu bergen, tatsächlich ein Bugatti war; er wusste nicht, ob Emile ihn hörte, ob er ihn verstand. Immer noch wollte Jordi ihm vermitteln, dass die Dinge einen guten Weg nahmen.

Barbara kümmerte sich um die Formalitäten, den Sarg, die Trauerfeier. Sie war vorbereitet und es lenke sie ab, sagte sie. Manuel kam mit Frau und Kind zur Beisetzung. Die Brüder standen einträchtig rechts neben Barbara, die Trauergäste kondolierten der Reihe nach, zuerst ihr. Jordi war froh, als das Begräbnis vorbei war. Wenn es nach ihm gegangen wäre, hätten sie Emiles Leichnam verbrannt und die Asche auf dem See verstreut. Sie wären hinausgefahren mit allen Verwandten und Freunden und jedem, der gerne dabei sein wollte, den Priester hätten sie sich sparen können, sie wären hinausgefahren und hätten gefeiert bis in die Nacht hinein und durch die Nacht hindurch, ein trunkenes Schiff, und erst am Morgen, bei Sonnenaufgang, hätten sie einen roten, einen glühenden, einen lichtdurchdrungenen und friedlichen Moment abgewartet, und dann hätten sie seine Asche in den Wind, gegen das Licht geworfen … mitten auf dem See, dem Ort, an dem er am liebsten war und die meiste Zeit verbrachte, mehr als zu Hause. Das hätte ihm gefallen. Aber vielleicht hätte es auch nur Jordi gefallen, denn schließlich und endlich hatte Emile es mit Barbara anders vereinbart, und sicher nicht, um es ihr bequem zu machen. Vielleicht kannte Jordi ihn nicht gut genug, hatte ihn nie gut genug gekannt. Seinen Leib in die Erde zu betten, auch wenn der Sarg ihn umgab und zwischen ihn und die Erde eine dünne Schicht Holz und Stoff gelegt war, schien Jordi jedenfalls irgendwie unpassend, unangemessen für einen, der das Land so wenig und das Wasser so sehr gemocht hatte.

Manuel saß noch lange mit seiner Mutter im Gasthaus; sie saßen sich stumm gegenüber, an einer der langen Tafeln, jeder mit einer längst leeren Tasse vor sich; sie sahen einander kaum an, aber ihrer beider Hände vollführten kleine Bewegungen mit geleerten Zuckertütchen, Löffeln und auf dem Tisch liegenden Kuchenkrümeln, ohne sich nahezukommen, ohne sich zu berühren; sie schienen einfach nur dem Bedürfnis nachzugeben, dort beieinander zu sein, und die Mutter stand lange nicht auf und ging lange nicht nach Hause. An einem Tisch im Eck spielte Dani mit dem Jungen, der spät einschlief und auf die Bank gebettet wurde.

27

Jordi wusste nicht, wie oft er nach Mulhouse gefahren war, Manuel aufgestöbert hatte, sein Gesicht gewaschen, seine Wunden verarztet, seine Kleider gewechselt und ihn wieder nach Hause gebracht. Nach Hause. Aus seiner eigenen Sicht hatte Manuel kein Zuhause mehr, würde es nie mehr haben. Aber er hatte gelernt, es an einem Ort auszuhalten. Das war für ihn ein Fortschritt.

Einmal suchte Jordi nach ihm in einem der Häuser im Zentrum. Durch die Wohnungstüren drang Musik, die Jordi für algerischen Rap hielt, es roch nach Hühnerfleisch, Anis und einem scharfen Reinigungsmittel. Die Wohnung, zu der Jordi sich schließlich Zutritt verschaffte, war dunkel, das Licht kam von draußen, von der Straßenlaterne. Er sah Manuel in einer Ecke auf dem Boden liegen. Er schien zu schlafen oder war vollgepumpt, wahrscheinlich beides. Ein Schwarzer vertrat Jordi den Weg. Jordi machte eine schnelle Bewegung, in Wut, er wollte ihn niederschlagen. Der andere trat einen Schritt zurück. Und dann lächelte er Jordi zu. Das Lächeln war nicht freundlich, selbst im Dunkeln konnte Jordi es erkennen; das Lächeln war höhnisch. Der Typ hob die Hand in einer sparsamen Geste, komm her, sagte die Hand, na komm schon. Jordi wollte an ihm vorbei, sie stießen zusammen, zwei kräftige Körper. Jemand packte Jordi von hinten, er rief: »Manu – Manu –«. Der Bruder regte sich nicht, Jordi wurde auf den Flur gezerrt, eine Faust schlug in sein Gesicht, er fiel hintüber, spürte einen Fußtritt in die Seite, in den Rücken, fiel halb die Treppe hinunter, halb stolperte er, widerwillig, aber ohne den Mut, sich gegen den Angreifer, oder waren es zwei, waren es mehrere, durchzusetzen. Er hätte eine Waffe gebraucht, aber das wäre zu viel gewesen.

Am anderen Tag kehrte er in die Straße zurück, bei Licht

schien das Haus fremd, aber ohne Schrecken. Er ging unbehelligt durchs Treppenhaus, Stimmen hinter geschlossenen Türen, der Geruch von Marihuana, ein Kind sang. Die Tür war offen, Manuel lag noch immer in dem Zimmer, als ob keine Nacht vergangen wäre. Er lag auf dem Rücken, Löffel, Spritzen, Kippen, leere Plastikflaschen auf dem Boden um seine Matratze, und etwas, das aussah wie ein blutiger Wattebausch in einer leeren Fischkonserve. Jordi beugte sich zu ihm, er atmete; Jordi schlug ihn ins Gesicht, er wachte auf, erstaunt, er machte den Mund auf, ohne etwas zu sagen, ein Geräusch wie aus einem Traum kam aus seiner Kehle. Jetzt stieß Jordi ihn zurück, »du musst hierbleiben«, flüsterte er seinem Bruder zu, »du musst hier liegen bleiben, für immer, du kannst nicht mehr weg, ich lasse dir Geld hier, du musst dir was besorgen, hörst du, was richtig Gutes, Oberkristallines, reines Zeug, okay, du ziehst es dir durchs Blut, du knallst dich so weg, du hebst so ab, du siehst den weißen Planeten, du alleine da draußen, es gibt dich sowieso nicht mehr, hier für uns, also bleib, wo du bist, bleib fort und komm nie mehr zurück« – Manuel sah ihn an und lachte irritiert. Jordi ließ ihn liegen und ging. Hinter sich hörte er ein hingefistelte s »is gut Chef, wird erledigt« und dann ein nach oben wegkippendes Lachen.

Auf der Treppe setzte er sich, wartete und rauchte eine Zigarette. Er wartete auf ein Wunder. Wenn Manuels schwarzer Freund gekommen wäre, vielleicht hätte er den Bruder dann mitgenommen. Aber es passierte nichts.

Jordi fuhr am gleichen Tag nach Ascona zurück. Er hatte alles versucht. Er war erleichtert.

28

Sie saßen wieder vor der nächtlich erleuchteten Rennbahn. Es war bei ihnen achtzehn Uhr vorbei, ein einzelnes Pferd –

es hatte grau ausgesehen, und ein Reiter fehlte – war von links nach rechts in mäßigem Trab vorbeigelaufen. Das war vor circa zwanzig Minuten gewesen.

»Hast du kurz Zeit –«

»Wollen wir nicht das nächste Pferd abwarten –«

»In Ordnung.«

Weitere fünfzehn Minuten vergingen. Auf dem Bildschirm wiegte sich Gras am unteren Rennbahnrand hin und her.

»Ich muss dir etwas zeigen.«

»Was denn.«

»Jetzt?«

»In Ordnung.«

»Wir haben einen Teil des Autos freigelegt. Da unten.« Jordi sprach ganz langsam, er wollte die Beschaulichkeit nicht zerstören, in der sie nebeneinander saßen. Selten war ihnen beiden und gleichzeitig friedlich zumute, im Grunde nur beim Nachtrennen.

»Piero hat es fotografiert. Ich hab die Fotos in den Kanton Waadt geschickt. Da gibt es einen Fachmann für Bugattis, ein Sammler, irgend so ein schlauer Autofreak, der beschäftigt sich mit solchen Sachen.«

Umberto nickte zurückhaltend.

»Ich hab eine Antwort von ihm bekommen. Hier, schau.« Er zog einen Umschlag aus der Innentasche seiner Jeansjacke, jetzt doch aufgeregt. »Der Mann hat keinen Computer, keine Mailadresse, das ist vielleicht einer, er schreibt richtige Briefe.« Er faltete das Papier auseinander, das sparsam beschrieben war, und fummelte seine zusammensteckbare Lesebrille aus der Tasche; die rechte Hälfte der Brille war blau, die linke grün. Er steckte die Hälften zusammen und setzte sie auf. Umberto sah ihn aufmerksam an. »Gehört das so?« Er deutete auf die Brille. Jordi sah auf. »Das war eine Sonderanfertigung. –

Sehr geehrter Herr Polar,

habe die Unterwasserfotografien des im See begrabenen Autos erhalten. Recht viel ist darauf nicht zu sehen. Die Ausführung des hinteren Federpaketes, die ich erkennen konnte, lässt jedoch zweifelsfrei auf einen Bugatti schließen. Die Federpakete sind unique. Nur Bugatti hat sie auf diese Weise fixiert. Baujahr und exakter Typ sind mir aufgrund dieses nur papiernen Indizes nicht möglich zu ermitteln, es dürfte sich um ein Modell der frühen dreißiger, eventuell zwanziger Jahre handeln. Vielleicht um einen Typ 40, aber da bin ich zurückhaltend. Wann kann ich den Wagen persönlich in Augenschein nehmen? Ich tauche nicht. Hoffe, Ihnen geholfen haben zu können,

mit besten Grüßen aus dem Waadtland

Ihr Matteo Bronski.«

Umberto meinte, das sei eine aufmunternde Nachricht. Jordi pflichtete ihm bei.

An diesem Abend kam kein Pferd mehr vorbei.

Zwischendurch erzählte Umberto, dass er im nächsten Jahr wieder anfangen wolle mit dem Tauchen. Und dass sein Tauchclub plane, einen Unterwassergarten anzulegen. Sie hätten schon das Areal abgesteckt, das sie mit Bäumen bepflanzen wollten, ausrangierte Christbäume eigneten sich besonders gut, dazwischen Sträucher und Blumen. Für die Fische werde das ein wunderbarer Laich- und Erholungsort, sagte Umberto. Ein Fischelabyrinth, ein Wandelgarten für Tiere und Taucher, eine grüne, bunte Landschaft. Man könnte sogar daran denken, interessierte Besucher dort unten zu fotografieren, ein Souvenir, das Foto als Postkarte aus dem Seeparadies, sagte Jordi, der momentan nur in Unterseefotografien denken konnte.

Ja, das könne man, meinte Umberto, das könne man sicherlich. Er war an diesem Abend guter Dinge.

»Nächstes Jahr werde ich mit Hand anlegen, ich werde

hinuntertauchen und es selber sehen. Nächstes Jahr, nach dem Prozess.«

29

Manuels Situation hatte sich erst geändert, als er Dani kennenlernte. Ihre Eltern waren aus Albanien und hatten eine kleine Möbelwerkstatt am Rand von Turin. Sie trafen bei einem Straßenfest in Mulhouse aufeinander. Manuel war auf dem Bordstein vor Danis Wohnung zusammengesackt; als sie ihn ansprach und aufrichten wollte, sah sie die blutunterlaufenen Handrücken. Sie rief den Notarzt.

Dani sprach Italienisch, und Französisch mit ganz eigenen winzigen und irritierenden Abweichungen von der gängigen Sprachmelodie, nicht wirklich ein Akzent, vielmehr so, als ob sie die Wörter anders betrachtete und einander neu zuordnete, als ob sie sie bei jedem Sprechen erst kennenlernen würde und sich über diese Begegnung jedesmal sehr freuen würde, es war ein neugieriges, tastendes Sprechen, für das kein Wort selbstverständlich, kein Ausdruck gebräuchlich war, ohne dass sie dabei jedoch langsamer sprach als üblich. Dies bewirkte, dass man ihr aufmerksam zuhörte, man wollte nichts verpassen, kein Wort sollte verlorengehen; Dani beim Sprechen zuzuhören war so ähnlich, wie sich nach einem heißen Tag oder einer heißen Nacht unter eine erschreckend kalte Dusche zu stellen.

Dani besuchte Manuel im Krankenhaus. Sie hatte Schreinerin gelernt, und ihr Hobby waren Motocross-Rennen. Das erinnerte Manuel daran, dass er einmal gut gewesen war im Motorbootfahren und im Tauchen, zum Beispiel. Es ging schnell, noch während seines Entzugs wurde Dani schwanger.

Sie konnten beide nicht kochen und ernährten sich von Fertigpizza, Döner und Dosenbohnen. Dani liebte Manuel, aber sie war nicht von ihm abhängig, sie war für ihn da, aber sie wartete nicht auf ihn. Sie war eine durch und durch praktische Natur und realistisch genug zu wissen, sie könnte diese Liebe verlieren und stattdessen eine andere finden. Für Manuel war es die letzte Chance. Er schaffte es von einem Tag zum anderen, von diesem zum nächsten, und dann noch einen. Als ein Monat um war, sah er sich um und erkannte ein paar neue Umrisse in seinem Leben. Er war vielleicht nicht glücklich, vielleicht würde er diese Begabung nie haben, aber er war, zum ersten Mal seit Jahren, fröhlich.

Und Dani dachte, es könnte klappen, als er sich eines abends im Bett zu ihr drehte und sagte: »Dani, schläfst du?« – »Nein.« – »Weißt du, ich freue mich schon so aufs Frühstück.«

30

Nach dem Tod seines Vaters wurde Jordi klar, dass er das Unternehmen nicht weiterführen würde. Es bedeutete ihm nichts. Natürlich müsste das Gegenteil der Fall sein, er sollte sich verantwortlich fühlen für sein Erbe und es sorgfältig bewahren, um es eines Tages an die Kinder weitergeben zu können. Aber er hatte keine Kinder, war lange genug selbst der Erbe gewesen. Er kannte die Welt des Sees von Kind an, er hatte sie satt, er wollte ein anderes Ziel. So nüchtern wie möglich zog er Bilanz. Er hatte den Platz, der ihm zugewiesen worden war oder der ihm zugefallen war und den er ohne Widerstand angenommen hatte, mehr als zwei Jahrzehnte gehalten und verteidigt; er hatte das weniger für sich als für seinen Bruder getan, der konnte sich viele Jahre in seinem Leben nicht versorgen. Jetzt konnte er es, jetzt konnte Jordi gehen.

Er musste nichts mehr beweisen und niemanden schonen. Die Letzte, auf die er Rücksicht nahm, war Patrizia. Sie wusste, mit wem sie es zu tun hatte. Aber die Leute redeten hinter seinem Rücken. Sie sollte nicht darunter zu leiden haben. Die Liebe zwischen Patrizia und ihm war endgültig und brüchig. Wenn er Sex haben wollte mit anderen Frauen, fuhr er irgendwohin, in ein Urlaubsresort, eines dieser künstlichen Arkadien, und dort bezahlte er, für alles. Er machte das regelmäßig, und er machte es gern. Wirklich gern. Es verpflichtete ihn zu absolut nichts. Eines der wunderbarsten Gefühle, die er kannte.

Das Auto aus dem See zu bergen, würde seine letzte Arbeit sein. Dann würde er aufhören.

Er sagte es Patrizia. Sie fragte, was er dann tun wolle, und er redete wieder von Venezuela. Er erzählte ihr noch einmal, obwohl sie die Geschichte schon kannte, wie Jimmy Angel Mitte der Dreißiger, um genau zu sein 1937, auf dem Auyantepui gelandet war, auf dem er eigentlich Gold hatte finden wollen, wie er es angeblich schon einmal gefunden hatte. Davon war er besessen den Rest seines Lebens, vom Goldberg, vom El Dorado. Stattdessen fand er die höchsten Wasserfälle, die es auf der Welt gibt, und die niemand zuvor gesehen hatte, oder jedenfalls kein Weißer, der es außerhalb der Tepui-Welt hätte weitererzählen können, nur dass Jimmy Angels Maschine dummerweise auf dem sumpfigen Plateau des Gipfels steckenblieb, und er, seine Frau und die zwei Begleiter machten sich zu Fuß auf den Weg vom Berg herunter und durch den Dschungel. Elf Tage brauchten sie, bis sie auf eine Ansiedlung von Indios stießen. Das Flugzeug blieb 33 Jahre lang auf dem Berg stehen, dann holten die Venezolaner es vom Gipfel, restaurierten es, und nun konnte man es als Museumsstück einerseits, als Beweis für die Wahrheit von Jimmy Angels Geschichte andererseits auf dem Flugplatz von Ciudad Bolivar bewundern. Das Flugzeug habe ich gesehen, die Wasserfälle nicht, sagte Jordi trocken. Und nach einem Schweigen fügte er hinzu, er könne sich vorstellen, dort jedes Jahr ein paar Monate zu verbringen. In der Gegend um Santa Elena. Patricia hütete sich zu fragen, was er dort tun wollte. Nichts, wäre die Antwort, und keinen Menschen sehen. Nichts und keinen Menschen sehen. Das Gehör schärfen, bis ich den Regen hören kann, wenn er nachts an den Baumrinden nach unten läuft, und den Wind, wie er im Staub umhergeht.

Besser Spanisch lernen, sagte Jordi, damit ich mich mit meinen Nachbarn verständigen kann. Und der nächste Nachbar wird fünfzehn Kilometer weit weg sein, mindestens.

31

Am frühen Abend des Pfingstsonntags brach ein Sturm los. Die Tage davor waren mild gewesen, von warmem Wind und klarer Sonne durchdrungen. Jetzt trieb die unstete Luftzirkulation die Wolken vor den Bergen zusammen, wirbelte Staub über die Hausdächer und durch die Straßen, fegte, was nicht festgemacht war – Hüte, Plastiktüten, Speisekarten, Zeitungen, Zigarettenschachteln –, in einer mühelos erscheinenden Levitation von Tischen, Terrassen und Balkonen und wehte die flatterhaften Dinge zuerst landeinwärts, dann auf den See hinaus. Der Wind löschte die Kerzen auf den Kaffeehaustischchen der Promenade, er ließ Gläser umkippen und zu Boden fallen, er zerrte an den Markisen und brachte die Gäste dazu, sich ins Innere der Häuser zu flüchten. Dann machte er sich einen Spaß daraus, Mülleimer umzutreten und durch die leeren, sauberen Straßen Asconas zu rollen.

Wer konnte, blieb in der Dunkelheit zu Hause und verschloss Fenster und Türen fest. Die bedächtigen unter den Bootsbesitzern vergewisserten sich, dass die Persennings fest verzurrt waren, überprüften die Knoten des Tauwerks und ließen einen zweiten Anker hinab. Was dann folgte, war ein Gewitter, dessen Heftigkeit keiner geahnt hatte. Innerhalb kurzer Zeit trieb der Wind meterhohe Wellen gegen die Ufermauern; die Bäume an der Promenade wiegten sich eine Weile nachgiebig hin und her, mussten dann aber ihre Willfährigkeit aufgeben und ließen ihre Äste von dem glasharten Ansturm der Böen zersplittern. Schlecht befestigte Dachschindeln wurden gelupft und in den Himmel getragen wie plumpe Vögel, bevor sie auf den Asphalt hinabstürzten und zerschellten; durch Versehen oder aus Nachlässigkeit offen gebliebene Fenster knallten gegen die Rahmen, bis die Scheiben sprangen, Satellitenschüsseln wurden in ihren Halterungen gelockert und wippten gefährlich über Dächern und Balkonbrüstungen, die wenigen Passanten trieben durch die Straßen, mit gereckten und über dem Kopf verschränkten Armen sich schützend aus Angst vor herabfallenden Dingen. Die Wasser des Lago Maggiore waren in seltenem Aufruhr. Der Wind schien sich geteilt zu haben und von mehreren Seiten zu kommen, und in der Mitte des Sees stießen die Böen aufeinander, pflügten durch die Oberfläche und tief hinunter und hoben die Wasser nach oben, wo sie sie gegeneinander verwirbelten. Ein Beobachter vom Ufer oder besser einem geschützteren Punkt des Berghangs aus hätte auseinandersprühende Schaumkronen und sich aufbäumende Wellenkämme zu sehen bekommen – wenn er sich an seinem Aussichtspunkt hätte halten können –, Wellenkämme, die ein Boot auf ihrem Rücken nach oben tragen oder es in ihre innere Rundung aufnehmen würden, um es schließlich im Brechen und Niederrollen unter sich zu begraben; Wellen, die Bojen aus ihren Verankerungen am Seegrund und Trümmer von Stegen und Uferbefestigungen mit sich rissen, bevor sie in einem der unüberschaubaren Strudel versenkt wurden.

Das alles fand einzig im aufzuckenden Licht der Blitze

statt, die sekundenlang das Tosen des Sees erhellten, da die Uferbeleuchtung in der ersten Viertelstunde des Sturms schon ausgefallen war. Am Rand der Uferstraße, nahe dem Magadinotal, schlug der Blitz in einen alten Holzschuppen ein, und die Flammen des brennenden Schuppens züngelten in den schwarzen Himmel wie ein höhnisches Menetekel, bevor der nach dem Gewitter einsetzende Regen sie allmählich löschte. Mit dem Regen wurden die anstürmenden Wellen paradoxerweise noch höher und größer; sie bewegten sich jetzt in beinahe monotoner Mechanik in Nord-Süd-Richtung, als hätten sie ihren Kampf gegeneinander aufgegeben und sich zu einer einmütigen Formation zusammengeschlossen, um in synchroner Bewegung – wie es früher die Söldner mit ihren Rammböcken vor den verriegelten Toren einer Festung taten – die Ufermauer zu überrennen, den Ort zu stürmen, zu plündern und zu verwüsten und ihm dann in einer nachlässigen Bewegung den Rücken zu kehren und ihn gleichgültig zu verlassen. Nur dass dieser Ort ihnen ohnehin eine offene, weitgehend schutzlose und arglose Flanke darbot.

Es war, als hätte die Sturmflut, die Jordi sich manchmal insgeheim gewünscht hatte, ihr Ziel erreicht und ihre Opfer gefunden.

Jordi hatte den Spätnachmittag bei seiner Mutter verbracht. Er hatte gewartet, bis Manuel, Dani und das Kind zu einem kurzen Besuch eingetroffen waren. Das Haus wirkte auf eine nachlässige Weise aufgeräumt, und es herrschte eine Stille, von der sie nicht wussten, ob sie sie beruhigend oder beängstigend finden sollten. Eine Lichterkette hing ungeschickt drapiert im Fenster, davor stand eine Pfingstkerze, deren Docht noch nicht gebrannt hatte. Ein leeres Zugeständnis an den Glauben, mit dem Barbara aufgewachsen war, zu mehr war sie nicht fähig, nicht in dem Jahr, in dem ihr Mann gestorben war. Sie war bleich, und ihr Gesicht hatte etwas Zernagtes bekommen, gleichzeitig einen Ausdruck von Fügsamkeit. Die Willenskraft, die sie sonst getragen hatte, schien aus ihr gewichen zu sein und hatte eine verloren wirkende Gestalt zurückgelassen. Nicht einmal das Enkelkind konnte ihr die frühere Freundlichkeit zurückgeben, auch wenn sie sanft um den Jungen bemüht war, ihn mit langsamen Bewegungen umsorgte und ihm mit leiser Stimme spärliche, sorgfältig überlegte Fragen stellte. Für das Kind war alles fremd. Es saß unsicher hinter dem Tisch auf der Eckbank in der Stube und sah sich aufmerksam um, ohne eine Spur der üblichen Ungeduld und Aufgeregtheit. Es hatte jetzt eine Großmutter.

Nach mehr als einer Stunde verließ Jordi das Grüppchen, wohl wissend, dass sein Bruder bald aufbrechen würde, um den Jungen zu Hause schlafen zu legen, und dass die Mutter dann alleine bleiben würde. Er hatte sie gefragt, ob sie mit zu Patrizia kommen wollte, sie hatte abgelehnt.

Bei Patrizia hatten sich deren Eltern zu einem Pfingstessen eingefunden, mit mehreren Flaschen Champagner, und weil es draußen stürmte, hatten sie das Golf-für-Innenräume-Set mitgebracht. Das Abendessen zog sich hin, weil Patrizia und die beiden Mädchen jede einen Gang gekocht hatten und die gebührende Aufmerksamkeit dafür verlangten; Patrizias Vater bekam zwischendurch einen Schwächeanfall, von dem man nicht wusste, ob er gespielt war oder echt; er musste sich theatralisch auf dem Sofa niederlegen und bekam Eiswürfel auf die Stirn. Dann schlief er für ein halbes Stündchen ein und war danach so munter wie zuvor. Sie sprachen nicht darüber, in Patrizias Haus wurden Stimmungen und Krankheiten niemals kommentiert, das war eine Art ungeschriebenes Gesetz, für das Jordi nie den Grund herausgefunden hatte. Nach dem Essen spielten sie zusammen mehrere Runden Golf-für-Innenräume, woran auch der Hund teilnahm. Er beherrschte das Kunststück, den vorbeirollenden Ball mit dem Maul zu fangen und dann zur Lochmarkierung zu rennen und dort sitzen zu bleiben, so dass sie die Regel des Hunde-Einputtens einführten, was ihnen allen zu mehr Punkten als üblich verhalf.

Patrizia war während des Essens hinausgelaufen, sie brachte die Blumenkübel des Innenhofes in Sicherheit, fuhr die Autos in die Garage und klappte in der oberen Etage die Fensterläden zu. Jordi, der wegen des Sturms immer wieder besorgt nach draußen ging, um den Himmel zu beobachten, wusste keinen Rat, als gegen das Unwetter anzutrinken. Jetzt auf den See hinauszufahren war undenkbar, das Arbeitsboot in den Hafen zu holen, dafür war es ohnehin zu spät. Er rauchte, hörte auf die Stimmen und das Gelächter von drinnen, das Wort »ausgelassen« kam ihm in den Sinn, das er lange nicht gedacht hatte. Ausgelassen sind sie, ausgelassen. Wie schön das ist, dachte er, wie schön, so ausgelassen sein zu können. Gleichzeitig kam ihm zu Bewusstsein, wie wenig das Wort auf ihn selber zutraf, dass er nie so würde sein können, immer war da ein Schmerz, und für ein paar stechende und trostlose Augenblicke fühlte er sich weit von den anderen entfernt.

Als Jordi am anderen Tag, wie immer früh im Morgengrauen, die Uferstraße entlangfuhr, war der See blankgefegt, die Oberfläche leer. Das Wasser lag eben da, kräuselte sich in kleinen dunkelgrauen Wellen, von dem Pontonboot weit und breit nichts zu sehen. Jordi mochte es nicht glauben. Es konnte unmöglich sein, dass sein Arbeitsboot, das so viele Stürme ohne Schaden überlebt hatte, diesem einen Unwetter nicht standgehalten hatte. Es war ja kein leichtes Motorboot, kein Segler, keine Jolle, das Ding wog immerhin achteinhalb Tonnen. Achteinhalb Tonnen! Jordi kniff die Augen zusammen, riss die Augen auf. Nichts. Dass sich die Plattform von einer der Verankerungen losgerissen hatte, damit hatte er gerechnet, im unwahrscheinlichsten Fall von allen. Aber selbst wenn alle vier Halteseile gerissen wären, wäre das Boot abgetrieben und an einem Ufer gelandet, vielleicht dümpelte es auch an irgendeiner anderen Stelle des Sees, er dachte den Strömungen hinterher, aber bei dem gestrigen Sturm war jede Richtung möglich und gleich wahrscheinlich.

Er wollte es nicht glauben. An der Stelle, an der die Plattform gelegen hatte, war nicht einmal mehr eine einzige Boje zu sehen.

Jordi rauchte ein paar Zigaretten, während er an der Uferrampe stand, an der Leoni Zippo und der Zöllner Aldo vor 72 Jahren das Auto ins Wasser gestoßen hatten. Sein Körper fühlte sich an, als würde er von einem der Betonblöcke, die er sonst für die Bojen benutzte, nach unten gezogen. Wem gehörte er. Er, Jordi. War er Teil des Sees, Teil des Wassers, Teil des Schlamms, was tat er hier eigentlich, und für wen, wozu. Er dachte an Angel Falls, an das namenlose Dorf unweit von Santa Elena, die Hütte, in der er dort zuletzt gelebt hatte, die Dichte des Urwalds, den Lärm, der dort Tag und Nacht herrschte, den Lärm der Vögel, der Wasserfälle und der durchs Unterholz brechenden Wasserschweine. Er dachte an die trägen Bewegungen der Baumschlangen, an ihre muskulöse Schnelligkeit, die Zartheit ihrer Haut. Er dachte an die Blicke der Indios, die ihn zum Jagen mitnahmen und ihm alle diese Wunder zeigten. Gegen Bezahlung natürlich, denn eine wahre Freundschaft, so wie die zu Miguel, brauchte, erst recht, wenn sie im Tausch gegen Geld begonnen hatte, Jahre, um zu wachsen und sich von dem einmal bezahlten Eintrittspreis freizumachen. Er dachte an Miguel, der sein Freund war, und der bereit gewesen war, mit ihm aufzubrechen nach Angel Falls, zum Auyantepui, in das Gebiet, das kaum jemand betreten hatte. Er hatte Miguel einfach verlassen, im Stich gelassen nach wochenlangen gemeinsamen Vorbereitungen. Ihm wurde schwindlig. Und er stand hier am Ufer des Lago Maggiore, es war Winter, und sein Boot war verschwunden.

32

Jordi musste nur ein Mal tauchen. Der hohe Wellengang hatte das Arbeitsboot aufgestellt, überspült, unter Wasser gedrückt und es war abgesoffen wie eine Tonne Zement. Die Aufbauten befanden sich erstaunlicherweise noch an ihrem Platz, aber die Geräte im Inneren der Kabine – sein Computer, der Monitor, die Steuerungen – musste es quer durch den Raum und gegen die Wände geschleudert haben, sie waren alle unbrauchbar. Der Kranausleger war verbogen, ebenso die meisten Bügel und Halterungen auf Deck, sofern sie nicht abgerissen waren. Den Kompressor und den Generator konnte er ebenfalls abschreiben, das Wasser hatte die Elektrik zerstört und war in die Kugellager eingedrungen; vielleicht ließen sich Teile daraus ausbauen, reinigen und wieder verwenden, aber das brachte ihn nicht viel weiter.

Die Seilwinde hatte als Einzige nicht viel Schaden genommen, eine Ecke war eingedrückt, aber die Kurbel schien gerade und intakt, und die Zahnräder waren nicht verkeilt.

Das Unglaublichste aber war – und bei diesem Anblick stiegen ein paar Sekunden lang keine Bläschen aus Jordis Atemmaske auf –, das Unglaublichste war, dass das Arbeitsboot mit seinen rund acht Tonnen Gewicht ziemlich genau viereinhalb Meter neben dem alten Auto aufgeschlagen war, es war gesunken und hatte sich exakt den Parkplatz neben dem Bugatti ausgesucht; regelrecht in den Grund gerammt hatten sich die achteinhalb Tonnen, und das Auto daneben hatte keinen Kratzer abbekommen – das hieß, es war verrottet und halb zerfallen wie zuvor, seine beiden Räder sahen vorwitzig aus dem Schlamm wie zuvor, und darum herum waren die Konturen des Karosserierahmens zu ahnen wie zuvor, und egal, was es sonst noch zu bergen gab, das Arbeitsboot hätte die einmalige Chance gehabt, es ein für allemal platt zu machen, hatte sie aber im letzten Moment nicht genutzt.

Jordi war wahrlich nicht der Typ, den Ereignissen eine metaphysische Bedeutung anzudichten. Einen transzendenten Sinn zu konstruieren, eine Botschaft des Universums in Krankheiten, Unfällen und Begebenheiten zu erkennen, die einen selbst oder andere betrafen, oder gar Signale des eigenen Inneren, die es zu entschlüsseln galt. Trotzdem war es natürlich ein ungeheurer Zufall, dass das Achteinhalbtonnenboot a) überhaupt gesunken war und b) den zierlichen Bugatti nicht einmal gestreift hatte. Ungefähr dreieinhalb Minuten lang geriet Jordi in Versuchung: hieß das nun a) der Unfall war eine Warnung und es wäre besser, die Bergung aufzugeben, oder hieß es b) wenn du so langsam weitermachst, passieren noch mehr Dinge, also trödele nicht herum, sondern beeile dich gefälligst ein bisschen. Das wären aber zwei diametral entgegengesetzte Botschaften, entgegengesetzter ginge es nicht, und wie sollte er herausfinden, was gemeint war? Konnte das Universum nicht deutlicher sprechen, oder hielten sie – es! es? – ihn für intelligenter als er war, und er war tatsächlich zu doof, ihre – seine! seine? – Sprache zu verstehen? Die Sprache des Universums. Den Sinn halt. Es war genau die Art von unentscheidbaren Alltagsfragen, über die Leute zuerst verwirrt, dann zwanghaft und am Ende Dauerpatienten der Psychiatrie wurden. Manche wurden auch religiös.

Jordi rief sich selber zur Vernunft. Er dachte an Luca, und er dachte an den Freitagabend, an dem Luca ermordet worden war. Der Mord, der mitten in einer Karnevalsnacht geschehen war, hatte genauso wenig Sinn wie die Havarie seines Bootes. Es hieß nichts, es bedeutete nichts. Es bedeutete nicht mehr und nicht weniger, als dass ständig Dinge passierten, die wir nicht verstanden und nie verstehen würden, und dass das Leben letztendlich nichts anderes wäre als ein einziges Sichaufbäumen gegen all das, was geeignet war, uns den Boden unter den Füßen wegzuziehen und uns glauben zu machen, dass unsere Existenz vergeblich und wertlos war. Das war sie zwar, womöglich, aber der Trick war doch am Ende, es genau so nicht aussehen zu lassen, sondern sich das bisschen Mutterwitz und Würde zu bewahren, damit das Zusammenleben mit anderen wenigstens für manche Strecken leicht und fröhlich wäre. Damit wir gerne am Leben wären und jeder von uns ein bisschen mehr davon hätte als Armut und Obsession. Als er ungefähr bei diesem Gedankengang angekommen war, fühlte Jordi sich ein wenig erleichtert. Der Unfall war nicht gegen ihn gerichtet, und dass sein Arbeitsboot jetzt ein Haufen Schrott war, hieß nicht, dass er mit der Bergung aufhören sollte.

Trotzdem ging Jordi zwei, drei Tage umher wie in Trance. Sprach kaum mit jemandem, stellte im Kopf Rechnungen an, versuchte sich auszumalen, wie der Unfall passiert sein konnte. Es musste eine Welle von peitschender Kraft gewesen sein, die es fertiggebracht hatte, mit dem Wind als Vorarbeiter das Boot zu heben und auf eine Seite zu kanten. Einmal derart ausgehebelt, hatte ein Pontonboot wie dieses, mit dem ausladenden Kran samt Flaschenzug, keine Chance, sich wieder aufzurichten und ins Gleichgewicht zu kommen. Der Schaden würde sich auf hundertfünfzig- bis zweihunderttausend Franken belaufen; dazu kamen die Kosten für die Bergung, die wegen des Gewichts des Bootes und seiner schweren Manövrierbarkeit nicht nur viel Zeit beanspruchen würde, sondern wahrscheinlich brauchte er dazu Spezialgerät.

Damit hatte Jordi natürlich nicht gerechnet, und kein Mensch, jedenfalls keiner, den er kannte, hatte jemals von einem ähnlichen Unfall gehört. Was die Sache nicht besser machte. Er musste das Arbeitsboot hochholen, einen Bericht für die Versicherung schreiben und sich überlegen, ob das, was er sich vorgenommen hatte, seine Kräfte nicht doch überstieg. Es war zu ahnen, dass die oben liegende, rechte Hälfte des Bugatti verrottet war, dass vielleicht nur der Chassisrahmen übrig war. Wenn der zuunterst liegende Teil auch nur ein Skelett war, konnte er sich die Rettungsaktion sparen oder den Bugatti gleich wieder ins Wasser werfen, als Algenfänger und Markierung für die Tieftaucher. Er wusste nicht, was er tun sollte. Er wusste nicht, wie es weitergehen sollte. Er war entmutigt. Und müde.

Einen Verlust wie diesen konnte sich seine Firma eigentlich nicht leisten. Wenn die Versicherung zahlte, würde er den finanziellen Schaden verkraften können, das Arbeitsboot war trotzdem weg. Es war, wie die meisten Geräte, mit denen er arbeitete, von ihm und seinem Vater speziell für ihre Bedürfnisse gebaut worden. Es würde lange dauern, ein ähnliches oder das gleiche Boot zu konstruieren und zusammenzuschweißen. Allerdings haftete die Versicherung logisch nur für Schäden, die im Rahmen seiner Arbeit passierten, und die Bergung des Bugatti war zwar ein Auftrag, aber wie man es drehte und wendete, war es einer, den er sich selber gegeben hatte, und fiel also eher auf die Seite eines Hobbys. So konnte man es als Versicherungsagent betrachten, wenn man böswillig war. Jordi ahnte, dass er Gelegenheit haben würde, in Engelszungen zu reden. Und als ob das Wort Engelszungen, das er beschwörend im Geiste wiederholte und wiederholte, sobald er an den Herrn Brenner von der Versicherung dachte, Ähnliches nach sich zog, traf in diesen Tagen ein Brief von Miguel ein, unerwartet, aber doch endlich, in dem, wie innerhalb des Unerwarteten zu erwarten war, von *Angel Falls* die Rede war.

33

In dieser Nacht träumte Jordi vom Berg Auyantepui, den er nie gesehen hatte außer auf Dutzenden von Fotos und ein Mal auf einem schmierigen Gemälde, das in der Rezeption des Hotels El Dorado hing, in dem er in Caracas ein paar Nächte verbracht hatte, und dem er nie so nahe gewesen war wie zu der Zeit in Santa Elena, als ihn die Nachricht von Lucas Tod erreichte.

Er träumte, dass er über den Urwald flog, zusammen mit Miguel in einer zweisitzigen Propellermaschine; Miguel hatte einen eigenartigen Helm auf, er war mit einem Riemen unterm Kinn festgemacht, und links und rechts wuchsen ihm softe Riesenohrmuscheln aus einer Art Schaumstoff, die Ohren waren grün und hatten ein irre feines Lochmuster. Miguel sah aus wie ein Karnevalspilot, er saß am Steuer, Jordi rechts neben ihm. Ein Licht umgab sie, das die Farben satter aussehen ließ als normal, besonders intensiv und leuchtend, und das die Konturen schärfer als sonst ausprägte. Es war in etwa so, als flögen sie durch einen nachkolorierten Fünfziger-Jahre-Film. Die mäandernden Flußläufe unter ihnen und die Baumwipfel traten so klar hervor, dass Jordi die Blätter einzeln zählen konnte und meinte, die Fasern der Lianen und selbst die Fischschuppen unter Wasser erkennen zu können. Miguel – der im wirklichen Leben überhaupt nicht fliegen konnte – steuerte sie in fröhlichen Loopings durch dunkelgraue, schmutzigweiße Wolkenberge, während der Himmel um sie herum die Farbe von mattem Stahl annahm, was, wie sie sich beide kennerhaft mittels Gesten versicherten, ein Zeichen dafür war, dass es bald einen Wolkenbruch geben würde.

Miguel drehte sein Gesicht immer wieder zu Jordi und rief ihm fast pausenlos etwas zu, wovon Jordi nicht das Geringste verstand, jeder Ton ging im Rotorgeräusch der

Maschine unter. Dennoch schien es ihm ausnehmend interessant, Miguels Mund dabei zu beobachten, wie er sich öffnete und schloss und sich bemühte, entzifferbar zu sprechen, so dass er Lippen und Zunge übertrieben deutlich und langsam bewegte; dabei lachte er die ganze Zeit ohne ersichtlichen Grund, wahrscheinlich, weil es ihm so viel Spaß machte, in Jordis Traum herumzufliegen.

Dann tauchte unter ihnen ein Tepui auf, ein Berg mit flachem Gipfelplateau, und es war merkwürdigerweise der einzige Tepui weit und breit, obwohl es hier von Tepuis nur so wimmeln müsste, dafür war die Gegend schließlich bekannt, nichts davon. Sie flogen auf diesen einen Tepui zu, der ein außergewöhnlich schöner Tepui war, das musste man sagen, mit Wänden, die dreitausend Meter steil aufragten, tiefbraunen Felswänden, deren Kanten vom Wind und der Zeit rundgeschmirgelt waren, und einer smaragdgrün schimmernden Hochebene. Das Smaragdene musste die Vegetation sein. Der Tepui sah ungefähr so aus wie der überdimensionale Stumpf eines Mammutbaumes, auf dessen Schnittfläche sich eine Landschaft aus Moos gebildet hat. Miguel und Jordi landeten auf dem Smaragdgrün, und als sie ausstiegen und den Boden berührten, war es nicht so, wie Jordi einen Moment befürchtet hatte, dass er weich war und unter ihnen nachgab, er war genauso fest und stabil wie ein Felsboden sein soll, nur dass sie durch die dicke Moos- und Grasschicht auf ihm liefen wie auf einem federnden Humuspolster. Die Hochebene schimmerte und leuchtete in allen Schattierungen, die von Grün vorstellbar waren, zart zitternde, hell durchscheinende Farnflügel wuchsen neben dickleibigen Sträuchern mit gedrehten Ästen und krausen Blättern, fettblättrige Sukkulenten neben Bambushorsten, mannshohen Schilfgräsern, und dort schlangen und rankten sich fingerdünne Stämmchen, die aussahen wie aus Gummi, zu Hunderten umeinander und bildeten einen einzigen dicken Stamm, der, wenn er vom Wind berührt und gebogen wurde, leise quietschte. Trotz all dieser Wucherungen konnten Miguel und Jordi in jeder Himmelsrichtung über den Rand des Plateaus hinaus und bis zum Horizont sehen, in einem 360-Grad-Panorama lag das Land vor und unter ihnen, und es bestand in jeder Himmelsrichtung aus nichts anderem als Wäldern, Lichtungen, Flussläufen, kleinen Seen und Sümpfen. Und wieder Wäldern. Erstaunlicherweise war es ziemlich still hier oben, es schien keine Vögel, ja überhaupt keine Tiere zu geben oder wenn, waren sie weder zu sehen noch zu hören. Das einzige Geräusch – von den Gummibäumen und dem Tuscheln der übrigen Flora abgesehen – war der Wind. Sie selber machten keinen Versuch zu sprechen. Jordi hatte das Gefühl, der Ton seiner Stimme würde in den unendlich tiefen Trichter dieser Lautlosigkeit fallen und dort für immer verschluckt werden.

Stattdessen fing die Vegetation zu ihren Füßen an, sich in zeitrafferhafter Schnelligkeit zu verändern, Gräser, Pilze, Blumen und ganze Büsche sprossen in Sekunden aus dem Boden, verästelten, verzweigten und vermehrten sich, bildeten Ableger, warfen Samen aus und wuchsen mannshoch heran und verblühten, verwelkten, zerfielen und verfaulten dann ebenso schnell. Gleichzeitig zogen die Wolken immer rasanter vorbei, nur die Tageszeit blieb seltsamerweise dieselbe. Es gab keinen Lichtwechsel, keinen Dämmer und keine Nacht; sie befanden sich in einem ewigen Tag.

Als Jordi sich umsah, merkte er, dass ihr Flugzeug vollkommen zugewachsen war. Großblättrige Schlingpflanzen hatten sich um Leib und Propeller gewickelt und hielten die Maschine fest in ihren rankenstarken Armen.

Wir müssen hier weg, dachte Jordi; er wollte Miguel an der Hand nehmen, aber Miguel war verschwunden, und Jordi nahm, ohne im Geringsten darüber nachzudenken, Anlauf, breitete die Arme aus und schwebte, er schwebte leicht, dann flog er ganz selbstverständlich über die Kante des Plateaus hinaus. Er flog, die Landschaft unter sich, und bevor er sich wundern konnte, tauchte unter ihm die Plaza Central auf, die Plaza Central in Ciudad Bolivar, wo er Jimmy Angels Flugzeug gesehen hatte. Er landete, eine Menschenmenge versammelte sich umgehend auf dem kleinen, freundlichen Platz. Er begriff, dass sie ihn für ein Flugzeug hielten und dass er hier, auf dem zentralen Dorfplatz, ausgestellt werden sollte; er war das Flugzeug, das 33 Jahre lang auf dem Hochplateau herumgestanden hatte und das nun geborgen worden war und restauriert werden würde.

»Nein«, rief er und winkte ab. »Nein, nein, ich bin kein Fluzeug, ich bin ein U-Boot.«

Als er das gesagt hatte, brachen die Leute um ihn herum in lauten Jubel aus und applaudierten und warfen ihre Hüte in die Luft, denn unter ihnen waren zahlreiche Pemón-Indios, die hohe schwarze Hüte aus Palmfaser trugen.

»No soy avión, soy submarino«, Jordi drehte sich um, und der venezolanische Platz war verschwunden; stattdessen lag vor ihm der Hafen von Ascona, und er stand direkt in der Mitte der Uferpromenade. Er erschrak. Wie war er nach Hause gekommen? Warum musste er hier sein? Wo war Miguel? Und warum war er ein U-Boot, er hatte doch nicht mal einen Schnorchel dabei –.

34

In der ersten Juniwoche begann der Prozess gegen die drei jungen Männer, Valon, Ilija und Branko, die angeklagt waren, Luca in der Fastnacht ermordet zu haben. Der Prozess war auf fünf volle Tage angesetzt, die Urteilsverkündung sollte nach einem Tag Beratung am Dienstag der folgenden Woche stattfinden.

Schon am ersten Tag der öffentlichen Verhandlung war

der Andrang von Zuschauern so groß, dass man nach längerem Hin und Her die offiziellen Beobachter und Berichterstatter in den Saal einließ, der dann ohnehin voll war, und die Privatpersonen auf den folgenden Tag vertröstete; bis dahin wollte man eine Video-Übertragung in einen der angrenzenden Gerichtssäle eingerichtet haben. So geschah es dann auch.

Die Verhandlung verlief ohne Überraschungen. Die drei Angeklagten sagten nur das Nötigste, zeigten sich weitgehend reuelos, und wenn sie irgendetwas bedauerten, dann vor allem, so schien es jedenfalls, dass sie sich selber in diese Lage gebracht hatten. Die Verletzung, an der Luca gestorben war – und das war vermutlich das Außergewöhnlichste an den Tatumständen –, war ein selten vorkommender Riss der Arterie, die ins Gehirn führte; dieser Riss wurde durch eine genauso seltene Überdehnung bei gleichzeitiger Drehung des Kopfes verursacht; eine Belastung, der der Körper normalerweise nicht ausgesetzt ist, die aber dadurch ausgelöst wurde, dass Luca überraschend von hinten gegen den Kopf und in den Nacken getreten wurde, ohne die geringste Möglichkeit, sich gegen diese Tritte zu schützen oder zu wehren. Der durchsichtige und schäbige Versuch der Verteidigung, die zu diesem Zweck einen eigenen medizinischen Gutachter aufgeboten hatte, die Todesursache nicht auf den Überfall, sondern auf eine abnormale physiologische Veranlagung Lucas zurückzuführen, hatte helle Empörung beim Publikum und beißende Ironie beim Vorsitzenden zur Folge, und besagter Gutachter gab damit sich und seinen wissenschaftlichen Ruf der Lächerlichkeit preis.

Am Ende wurden zwei der Angeklagten wegen vorsätzlichen Mordes zu zehn und zehneinhalb Jahren Haft verurteilt, der dritte, dem eine unmittelbare Beteiligung an den tödlichen Schlägen nicht nachgewiesen werden konnte, wegen Überfalls zu zweieinhalb Jahren.

Das Urteil überraschte niemanden, am wenigsten die Verteidigung.

Während des Prozesses wurden die Details aus den Lebensläufen der drei Angeklagten, deren Familien Mitte der achtziger Jahre aus einer kleinen bosnischen Stadt in die Schweiz gekommen waren, von den Zeitungen verhältnismäßig sachlich geschildert; sichtlich bemüht, fremdenfeindlichen Stimmungen keine weitere Nahrung zu geben. Ohnehin war wenig Spektakuläres zu berichten; was bekannt wurde, ergab das triste Bild von jungen Leuten zwischen Langeweile und Überforderung, die nicht wissen, was sie tun. Und deren Lebensgefühl man vermutlich so zusammenfassen könnte: *Was soll der ganze Scheiß?*

35

Es dauerte eine Woche, das havarierte Boot hochzuholen und an Land zu bringen, Jordi musste einen Spezialkran besorgen, und das ganze Taucherteam – Berta, Giuseppe, Ladislas und Piero – war im Einsatz. Es war die Woche, in der der Prozess stattfand. Eine merkwürdige Situation, in die er da geraten war, dachte Jordi, dass er jetzt sein eigenes Arbeitswerkzeug bergen musste. Aber er tat es, und als sie damit fertig waren – es war der Tag, an dem das Urteil verkündet werden sollte –, ließ er die vier, die ihm geholfen hatten, im Grotto Sebastiano bewirten. Er selber packte eine Tasche, um Matteo Bronski in dessen Bergdorf zu besuchen.

36

Bronski war ein alter Mann geworden. Er lebte alleine auf einem Hof in den Bergen der französischen Schweiz. Er hatte keinen Computer, keine Internetverbindung und nur eine einzige Telefonnummer. Um zu ihm zu kommen, musste man von Norden her über den Col de Mollendruz, eine steile, kurvenreiche Straße hinunter, von Süden führte der Weg vom Lac Léman aus bergauf. Jeden Abend aß Bronski im Gasthof des benachbarten Dorfes, und weil sein Magen ihn alles andere büßen ließ, bestellte er stets gedämpften weißen Fisch, der bereits in der Küche für ihn in mundgerechte Stücke zerteilt wurde, und gekochtes Gemüse, nur gesalzen, ohne Gewürze.

Sie saßen auf der verwitterten Terrasse, und erst als es zu regnen begann, bat Bronski seinen Besucher ins Haus. Er tat es mit langsamen, umsichtigen Bewegungen, als wäre er selbst ein Fremder und würde die Räume zum ersten Mal betreten. In der dämmrigen Diele stapelten sich Umzugskartons, die sorgfältig an der Seite beschriftet waren und anscheinend Auto- und Motorsportzeitschriften enthielten, sie schienen nach Ländern und Jahrgängen geordnet zu sein, spanischsprachige waren darunter, englische, französische, italienische – *Automobiles classiques*, las Jordi im Vorbeigehen, *Octane, powerslide, Retro Cars, Automobilismo d'Epoca …* Die Küche, durch die Bronski mit vorsichtigen Schritten vorausging, war praktisch nicht benutzbar. Schachteln türmten sich vom Boden bis zur Decke, auf der Anrichte teils gebündelte, teils nachlässig in Packpapier eingeschlagene Zeitschriftenstöße, sogar auf dem Herd und der Abtropffläche, und das Spülbecken war gefüllt mit Bleistiften, Markern, Filzschreibern und Scheren, die in Gläsern und Dosen standen. Danach, im Wohnzimmer, musste Bronski mit einer Umschichtung beginnen, um für Jordi einen Sitzplatz freizuräumen; er hob Obstkisten voller Bücher hoch, ein wenig ratlos, drehte sich hierhin und dorthin, verschwand mehrmals in einem dunklen Flur, von wo Jordi ein schleifendes Geräusch zu hören meinte; schließlich deutete Bronski auf einen niedrigen, verschossenen Sessel, er selbst ließ sich kurzerhand auf einer Holzkiste nieder. Die Regale, die alle vier Wände bedeckten und durch waghalsige Verlängerungen mit einzelnen Brettern auch in die Fensterflächen hineinragten, waren gepresst voll mit Büchern und Zeitschriftensammelbänden. Jordi konnte die dicken Lettern von Bildbänden entziffern, Namen, die ihm nicht geläufig waren, vermutlich alte Automarken, die längst nicht mehr produziert wurden … *Delahaye, Isotta-Fraschini, Panhard+Levassor, Delage, Pilain, De Dion-Bouton* … Werke über Bugatti jedoch schienen den meisten Platz zu beanspruchen.

Das Gespräch hatte sich um Lucas Tod gedreht, um den Prozess und die Verstocktheit der Angeklagten, dann hatte Jordi über den Fortschritt der Bergung berichten wollen, musste aber mit dem Sturm enden, bei dem das Arbeitsboot untergegangen war. Nachdem er in wenigen Sätzen geschildert hatte, dass das Boot inzwischen an Land war, zur Reparatur, merkte er, dass er hier nicht saß, um sich bei Bronski Informationen über die Geschichte von Ettore Bugatti und seiner Autoproduktion zu holen, sondern um vor einem fremden Menschen einzugestehen, dass er den Faden verloren hatte, dass er die Dinge in seinem Leben nicht mehr zusammenbekam.

Bronski hatte ihm in seiner freundlichen Art bedächtig zugehört.

»Sie wollen aufgeben?«

Jordi hob die Schultern, hilflos.

Er konnte Bronski nicht ansehen, dessen Gesicht war wie schrundiges, aber weiches, verwittertes Holz. Ein wenig Staub schien darauf zu liegen.

»Ich weiß es nicht«, sagte Jordi, »ich weiß es nicht.«

Bronski musterte Jordi lange aus seinen hellen blauen, fast farblosen Augen. Unvermittelt begann er von dem Bauernhof seiner Eltern zu sprechen, auf dem er aufgewachsen war. Irgendwo auf einem Hochplateau im Wallis, eingeschneit im Winter, barfuß im Sommer.

»Genau kann ich mich an den Tag erinnern, an dem zum ersten Mal ein Motorengeräusch am Himmel zu hören war, hinaus bin ich gelaufen, aus dem Haus auf die Wiese, und habe mich gedreht, den Kopf im Nacken, gedreht und gesucht, und ich habe das erste Flugzeug in meinem Leben gesehen, so ein Gefühl kannte ich zuvor nicht, wie mich das getroffen hat. Es war Krieg, das habe ich kaum verstanden, ich wusste nur, dass ich so ein Ding fliegen wollte. Pilot wollte ich sein – das gab ein Gelächter zu Hause. Nie war vorher einer aus dem Tal weggegangen in die Stadt, nicht zum Berufsmilitär, zum Studieren schon gar nicht; ich dachte, wenn es für einen anderen, woanders, möglich ist, warum nicht für mich.«

Bronski machte eine Pause. Sie schwiegen. Jordi betrachtete seine Hände, die auf den Knien lagen, er drehte sie in einer sparsamen Bewegung, die Innenflächen waren halb zu sehen.

»Ingenieur bin ich dann geworden«, fuhr Bronski fort, »Bauingenieur. Und meine Leidenschaft hat sich auf die Automobile geworfen, sie waren leichter erreichbar.«

Er hielt inne, und seine luftblauen Augen lächelten Jordi zu.

»Sehen Sie, das hat mich an Ettore Bugatti gefesselt, kein einfacher Autokonstrukteur, er war ein Erfinder. Er hat angefangen, Autos zu bauen, da hießen die Dinger noch Tricycle und Quadricycle, und er war noch nicht mal volljährig, sein Vater musste die ersten Arbeitsverträge für ihn unterschreiben. Er hat seinerzeit die schnellsten Rennwagen erdacht, aber das allein hat ihn nicht befriedigt, immer weiter hat es ihn umgetrieben, er hat angefangen, Schiffsmotoren zu entwerfen und Triebwerke für Flugzeuge. Im Krieg, genau in dem Krieg, in dem ich den Kopf in den Nacken gelegt habe, um den Himmel nach Fliegern abzusuchen, war er es, der Flugzeugmotoren für die Pariser Regierung ersonnen hat, die sollten die besten sein, die besten für diesen Krieg. Und übrigens im Ersten Weltkrieg auch schon, beide Male wollte er unbedingt für die Franzosen Kriegsflieger bauen, beide Male sind die Protoypen nicht in Produktion gegangen, ich glaube, er war letztendlich zu teuer. Aber später hat man die Motoren in die französischen Lokomotiven eingebaut, und bis in die fünfziger Jahre wurden sie verwendet.«

Bronski räusperte sich, er stand auf und ging stumm hinaus, Jordi hörte, wie ein Lichtschalter angedreht wurde, dann eine Tür geöffnet, und Bronskis Schritte eine Treppe hinunter. Er kam mit einer Flasche Apfelmost und zwei Bierkrügen zurück und schenkte ihnen wortlos ein, sie stellten die Krüge und die Flasche vor sich auf den Boden.

»Ettore ist sein Leben lang ein Einwanderer und Fremder gewesen; von Italien ins Elsass, im Ersten Weltkrieg vor den Deutschen geflohen, zuerst nach Mailand, dann nach Paris. Ein paar Autos konnte er mitnehmen; seine wichtigsten Motorenteile, 16-Zylinder-Nockenwellen vor allem, hat er im Hof der Molsheimer Fabrik vergraben. Nachdem die Deutschen kapituliert hatten, ist er zurückgekehrt. Im Zweiten Weltkrieg ist er wieder nach Paris geflohen, dort hat er um die Einbürgerung gebeten; seine Fabrik wurde von den Nazis besetzt, bevor sie ihn enteignen konnten, hat er sie verkauft.«

Beide tranken von ihrem Most und schwiegen eine Weile.

»Sein Bruder Rembrandt hat sich umgebracht, mitten im Ersten Weltkrieg, das war eine Wunde für Ettore, lebenslang. Die Talente der Brüder waren irgendwie vertauscht worden, Ettore sollte eigentlich der bildende Künstler werden, und Rembrandt der Ingenieur, so hatte es der Vater gedacht. Am Ende verschränkte sich das Können von beiden.«

Bronski drehte sich im Sitzen um und langte nach hinten, wo er mit einer einzigen geschickten Bewegung den Band »Who is who in the Motor Industry« aus dem Regal zog und dahinter eine Flasche und Schnapsgläser herausfischte. »Es ist sonst nirgends Platz«, sagte er einfach.

»Trinken Sie das aus«, er schenkte beiden ein, »dann erzähle ich Ihnen noch etwas. Das ist Trester vom Nachbarn.«

»Ettore hat einen seiner Söhne verloren: Jean, den älteren von beiden, der sein Nachfolger werden sollte. Es heißt, Jean soll noch begabter gewesen sein als sein Vater. Er ist 1939 ums Leben gekommen. Es war spätabends im August, ein paar Tage danach fand ein Rennen statt, an dem Jean mit dem Typ 57 C teilnehmen wollte. Den ganzen Tag über schon hatte er den Wagen bei höchster Geschwindigkeit getestet, auf der Route Nationale kurz hinter Molsheim. Die Strecke war dann normalerweise abgesperrt, und die Bewohner der Umgebung waren daran gewöhnt, aber in dieser Nacht war dummerweise die Absperrung gerade aufgehoben, als Jean beschloss, zu einer letzten Probefahrt aufzubrechen. Ein Radfahrer wollte die Straße überqueren und hörte das Auto nicht. Als er im Scheinwerferlicht auftauchte, riss Jean den Lenker herum, raste gegen einen Baum und starb eine Stunde später. Warten Sie einen Moment. Ich muss in die Scheune.«

Wieder ging Bronski hinaus, er kam zweimal wieder, das erste Mal mit einem Beutel, in dem verschiedene Stücke Käse waren, das zweite Mal mit einem halben Laib Brot und einem Messer. Er breitete eine Zeitung auf dem Boden aus und legte alles darauf. Dann verschwand er in der Küche und kramte einige Zeit in einer der Schachteln, zurück kam er mit einer Plastiktüte, in der sich lose, dicht beschriebene Blätter befanden.

»Hören Sie zu«, sagte er, und begann vorzulesen.

Es ist Krieg. Immer noch kommen Kondolenzbriefe, aus aller Welt. Selbst der unappetitliche König Zogu von Albanien ließ es sich nicht nehmen, sein Beileid auszudrücken, Ettore mochte das Papier gar nicht anfassen. Aus dem Sultanat Brunei traf ein Schreiben des höchstherrscherlichen Mitgefühls ein, es wurde von einem Kurier überbracht, der stehenblieb, solange Ettore den Umschlag mit dem Siegel in Händen hielt; er schien auf eine Antwort zu warten. Die Anteilnahme dieser Fremden war eine Last. Sie war eine Zumutung. Was ging den Sultan von Brunei das Leben seines Sohnes an. Ja, das Leben, was konnte Jean schon umbringen. Er winkte den Boten hinaus, rief ihm nach: »Flugzeuge, ich baue ein Flugzeug, Geschwindigkeitsrekord brechen, die Deutschen besiegen –. Daran müssen Sie denken, nicht an den Tod, niemals an den Tod –.« Der Kurier, ein junger Mann mit grauen Schläfen, drehte sich erstaunt um, der Mann vor ihm sollte in Trauer sein, aber der Mann war erbost, der Kurier verstand nicht, warum, er sprach kein Französisch; er lächelte verlegen, verbeugte sich und ging leise davon.

Es war Krieg, um ihn herum ein einziges Chaos, und in seinem Inneren ein Schmerz, dem er nicht beikommen konnte, den er nicht ersticken konnte, der nicht aufhören wollte, ihn zu peinigen; er ließ seine Faust auf die Tischplatte niederkrachen, einmal, atmete, zweimal, atmete, dreimal, Tränen stiegen in die Augenwinkel, hervorragend, er schlug gleich noch einmal zu, diesmal auf das Balsaholzmodell, es splitterte und barst, er rammte den Bauch des Flugzeugs auf den Tisch, plättete Rumpf und Flügel und machte mit ein paar weiteren schnellen Fausthieben den Propeller klein. Er schnaufte. Er schluchzte. Das Modell verschwamm hinter Schlieren. Er hielt inne. Dann wusste er es. Er nahm den Telefonhörer und ließ sich verbinden: »Zwei Motoren«, rief er, »wir brau-

chen zwei Motoren, hintereinandergeschaltet, und zwei gegengleich rotierende Propeller.« Der Konstrukteur am anderen Ende war still. Ettore lehnte sich zurück und schloss die Augen: »Schweigen Sie ruhig, schweigen Sie. Danke für Ihr Schweigen. Ich sehe Sie morgen früh.«

Im Auflegen dachte er, dass es natürlich weitergehen würde, er würde die Werke so durch diesen Krieg manövrieren und sie retten, wie er sie durch den ersten Krieg gebracht hatte, mit den Prototypen, den Erfindungen, mit all den Arbeitern und ihren Familien, mit den Konstruktionszeichnungen, mit … – er war ans Fenster gegangen und sah den Mann draußen stehen. Sein Gesicht kam Ettore bekannt vor.

Später würde er Madame Tayssèdre, die seine Sekretärin war, Vorhaltungen machen, weil sie den Mann vorgelassen hatte. Aber Madame Tayssèdre war zäh, natürlich, sonst hätte er sie nicht eingestellt, und verteidigte sich und den Kerl, der, wie sie sagte, ein gutes Recht darauf hatte, seinen Teil der Geschichte vorzutragen.

Genau das hatte Ettore auf keinen Fall gewollt. Am liebsten wäre er rückwärts weg- und davongegangen, durch irgendeine Tapetentür, seinetwegen sogar durchs offene Fenster, wenn es ebenerdig gewesen wäre, verschwinden hätte er wollen, sich unsichtbar machen. Aber nun stand der Mann vor ihm, nicht mehr im Innenhof, hier im Zimmer, und für Flucht war kein Platz.

»Kein guter Tag«, brachte Ettore hervor, ihm war speiübel.

Der Mann verstand ihn falsch. »Der schlechteste Tag in meinem Leben, der schlimmste.« Er machte eine Pause. »Es gab keinen Grund, so spät so schnell unterwegs zu sein, ich musste nirgendwohin, ich meine, ich wollte nach Hause, aber ich wurde nicht erwartet, von niemand. Ich bin nicht verheiratet. Mein Großneffe ist mein Patenkind, er ist sozusagen die einzige Familie, die ich habe.«

Maurice Bonnet, sagte Madame Tayssèdre später, Maurice Bonnet habe sich nichts zuschulden kommen lassen, sein einziges Vergehen sei es gewesen, sportlich zu sein und schnell unterwegs und nicht mit Verkehr gerechnet zu haben, um diese Zeit.

Er hätte sie entlassen können für diese impertinente, bösartige Bemerkung. Der Radfahrer hatte die Straße überquert, ganz offensichtlich ohne überhaupt in irgendeine andere Richtung zu sehen als auf die gegenüberliegende Straßenseite, die nur wenige Meter entfernt schien, er hätte den Kopf wenden können, er hätte lauschen können, er hätte das Auto sehen und hören können, aber nein, der Mann war ein fahrlässiger und gemeingefährlicher Idiot, Jean hätte ihn überfahren können, aber er hatte reagiert, zuverlässig wie immer.

»Monsieur Jean war viel zu schnell«, sagte Madame Tayssèdre.

»Er war nicht zu schnell, er ist ein Testfahrer, ein Testfahrer kann nicht zu schnell sein, oder er hat seinen Beruf verfehlt.«

»Die Straße war nicht mehr abgesperrt«, beharrte Madame Tayssèdre.

Ettore warf ihr einen Aktendeckel an den Kopf.

Aber jetzt stand Maurice Bonnet vor ihm und versuchte sich wichtig zu machen.

»Ich akzeptiere keine Entschuldigung«, presste Ettore hervor.

»Nein, es gibt auch keine Entschuldigung für das, was passiert ist. Ich bin noch am Leben, und das verdanke ich Ihrem Sohn, wie soll ich mich da entschuldigen.«

Wenn mein Sohn nicht so ein Rennarsch gewesen wäre, hättest du um dein Leben von vornherein keine Angst haben müssen, dachte Ettore, so siehts aus, und Madame Tayssèdre weiß es, wie alle es wissen, also winsle hier nicht herum. Laut sagte er: »Arbeiten Sie im Werk –«.

»Nein.«

»Ihr Vater, ihre Familie.«

»Nein. Ich bin Musiker. Ich gebe Geigenunterricht am humanistischen Gymnasium von Strasbourg, meine Eltern kommen aus dem Piemont, wie Sie.«

»Mailand, Lombardei.«

»Ah so.«

Wollte der Mann etwa Geld. Ettore sah sich seine Schuhe an. Braune Schuhe zum schwarzen Anzug, sie waren alt, aber poliert. Die Ärmel des Anzugs abgestoßen, was konnte man erwarten. Er dachte an seinen Bruder, der im Zoo von Antwerpen die Nächte verbracht hatte, inmitten des Tiergeruchs schlief, und einfach vergaß, sich zu waschen. Oder zu essen. Weil er diesen Elefanten schaffen wollte, eine zierliche Figur im Tanz, eine vollkommen artifizielle Haltung, wie sie in der Natur nie vorkommen würde, aber deswegen umso verständlicher. Eine Figur, wie Ettore sie Jahre später auf die Kühlerhaube seines schönsten und großartigsten Autos setzen würde, eines Achtzylinders, des Royale, dem Symbol der Könige, der Macht, der Anmut. So hatte er es sich vorgestellt, und so hatte er es getan, aber das Auto war so schön, so elegant, so stark, dass keiner es haben wollte, am wenigsten die Könige. Gekrönte Häupter, so ein Schwachsinn. Nach diesem Krieg würde es derlei nicht mehr geben, dafür wäre kein Platz mehr in der Welt. Ettore musste lachen.

»Was werden Sie tun, wohin gehen Sie?«, fragte er.

Der Mann zuckte die Schultern. »Sie meinen den Krieg? Was kann ich schon tun, ich klemme mir meinen Neffen unter den Arm und renne, so weit ich kann.« Der Mann lachte ein wenig, es klang nicht zuversichtlich.

Bronski legte das Blatt beiseite, er hielt die Papiertüte auf den Knien.

»Ich habe einmal versucht, die Biographie zu schreiben, die Biographie der Familie Bugatti, ein Standardwerk sollte es werden. Alle Familienmitglieder eingeschlossen, und selbstverständlich die Entwicklung sämtlicher Autotypen und aller anderen Erfindungen, die die Familie machte. Einmal –«, Bronski lachte kurz und leise, »mehrere Jahre lang habe ich daran gearbeitet. Aber ich habe gemerkt, dass mich die Menschen seltsamerweise mehr interessierten als die Autos und die Erfindungen, und da habe ich damit aufgehört.«

Jordi zögerte, er verstand nicht, was Bronski meinte.

»Ich bin Ingenieur, ich wäre den Menschen nicht gerecht geworden.«

Jordi wollte protestieren, er traute sich nicht, er wusste zu wenig über Bronski. Er überlegte kurz.

»Die Firma ist kurz vor dem Bankrott. Der erstgeborene Sohn stirbt. Drei Wochen später bricht der Weltkrieg aus. Und Ettore – sitzt in Paris und erfindet Flugzeugmotoren. Das ist –«, Jordi suchte nach einem Wort.

»Er war nicht so zäh wie es schien«, sagte Bronski. »Ganz und gar nicht so zäh. Er konnte nur seine Fähigkeiten richtig einschätzen. Drei seiner besten Rennfahrer zum Beispiel gingen in den Untergrund und arbeiteten für die Résistance, Robert Benoist, Jean-Pierre Wimille und Williams Grover-Williams und auch Madame Tayssèdre und ihr Ehemann. Sie wurden alle verhaftet und deportiert. Madame Tayssèdre war schwanger, sie wurde als Einzige freigelassen, Wimille konnte aus der Haft fliehen, aber Benoist wurde gehängt, Williams erschossen, und Monsieur Tayssèdre überlebte die Haft nicht. Dieser Widerstand wäre nicht Ettores Sache gewesen, so ein Krieger war er nicht; aber angeblich soll Ettore das Büro in Paris finanziert haben, in dem sich die Résistance-Gruppe traf, obwohl ich nicht sicher bin, ob das stimmt, vielleicht nur ein Gerücht. Nach dem Krieg hat Ettore versucht, seine Fabrik zurückzubekommen, und als er an einem der Prozesstage auf dem Weg von Colmar an der Stelle vorbeikam, an der Jean den Unfall hatte, brach er dort zusammen; wenig später stellte man fest, dass er einen Schlaganfall erlitten hatte, und ungefähr drei Monate danach war er tot.«

»Ich hatte keine Ahnung«, sagte Jordi.

»Woher auch.«

»Nein, das meine ich nicht. Ich meine nicht Bugatti. Ich habe immer noch keine Ahnung. Das hätte ich Umberto Mezzanotte sagen sollen. Und ich habe es nicht getan. Ich weiß jetzt, wie es ist, wenn der eigene Vater gestorben ist, aber wie es ist, einen Sohn zu verlieren, das weiß ich nicht. Das hätte ich Umberto sagen sollen, ich hätte sagen sollen, es ist unnatürlich, deshalb kann dich niemand trösten.«

»Na«, warf Bronski ein, »Vorsicht mit der Natur, die Natur ist die einzige Idee, in der alles möglich ist.«

»Sie wissen, was ich meine. Aber egal, wie es ist, ich hätte ohnehin nicht so weitermachen können. Letztlich«, sagte Jordi, »laufen alle Fragen auf diese eine hinaus, die du dir immer wieder stellen wirst: ist es meine Zeit wert?«

Bronski sah Jordi schweigend an, es war nicht zu erkennen, was er dachte und ob er Jordi bemitleidete oder ihn arrogant fand. Er schwieg so lange, dass es Jordi unbehaglich wurde. Hatte er Bronski verärgert, fand der ihn dumm oder einfach verstockt? Aber Bronskis Gesicht sah arglos aus, keine Missstimmung ließ sich von ihm ablesen.

Endlich kramte Bronski eine Weile in seiner Papiertüte, suchte zwischen den Blättern eine bestimmte Seite, und als er sie gefunden hatte, sagte er »ah ja.«

In der Rückschau dachte Ettore oft, wie sehr Naivität eine Voraussetzung dafür ist, etwas Großes zu leisten. Es genügte nicht, an sich selber oder an seine Pläne zu glauben, man musste die unschuldige Abenteuerlust haben, zu sehen, was kommt, die ungeheuerlichsten Dinge geschehen zu lassen.

Bronski schmunzelte ein wenig, kaum so viel, dass es in dem fahlgelben Licht zu erkennen war.

»Sie haben Ihren Frieden gemacht, nicht wahr?«, entfuhr es Jordi. Er erschrak darüber, dass der Satz, den er soeben nur gedacht hatte, laut zu hören war, es konnte als abfällig verstanden werden, so hatte er es nicht gemeint, es war eine Spur von Neid, die er empfand, oder noch eher eine Sehnsucht danach, so eine Form des Einverständnisses mit sich selbst und dem eigenen Leben zu erreichen. Dann wieder, wenn er länger darüber nachdachte, erschien ihm genau das als schlimmstmöglicher aller Zustände, etwas, das er sich zuallerletzt wünschte und zuallerletzt wollte, es wäre genau die Art, seinem Leben allmählich den Sauerstoff zu nehmen und langsam dahinzusiechen, es wäre das langsame, unendlich öde und traurige Ende.

Jordi wurde sehr ruhig. Die Gegenwart Bronskis, der dunkle Raum, in dem sie nur eine einzige kleine Lampe eingeschaltet hatten, die hoch über ihnen an einem Regalbrett festgeklemmt war und von dort einen Lichtfinger durch den Raum sandte, das Wissen, in diesem Haus wie in einem Papierhaus zu sitzen, umgeben von Hunderttausenden von Buch-, Magazin- und Zeitungsseiten, von Fotobänden und Lexika, das alles erfüllte Jordi mit einer ungewohnten Müdigkeit, und er war dabei einzunicken, als Bronskis Hand sachte an seiner Schulter rüttelte.

»Kommen Sie, ich zeige Ihnen, wo Sie schlafen werden.«

Jordi, den plötzlich die Angst befiel, er müsse auf einen Stoß Papier klettern bis unter die Zimmerdecke und bekomme dann eine Decke nach oben gereicht, nuschelte etwas von »ich werde mich ins Auto legen, das geht gut«, aber Bronskis Hand dirigierte ihn vor sich durch die Küche und das Vorzimmer, auf der Terrasse langte er unter der Gartenbank eine Taschenlampe hervor und begann den Feldweg neben dem Haus entlangzugehen.

Zu Jordi sagte er, »Sie werden verstehen, dass ich kein Gästezimmer im Haus haben kann.«

Jordi war zu erschöpft, um Vorstellungen zu haben, traute aber seinen Augen kaum, als sie nach kurzem Weg eine Lichtung erreichten, in deren Mitte ein weißes, mannshohes Zelt errichtet war, dessen Form an einen Zirkus denken ließ.

Bronski leuchtete das Zelt an und öffnete die Tür, die, wie Jordi jetzt bemerkte, aus Holz war; fein und bunt mit Blumen bemalt ebenso wie die Streben, an denen entlang die dicke Tuchwand festgezurrt war. Er ließ Jordi eintreten. In der Mitte des Zeltes befand sich ein kleiner, eiserner Ofen, der seinen Abzug im Spitz des Zeltdaches hatte, drei Betten standen der Länge nach im Rund der Wände und ein kleiner Tisch, auf dem sich eine Ansammlung von Kerzen zusammendrängte.

Bronski machte eine Bewegung mit der Taschenlampe, »drüben, am Ende des Wegs, gibt es einen Pferdestall, da finden Sie eine Dusche und das WC; es ist ganz komfortabel.«

Jordi ließ sich mit einem Seufzer auf die Matratze fallen, das Federbett war sicher nicht aus der Mongolei, aber ein Geschenk war es doch.

Am andern Morgen holte Bronski ihn ab, und sie fuhren mit dem Wagen in das nächste Dorf, wo sie in der einzigen Gastwirtschaft frühstückten. Bronski erkundigte sich, was Jordi über das Bugattiwrack und dessen Herkunft hatte in Erfahrung bringen können. Jordi erzählte ihm, was er wusste.

»Haben Sie schon mal etwas gehört von diesem Fausto Frisée? Von dem Glücksspieler, der mit dem Bugatti in Ascona ankam und der behauptet hat, er habe ihn beim Pokern von René Dreyfus gewonnen?«, fragte er Bronski. Der schüttelte schweigend den Kopf. Nach einer Weile sagte er, »das will allerdings nichts heißen – aber …«.

»Was aber?«

Wieder schüttelte Bronski den Kopf, brütete ein wenig vor sich hin und drängte dann zum Aufbruch. Zurück in seinem Haus, gab er Jordi die Anweisung, eine turmartige Zusammenstellung von Büchern abzutragen, die sich in einer Ecke an das Wandregal stützte, er selber verschwand in einem Flur, und Jordi hörte ein Geräusch, das klang wie aneinanderklirrende Flaschen. Er wusste nicht, wohin mit den Büchern, und konnte nicht anders, als sie in den einzig verbliebenen Durchgang zwischen Küche und Wohnzimmer zu stapeln, was zur Folge hatte, dass Jordi, als er fertig war mit dem Umräumen, das Zimmer nicht mehr verlassen konnte. Bronskis Kopf tauchte auf der Küchenseite hinter dem Bücherturm auf. »Oha,« sagte er, »gut, das macht gar nichts. Ich sage Ihnen, was Sie tun sollen.«

Jordi nahm den Linoleumzuschnitt vom Boden hoch, auf dem der Turm gestanden hatte, darunter kam eine Tür zum Vorschein. »Öffnen Sie sie«, sagte Bronski, »da ist ein kleiner Keller, ein Wein- und Vorratskeller.« Jordi zog an dem Türgriff, die Klappe ließ sich leicht heben, darunter war wirklich ein Keller, der aber nicht mehr betretbar war, denn die Bücher, Zeitungen und Papiere, die in Bündeln, Kisten und auch Plastiktüten in ihm gelagert waren, reichten bis auf die oberste Stufe der schmalen Treppe, die hinunterführte.

»Es ist ganz einfach«, ließ sich Bronski hören, »sehen Sie die zweite oder dritte Stufe, nicht die oberste, es muss die zweite oder dritte sein, da gibt es eine Schachtel, auf der steht ›Fotos Rennen Dreyfus‹, die brauchen wir.«

Jordi wollte ihm die Schachtel hinüberreichen, aber Bronski winkte ab.

»Schauen Sie selbst, schauen Sie doch.«

Ein leichter Geruch nach Pilzen und Erde entwich dem Pappkarton, Jordi begann die Fotos durchzusehen.

»Wonach suche ich gleich noch mal?«, rief er zu Bronski in die Küche hinüber.

»Die Hände, achten Sie auf die Hände«, rief Bronski zurück.

Auf den meisten Fotos, Zeitungsausschnitten und Kopien aus Büchern und Magazinen erschien ein Mann im Zentrum, der schmal war, mit einem auffallend kleinen Schädel, und auf den ersten Blick unscheinbar wirkte. Bei genauerem Hinsehen war zu erkennen, dass er ein sehr feines Gesicht mit weichen Zügen hatte. Sein Ausdruck wirkte selbst im größten Trubel der Rennbahn gelassen und ausgesprochen freundlich, manchmal angestrengt oder erschöpft, nie aber in dem Maße übermütig oder zerquält wie die Gesichter seiner Kollegen.

»Haben Sie's?«, rief Bronski.

»Hände kann ich nicht finden. Die Hände stecken hinter dem Rücken oder in Hosentaschen, Hände gibts so gut wie gar nicht.«

»Dann müssten Sie Ihnen doch grade auffallen. Stellen Sie sich nicht an. Drehen Sie sie um, die Fotos. Ich meine einen Schwarz-weiß-Abzug; gehen Sie nach Jahreszahlen. Es muss – warten Sie – … 1930 gewesen sein. Monaco 1930, das steht hinten drauf.«

Jordi hielt das Bild zur Begutachtung über die Büchermauer in die Küche. Bronski, der an diesem Tag schlecht gelaunt schien, rief: »Mir brauchen Sie es nicht zu zeigen, ich kenne das Foto –«, es folgte eine unverständliche Beschimpfung, »selber sollen Sie draufschauen. Was sehen Sie?«

Jordi, unwirsch: »Dreyfus, schwarz verrußtes Gesicht, halb aufrecht stehend in seinem Wagen.«

Bronski, ungehalten: »Sie sehen den Gewinner des Großen Preises von Monaco. Dreyfus war 25 Jahre alt und Amateur! Der 35er Bugatti, den er fuhr, war sein eigener. Es war eine Sensation. Gut, das können Sie nicht wissen. Aber jetzt, sehen Sie sich seine Hände an!«

Jordi stieß genervt Luft aus. »Er hält sie von sich –.«

»Ja – was noch –.«

»Nichts noch. Es sieht aus, als halte er das Steuer immer noch in der Hand.«

»Genau. Was heißt das.«

»Bronski, woher zum Teufel soll ich das wissen? Bekomm ich einen Preis fürs Raten?«

Bronskis Kopf tauchte über den Büchern auf, erschrocken.

»Verzeihen Sie – manchmal –. Verzeihen Sie, ich bin Gespräche nicht gewohnt. – Was ich Ihnen zeigen wollte: Dreyfus trug Handschuhe, und einen Helm, beides hat er auf dem Foto schon abgelegt. Jetzt steht er da wie starr. Um ihn herum der Jubel über seinen Sieg, und er – er kann die Hände nicht bewegen. Sehen Sie doch, er kann sie nicht mehr schließen, er kann nicht einmal die Finger rühren. Trotz der Handschuhe hat er in den dreieinhalb Stunden, die das Rennen dauerte, Blasen an den Händen bekommen. Er hat sich die Haut fast völlig abgeschunden, bis auf das rohe Fleisch; sehen Sie, seine Hände bluten.«

»Nur vom Hin- und Herdrehen des Lenkrads –.«

»Nur ist gut … Und noch etwas: der Helm, den er trug, war ein klein wenig zu weit, in den dreieinhalb Stunden, in der Hitze der Geschwindigkeit und durch die heftigen Bewegungen, scheuerte er derart am Kopf hin und her und verklebte mit den Abschürfungen, dass René, als er ihn endlich abnehmen wollte, sich ein Stück vom Ohr weggerissen hat.«

Jordi konnte die Zärtlichkeit spüren, die in Bronskis Worten schwang, der auf einmal von René, nicht mehr von Dreyfus sprach. Dennoch sagte er:

»Das erfinden Sie jetzt aber.«

»Ich erfinde gar nichts«, brüllte Bronski plötzlich wütend, und etwas polterte auf der anderen Seite gegen die Bücher.

»Ich erfinde gar nichts, ich versuche Ihnen zu zeigen, was für ein feiner Mensch Dreyfus war. Ein ganz dünnhäutiger. Eben. Wörtlich. Er war kein Hasardeur und auch kein Besessener, keiner, der in was für einem Rausch auch immer die Kontrolle verliert. Er wollte die Technik beherrschen und das Risiko gering halten, vielleicht weniger für sich selbst, aber sicher für die anderen. Er hatte ein Gefühl für Rennwagen, er hatte es in seinen Fingerspitzen, er hatte es in den Beinen, er hatte es im ganzen Körper, und mit dem Kopf konnte er es steuern. Er war kein Abenteurer, kein Frauenheld und am wenigsten ein –.«

»– Spieler«, ergänzte Jordi.

Bronski schüttelte den Kopf. »Stellen Sie sich vor, Dreyfus war jemand, der es noch nach 45 Jahren für erwähnenswert hielt, dass er einmal mit einem schlimmen Kater zum Rennen antreten musste, 1934 beim Großen Preis von Vichy, so schlecht war ihm, dass er dachte, er müsste das Rennen aufgeben und er würde es nicht ins Ziel schaffen. Aber er hielt durch und seinen Zustand für eine gerechte Strafe. – Dreyfus war wahrlich kein Mann, der meinte, sich durch Exzesse etwas beweisen zu können oder zu müssen.«

»Sie glauben nicht, dass Frisée das Auto von Dreyfus gewonnen hat?«

»Beim Pokern? Nie und nimmer. Wenn überhaupt, hat er Dreyfus den Bugatti abgekauft, ganz regulär, und hat später versucht, daraus eine Geschichte zu machen, um sich interessant zu machen.«

»Oder das Auto.«

»Dass er es Dreyfus abgekauft hat, wäre immerhin möglich. Bugatti war notorisch klamm, und Anfang der Dreißiger gab es ein paar Jahre – in denen auch Dreyfus zu den Werksfahrern gehörte –, da konnte er seine Fahrer nicht bezahlen, und die bekamen stattdessen ein Chassis, das sie in der Pariser Bugatti-Vertriebsstelle verkaufen lassen konnten. Das hat Dreyfus, soweit ich weiß, gezwungermaßen ein paarmal so gehandhabt.«

Jordi überlegte.

»Hm, Frisée ist also ein Aufschneider.«

»Frisée können Sie meiner Meinung nach abhaken.«

Jordi betrachtete das Gesicht von René Dreyfus und nickte. Der Mann war ihm sympathisch; er wirkte auf eine unglückliche Art verletzlich und auf eine beruhigende Art glücklich.

Frisée war nichts als ein kleiner Angeber. Ein Angeber und Wichtigtuer, und die Geschichte von der Pokerpartie mit Dreyfus hatte er erfunden. Allerdings, wenn Ascona damals auch so ein verschlafenes und irgendwie treuherziges Nest gewesen war wie heute, und das war anzunehmen, dann konnte er Frisée verstehen, vielleicht hatte er auch nur dem Bedürfnis nachgegeben, Leben in die Bude zu bringen. Oder, und das war wahrscheinlicher, er hatte vor, den Wert des Autos zu steigern, indem er vorgab, es von Dreyfus gewonnen zu haben. Um zu Ambrosius zu sagen, »ich verpfände dir mein Auto, pass auf, ein Auto, das vom Champion Dreyfus persönlich gefahren worden ist, hey, sein Arsch saß auf diesem Polster, verstehst du mich, das ist kein x-beliebiges, gewöhnliches Gefährt. Dreyfus! Lass was springen dafür! Wenn ich doch nicht zahlen kann, und der Wagen bleibt dir, umso besser.«

Und später würde Jordi herausfinden, dass Frisée die Papiere behalten hatte, die Konstruktionsplakette und das Kühlerschild. Aber was damit passiert war, war eine andere Geschichte. Ein gerissener Fuchs, ein verdammter Ganove, ein elender Schwanzlutscher.

Jordi hob das Foto hoch.

»Was ist aus Dreyfus geworden?«

Jordi hörte, wie Bronski leise vor sich hin seufzte, mehrmals hintereinander, dann tauchte sein Gesicht hinter der Büchermauer auf.

»René Dreyfus war dem Papier nach Halbjude; sein Vater kam aus einer jüdischen Familie, seine Mutter aus einer katholischen. Die drei Kinder waren nicht religiös erzogen worden, und René hatte zu keinem Glauben eine besondere Affinität. Als er die Frau gefunden hatte, die er heiraten wollte, und ihre Familie verlangte, dass er dafür zum Katholizismus übertreten sollte, tat er es, ohne viel Aufhebens davon zu machen. Die Frau hieß Giberte Miraton, ließ sich Chou-Chou nennen; ihr Vater hatte ein Vermögen mit Abführmitteln gemacht.«

Bronski kommentierte diese Tatsachen mit einem Lacher, der distanziert und bitter klang. Eine Weile war Stille, dann fuhr Bronski fort.

»Sie können sich vielleicht inzwischen vorstellen, dass Dreyfus ein ausgesprochen ausgeprägtes Gefühl besaß für Missstimmungen, Feindseligkeiten, Ungerechtigkeit. Er spürte den Wind wehen und konnte bald sagen, aus welcher Richtung er kam. Mit anderen Worten, er bemerkte ziemlich früh, wie sich in manchen Ländern Europas die nationalistische Propaganda erst unterschwellig, dann umso offener breitmachte und an Boden gewann. Er, ein Franzose, war zuerst als Profi für Maserati gefahren, also für Italien, dann für Bugatti – einen gebürtigen Italiener im Elsass, das wieder französisch war –, danach hatte er einen Vertrag mit Ferrari. Er war dauernd umgezogen, hatte die Länder gewechselt, Sprachen gelernt, und er hatte es genossen. Und dann, 1935 besetzten die Italiener Äthiopien. Äthiopien! Dreyfus hatte die Umtriebe der Faschisten genau verfolgt, und der Einmarsch in Äthiopien war ihm Grund genug, bei Ferrari zu kündigen, aus Italien wegzuziehen und in Frankreich weiterzuarbeiten, diesmal für Delahaye.

Dummerweise entwickelten die Nazis eine richtiggehende Leidenschaft für Autorennen, wahrscheinlich steckte die Art Fanatismus dahinter, mit der sie alle technischen Entwicklungen auf die Spitze treiben und beherrschen wollten. Sie steckten ungeheuere Mengen Staatsgelder in die Entwicklung von Motoren, so dass die beiden Mercedes-Benz und Auto Union in den mittleren dreißiger Jahren fast alle Rennen für sich entscheiden konnten oder sie jedenfalls auf aggressive Weise dominierten. Kein anderes Land konnte mehr mithalten. Es schien fast so etwas wie eine leichte Depression über den Rennen zu liegen, die mit der Übermacht der Deutschen zu tun hatte und mit dem martialischen Gehabe, das sich immer mehr mit ihren Auftritten verband, der Nürburgring beflaggt mit schwarz-roten Hakenkreuzfahnen, die Stimmung unter den ausländischen Teilnehmern war nicht grade heiter und gelöst. Die Franzosen ihrerseits wollten dem nicht tatenlos zusehen, und deshalb lobte die Regierung kurzerhand einen Preis aus für das schnellste Auto, soll heißen, für den leistungsfähigsten Motor – der musste natürlich aus Frankreich stammen. Der Sieger dieses Rennens sollte die absolut fantastische Summe von einer Million Francs gewinnen. Also nicht der Fahrer persönlich, das Autowerk. Der Preis war umstritten, und es gab Gezänk und Gezerre über das Für und Wider, aber kurz und gut – es war René Dreyfus, der dieses Millionnenrennen von Montlhéry gewann.

Das war 1937, und es machte ihn zu einem französischen Nationalhelden.

Aber das war nicht alles.

Er schaffte es mit seinem Delahaye, ein Jahr darauf, das Rennen in Pau zu gewinnen. Die Favoriten waren klar die Deutschen gewesen, die zu der Zeit in allen großen Rennen unbesiegt waren und beinahe schon automatisch die ersten Plätze belegten. Dann kam Dreyfus. Dreyfus raste dermaßen, und er raste dermaßen elegant, perfekt, leicht und unübertroffen, er gewann das Rennen sogar mit Abstand. Niemand hatte damit gerechnet, alle waren völlig verblüfft, die Zuschauer genauso wie die Fahrer.

Das hieß, die Nazis waren nicht unbesiegbar! Das hieß, man musste sich nur trauen, und man konnte es schaffen, sie zu schlagen. Dreyfus war nicht nur ein französischer Held, er war ein europäischer Held, er war ein Held für alle Gegner des Nationalsozialismus, und er war außerdem noch ein jüdischer Held, denn er ließ die antisemitische Propaganda ziemlich alt aussehen.

Dann erklärten die Deutschen den Zweiten Weltkrieg, und Dreyfus musste zum Militär. Er hatte angefangen, mit dem Ehepaar Schell zu arbeiten, die einige Delahayes besaßen; die Rennen wurden von Lucy Schell gemanagt, einer energischen Irin. Ihr gelang es mit viel Glück und Schläue, eine Sondergenehmigung zu bekommen, die es Dreyfus erlaubte, in den USA zu starten, beim legendären Indy 500. Das war 1940. Die Genehmigung war nicht uneigennützig, denn die französische Regierung erhoffte sich im Krieg Unterstützung durch die Amerikaner, und Dreyfus sollte Aufmerksamkeit dadurch erregen, dass er bei dem Rennen antrat. Es kam ganz anders.

René und sein Co-Fahrer Le Begue wurden zehnte bei dem Rennen in Indianapolis, keine große Sache. Er und seine Kollegen waren noch in New York, da kapitulierte Frankreich, und es war für Dreyfus undenkbar, in sein Geburtsland zurückzukehren. Aber er war ja nur zu einer kurzen Reise in die USA aufgebrochen, das heißt, er hatte außer seinem Pass weder Papiere noch Geldmittel noch Kleidung noch alle die Dinge mit, die man für einen längeren Aufenthalt braucht. Nun war dieser Aufenthalt noch dazu von unbestimmter Dauer. Freunde halfen ihm aus. Trotzdem musste er sich so rasch wie möglich um seinen Lebensunterhalt kümmern. Er ergriff die erstbeste Gelegenheit und erwarb zusammen mit einem Freund ein kleines Restaurant in New Jersey; er, der keine, aber wirklich keine Ahnung von Gastronomie hatte und grade mal ein Dutzend Wörter auf Englisch kannte. Kurze Zeit später traten die USA in den Krieg ein, und René meldete sich als Freiwilliger. Er konnte grade mal so radebrechend Englisch.«

»Mutig war er«, sagte Jordi in die Pause hinein.

»Was?«

»Mutig, mutig war er!«

»Ja ja, das kann man wohl sagen«, wieder seufzte Bronski leise. Es klang wie das unwillkürliche Geräusch, das ein Mann sich in langem Alleinsein angewöhnt hat und dessen er sich nicht oder nicht mehr oder vielleicht noch nicht bewusst ist. Er hat vergessen, dass er mit sich selber spricht, er hat vergessen, dass er zu sich selber seufzt, dass er für sich selber Geräusche macht, es passiert ihm, und wahrscheinlich beruhigt es ihn. Jetzt ist er erstaunt, dass eine Antwort kommt aus seinem Wohnzimmer, von einer Stimme, die hinter diesen Büchern zu hören, aber deren Besitzer nicht zu sehen ist.

Während Bronski seufzte und redete, verspürte Jordi das immer dringendere Bedürfnis, den vielen Tee loszuwerden, den er im Lauf des Tages getrunken hatte. Aber er war im Wohnzimmer eingeschlossen, und er wollte Bronski nicht unterbrechen. So geräuschlos wie möglich versuchte er ein Fenster zu öffnen, was wegen der Bücherbretter, die die Scheiben blockierten, nicht einfach war; glücklicherweise waren die Fensterbretter niedrig, wie es in alten Häusern der Fall ist und es gelang ihm, indem er sich auf das Fensterbrett kniete, durch den kleinen Spalt in einem flachen Bogen in den Garten hinauszupinkeln. Draußen regnete es.

»Die Amis steckten ihn in ein spezielles Ausbildungslager, sie nannten es Camp Ritchie, es unterstand dem militärischen Nachrichtendienst, dorthin kamen alle Ausländer, die man im Krieg einsetzen wollte, und zwar in besonderer Mission. Dreyfus, der die Sprache konnte, wurde darauf vorbereitet, italienische Kriegsgefangene zu befragen.

Na ja, man hat ihn wirklich nach Übersee geschickt, aber als seine Einheit ankam, gab es schon einen Waffenstillstand mit Italien, er hat dann ein Transportregiment geleitet und als Übersetzer gearbeitet, er wurde Major Sergeant. Bei Kriegsende ist er sofort nach Frankreich gefahren und hat seine Geschwister gesucht. Er sammelte sie ein und brachte sie in den folgenden Jahren alle in die Staaten. Er und sein Bruder Maurice wurden eine Institution mit ihrem Restaurant – sie sind nach Manhattan gezogen und haben es ›Le Chanteclair‹ genannt. Und sie arbeiteten mehr als ein Vierteljahrhundert dort, jeden verdammten Tag. René hat das Kochen und Bewirtschaften so ernst genommen wie vorher das Rennfahren. Er muss der zuvorkommendste Gastgeber gewesen sein, den man sich wünschen kann.«

Es herrschte Stille auf beiden Seiten der Bücherwand.

»Und Chou-Chou?«, rief Jordi in die Küche, nichts Gutes ahnend.

»Mit den Frauen hatte er kein Glück, scheiße René«, Bronski hatte einen seiner Schlechte-Laune-Anfälle. »Mitten im Krieg kamen die Scheidungspapiere. Sie, Chou-Chou – Sie erinnern sich, dass sie es war, für die Dreyfus katholisch wurde – ?«

»Ja ja.«

»Also sie ließ sich scheiden.«

Bronski fluchte leise vor sich hin, kein Seufzen mehr, tiefe Ungehaltenheit der menschlichen Untreue und Bosheit gegenüber.

»Scheiße noch mal, so ein Biest, sie brauchte seine Einwilligung nicht; es genügte während der deutschen Besatzung, anzugeben, dass er Halbjude war. Das war ein Scheidungsgrund.«

»Was für eine Schlampe –«, Jordi stand auf und sah über die Bücher, wo Bronski steckte. Bronski lugte über den Bücherrand, in beiden Augenpaaren flackerte Empörung.

»Eine monströse Schwanzverschlingerin«, pflichtete Bronski bei, ungewohnt deutlich.

»Eine verhurte, gefickte Missgeburt«, erboste sich Jordi.

»Sie hatte René nicht verdient«, fügte Bronski hinzu.

»Natürlich nicht, zum Glück ist er sie losgeworden.«

»Ja einGlückeinGlückeinGlück.«

»Es hätte schneller gehen können.«

»Es war nicht zu spät.«

»EinGlückeinGlückeinGlück.«

»Ludermiserables.«

»Sprechen wir ihren Namen nicht mehr aus.«

»Nie mehr.«

»Er hatte kein Glück mit den Frauen.«

»Sie ist nicht wert, dass man auf ihren Hintern wichst«, Jordi konnte sich nicht beruhigen bei dem Gedanken an den verratenen René.

»Ja.«

»Ja.«

»Ist sie nicht –.«

»Auf keinen Fall.«

»Sprechen wir ihren Namen nicht mehr aus.«

»Denken wir nicht mehr an sie.«

»René lebe hoch!«

»Ganz genau, René lebe doppelhoch.«

»Dreifachhoch.«

»Dreifachhoch.«

Beide setzten sich, jeder auf seine Seite, und verfielen für kurze Zeit in brütendes, wütendes Schweigen. Sie dachten über die Ungerechtigkeit nach, mit der die Liebe verteilt oder verweigert wurde, und sie gedachten auch der schwanzfressenden Mösen, die sie selber kennengelernt hatten.

Bronski begann wieder zu seufzen. Jordi hielt es nicht mehr aus.

»Bronski«, rief er, »Matteo –.«

»Ja?«

»Entschuldigen Sie, aber – Sie seufzen! Sie seufzen, Sie denken wahrscheinlich, Sie sind allein, aber ich bin hier, ich bin hier, ich höre Sie sehr gut!«

»Mhm«, machte Bronski und was dann zurücktönte, war ein tiefer Seufzer.

Jordi horchte.

»Dann kam Peggy«, ertönte es nach einer Weile aus der inzwischen dunklen Küche.

»Ein Happy-End«, sagte Jordi hoffnungsvoll.

»Ich glaube, Peggy war Renés große Liebe. Ja, bestimmt. Sie kam hin und wieder in das Restaurant; sie war Tänzerin gewesen, und jetzt hatte sie einen kleinen Modeladen ein paar Ecken weiter. Es stellte sich heraus, dass sie ihre Kindheit in Nizza verbracht hatte wie René, ohne dass die beiden sich je begegnet wären. Aber nun lernten sie sich kennen.«

Bronski sprach nicht weiter.

»Was«, ließ Jordi sich hören, »wie weiter?«

»Sie war krank, Morbus Hodgkin, eine seltene Krebsform, die die Lymphdrüsen befällt. Die beiden wurden an einem Tag im Januar getraut, und nicht mal zwei Jahre später, im Oktober des darauffolgenden Jahres, starb Peggy.«

Stille, es gab dazu nichts zu sagen.

»René hat nie mehr geheiratet. Er lebte noch 43 Jahre und starb 1993 in New York, nachdem er ein Mal noch nach Frankreich gekommen war, um das Jubiläum von 50 Jahren Großer Preis von Monaco zu feiern und den Sieg von Montlhéry. In Frankreich ist er immer noch unvergessen. Ein Held. Verdientermaßen.«

Jordi räusperte sich.

»Es war schön, ihn kennenzulernen.«

Daraufhin schwiegen die beiden so lange, dass man hätte meinen können, sie hätten die Gegenwart des anderen vergessen, aber dann sagte Bronski laut:

»Für Rührung ist keine Zeit.«

Und Jordi: »Sie haben recht.«

»Auch für Trübsal ist keine Zeit.«

»Für Trübsal sowieso nicht.«

Jordi sagte, »was immer Frisée erzählt, scheißegal, eines steht fest, und darauf kommt es an, und das werden wir allen sagen, die es interessiert: Es ist eine Ehre, von Dreyfus gefahren zu werden. Wenn man ein Auto ist.«

»Sehe ich auch so«, unterstützte ihn Bronski. »Wollen Sie da heute noch mal rauskommen, oder haben Sie vor, auf dem Fußboden zu übernachten?«

Sie hatten keine Lust, die Bücher aufzuräumen, was immer das in Bronskis Haus bedeutet hätte, aber sie schichteten sie um, so dass Jordi durch einen schmalen Durchgang in die Küche schlüpfen konnte.

»Wir brauchen Wein und Benzin«, stellte Bronski fest, und die beiden fuhren ins Dorf zum Tanken, anschließend kehrten sie im einzigen Gasthof ein, Bronski nahm wie immer seinen gewürzlosen Fisch mit Gemüse, Jordi bestellte das Gleiche in scharf. Und zusammen mit dem Wirt tranken sie eine Flasche vom hiesigen Roten.

Kurz vor Mitternacht waren sie zurück auf Bronskis Hof.

Es war eine sternklare Nacht und kalt. Jordi freute sich auf das Federbett in seiner Jurte, aber Bronski hielt ihn zurück.

»Ich will Ihnen etwas zeigen, bevor wir schlafen gehen«, sagte er und nahm einen Schlüsselbund aus der Jackentasche. Er überquerte den Hof und bedeutete Jordi, mitzukommen;

er steuerte auf ein langgestrecktes Quergebäude zu und schloss die kleine Stahltür auf, die in das Tor eingelassen war. Neonröhren blitzten unschlüssig, als Bronski einen Schalter drückte, und warfen dann ein ungewohnt weißes, im Vergleich zu Bronskis Wohnhaus geradezu grelles Licht. Jordi sah sich überrascht um: kein Wort hatte Bronski hiervon erwähnt, oder hatte er ihm so nachlässig zugehört, dass er jede mögliche Anspielung nicht mitbekommen hatte?

In dem taghellen Licht der hohen Garage stand eine Reihe von altertümlichen Autos mit sorgfältig hochgeklappten Motorhauben, und er, der nicht viel Ahnung hatte von Oldtimern, musste näher treten und genauer hinsehen, um herauszufinden, was ihm hier geboten wurde, denn dass diese Auswahl etwas Besonderes sein musste, war Jordi klar und wurde aus Bronskis Haltung deutlich, der mit leicht geröteten Wangen bereitstand, preisende Ausrufe entgegenzunehmen und huldvoll Einzelheiten zu erläutern. Jordi sah ratsuchend zu ihm.

Bronski seufzte. Geduldig deutete er auf das tiefliegende blaue Auto, »das ist ein Maserati 8c. Er hat das Rennen in Tunis 1933 gewonnen. Ich habe ihn in einer Garage bei einem Händler am Rande der Wüste entdeckt, stellen Sie sich vor, zufällig, gut, was heißt schon Zufall, er muss nach dem Rennen irgendwie dort liegen geblieben sein. Es hat mich aber Jahre gekostet, den Händler zu überreden, ihn herzugeben. Er war in einem unvorstellbar perfekten Zustand, fast nichts musste daran gemacht werden, das Wüstenklima ist schonend zur Karosserie, keine Spur von Rost.«

Er deutete weiter, »und das ist ein Bugatti 35 B, vermutlich der berühmteste Rennwagen überhaupt. Ettore hat damit geprahlt, dass er in seinem besten Jahr über 600 Siege eingefahren hat, allein in einem Jahr!«

»Stimmt das? Ist das überhaupt möglich?«

Bronski zuckte die Schultern, »wie man's nimmt. Und

der hier –«, er war nicht aufzuhalten und wies auf einen roten Wagen, »das ist ein Bugatti Typ 37. Ihn habe ich in Südfrankreich neben der Straße stehen sehen ... und siebzehn Jahre danach war er meiner.«

»Sie haben viel Geduld gebraucht.«

»Ich habe so viele Fehler gemacht am Anfang, ich wusste überhaupt nicht, wie man handelt und rechnet und schachert. Und noch mal rechnet und taktiert, und wie man überhaupt redet mit den Besitzern. Wie finde ich raus, was der andere im Sinn hat? Weiß er, was er hat, kennt er seinen Schatz, oder ist es ein zufälliger Besitz und beginnt er den Wert zu ahnen, wenn Sie ihn direkt fragen, ob er verkaufen will?«

»Was ist der beste Rat, den Sie geben können, einem Anfänger wie mir zum Beispiel?«

Bronski sah Jordi an und lachte. »Wollen Sie Sammler werden? Sie wissen ja noch nicht mal, was da lebt bei Ihnen im Wasser, unterm Schlamm. Gestern wollten Sie noch aufgeben! Also gut, hören Sie zu: Nie über Geld reden. Keine Gefühle zeigen.«

Wieder lachte Bronski, diesmal sarkastisch, wie Jordi es noch nicht gehört hatte von ihm. Er ahnte plötzlich, dass dieser Mann, wenn es drauf ankam, hart verhandeln konnte und fähig war, sein Ziel über Jahre zu verfolgen, ohne es ein Mal aus den Augen zu verlieren.

»Alle diese Fragen, alle diese Antworten, die ich so mühsam erlernt habe, jetzt, wo ich sie weiß, sind sie nutzlos; sie helfen mir nicht mehr, und es gibt niemanden, an den ich sie weitergeben könnte.«

»Haben Sie keine Kinder?«

Sie hatten nicht darüber gesprochen. Bronski hatte nur erwähnt, dass die Familie seiner Frau eine Fabrik für Karosseriebau betrieben hatte, die in den Achtzigern aufgekauft worden war von einem saudi-arabischen Unternehmer.

Bronski und seine Frau waren seit über 20 Jahren geschieden. Als er Jordi jetzt ansah, waren Bronskis Augen klar in dem Neonlicht.

»Mein Sohn ist gestorben«, sagte er. Jordi war zu überrascht, um darauf zu antworten. »Die beiden Töchter, die ich habe, sind allerdings quicklebendig. – Ja ja, doch«, sagte Bronski weich, nachdrücklich und wie zu sich selber, »doch, sie wollen gerne meine Autos übernehmen, sie interessieren sich für die Bugattis vor allem, das sagen sie immer wieder.«

Bronski wirkte ganz zart, wie er das sagte, beinahe wie ein Junge.

Und Jordi meinte leise, »dann ist es doch gut, Bronski, ist doch gut«. Sein Brustkorb fühlte sich an wie nach einer Nacht voller filterloser Zigaretten.

Bronski sah ihn aufmerksam an und lächelte.

»Ja, aber sie können nicht mal Auto fahren. Sie wissen nicht, wie man mit den Alten hier umgeht, das muss man lernen, ist doch alles anders bei denen … alles anders …«

Jordi nickte. Bronski faltete die Motorhauben und schloss sie eine nach der anderen.

Jordi wachte mehrmals auf in dieser Nacht. Mein Sohn ist gestorben, der Satz ging ihm nicht aus dem Kopf. Warum hatte Bronski nie etwas erwähnt. Nun gut, sie waren Fremde füreinander; Jordi würde nicht wagen, noch einmal davon anzufangen. Er fragte sich, was der Satz bedeutete. Bronski hatte nicht gesagt, warum und woran sein Sohn gestorben war, so wie man es sich zur Angewohnheit macht, einen tragischen Unfall zu benennen, beinahe jedes Mal, wenn einer danach fragt, weil es eine Gelegenheit ist, sich selber zu beweisen, dass man ohne weiteres darüber sprechen kann, dass man also über das Ereignis, wie schrecklich es gewesen sein mag, hinweggekommen ist, und man ein ganzer Mensch ist, der weiterlebt.

Konnte Bronskis Satz bedeuten, dass sein Sohn in Wirklichkeit lebte, aber für ihn, Bronski gestorben war? Und wäre das weniger tragisch, würde es für ihn, Jordi, eine Erleichterung sein, zu denken, sein Freund Bronski – und durfte er das überhaupt denken, »mein Freund Bronski«? – hätte einen Sohn, mit dem es einen Streit gegeben hatte, aber es bestünde immer noch die Möglichkeit einer Versöhnung? Bronski sah nicht aus wie ein Mann, der Zerwürfnisse hinnahm und mit ihnen lebte. Andererseits konnte Jordi sich nicht vorstellen, dass der Sohn so wenig Interesse am Geschäft des Vaters gehabt haben mochte oder so aus der Art geschlagen war, dass es darüber zum Bruch gekommen war. Ich habe keinen Sohn mehr, diese Worte wurden gesprochen, und die Verwünschung ging seltsamerweise stets von dem Älteren aus. Ich habe keinen Vater mehr, war dieser Satz jemals gesprochen und durchgehalten worden?

Vielleicht hatte Bronskis Sohn sich aber umgebracht, und Bronski wollte nicht darüber reden. Jordi ging beinahe davon aus, aber es gab auch andere Möglichkeiten. Der Sohn konnte bei einem Unfall mit einem der Wagen getötet worden sein, die Bronski so sehr liebte. Und Bronski musste sich umso mehr den alten Autos widmen, er musste sein Leben ganz und gar an die Bugattis hingeben, als könne er das ungelebte Leben seines Sohnes sühnen, indem er sein eigenes aufgab, oder die Schuld tilgen, indem er sich selber beinahe auslöschte. Aber er, Jordi, könnte Bronski aus Gründen der Scham nicht danach fragen.

Jordi lag noch wach, als der Tag dämmerte.

Als er Bronski nach dem Frühstück verließ, siezten sie sich immer noch, und das war, nach den wortreichen Nächten, die sie verbracht hatten, vollkommen angemessen.

37

Zurück aus dem Waadtland, beschloss Jordi, die Bergung des Bugatti zu Ende zu bringen. Er musste die Genehmigung dafür verlängern lassen, und dann stellte er für die nächsten drei Monate einen Plan auf, in dem er und Piero, Ladislas, Berta und Giuseppe in Schichten arbeiteten.

Anfang Juli legten Ladislas und Berta den rechten vorderen Motorträger frei und fanden darauf die Chassisnummer; sie war ziemlich einwandfrei zu lesen. Piero machte ein Foto davon, das sie an Bronski schickten. Wenige Tage später hatten sie die Antwort.

Laut Bronski handelte es sich um einen Bugatti Typ 22, der 1925 hergestellt und vertrieben worden sein musste. Die fünf jubelten. Sie sprachen viel darüber, dass die Schlammschicht, an der sie jetzt arbeiteten, dicht sei fast wie eine Vakuumverpackung, so dass diese Hälfte des Autos viel besser konserviert sein müsste als der Teil, den sie schon ausgegraben hatten, von dem aber praktisch nur der Rahmen übrig war. Berta, die Optimistischste von allen, glaubte fest, dass sie einen großen Fund machen würden.

So ähnlich war es dann auch. Anfang September lag an der Stelle, 52 Meter unter Wasser, ein Bugatti mit zwei bloßen Rädern auf der einen, aber zwei komplett erhaltenen Reifen, die sogar noch voll Luft waren, auf der anderen Seite, dem Chassisrahmen, einem 4-Zylinder-Motor, Steuersäule und -getriebe, Ölwanne, Wasserpumpe, Lenkrad, Tacho, dem gesamten linksseitigen Karosserieblech samt Spitzheck und den Scheinwerfern.

Sie hatten es fast geschafft.

38

Sie haben das Auto geborgen. Es lagerte jetzt auf einem ufernahen Grund, 12 Meter unter der Wasseroberfläche, und wartete nur noch darauf, endgültig hoch und ans Licht geholt zu werden. Freude wollte sich nicht einstellen. Jordi war erleichtert; er war sogar übermütig, er hatte eine Nacht lang getrunken, was der Weinkeller des Grotto hergab, ohne dass ihm ein Sterbenswörtchen über die Lippen geschlüpft wäre. Es berauschte ihn, dass ihr Unternehmen gelungen war. Dennoch, Freude war anders. Es war eine Leere in ihm, die durch keine Handlung ausgefüllt werden konnte, die keine Idee, keine Anstrengung, keine Bergung aufheben konnte, und wahrscheinlich nichts, was ihm sonst gelingen könnte in der Welt. In einer leicht pathetischen Art fühlte er sich unbesiegbar und isoliert. Vielleicht, wenn er Patrizia früher wiedergetroffen hätte, bevor sie den anderen, den falschen Mann geheiratet hatte, vielleicht hätte er dann eine andere Liebe kennengelernt, in der es nicht um das Geld ging, das man hatte, sondern um das, das man nicht hatte, und das hätte sie beide unsentimental gemacht und weniger anfällig für Träume; und vielleicht hätte er dann weniger den Wunsch, diesen Ort und seine Bewohner immer aufs Neue zu verlassen und sich in weit entfernten Ländern, deren Sprache er nicht beherrschte, ungewissen Tagen auszusetzen. Im Grunde war er verloren wie sein Bruder Manuel, nur dass Jordi seine Verlorenheit besser verbarg als jener, in Abenteuergeschichten, in dem wiederkehrenden Wunsch, allein zu sein, und bis vor kurzem in der Ernsthaftigkeit, mit der er seiner Arbeit nachgegangen war.

Er würde die Firma verkaufen, was er danach tun würde, wusste er nicht. Aber es könnte sein, dass er eine Postkarte an Miguel schreiben würde, vorne drauf das alte Auto, hinten ein paar Zeilen: »… Bin unterwegs …«

39

Sie riefen ihre Freunde an. Allen voran die Mezzanottes. Sie vereinbarten ein Datum und besprachen sich mit der Stadtverwaltung und der Wasserschutzbehörde. Sie ließen die Promenade sperren und die Piazza am Ufer. Und am Ende gaben sie eine Pressekonferenz und kündigten an, sie würden den alten Bugatti Brescia Typ 22, der vor 72 Jahren im See versenkt wurde, an einem Sonntagmorgen mit Hilfe eines Krans aus dem Wasser holen und auf der Uferpromenade abstellen. Nach dem Grund gefragt, sagten sie, sie machten es für Luca Mezzanotte, der am 1. Februar des Jahres ermordet worden war. Jeder, der wollte, konnte kommen, dabei sein und zusehen. Und dann organisierten sie ein großes Fest. Es war ein Sonntagmorgen im September. Und es kamen viele Leute. Viel mehr Leute, als sie erwartet hatten.

Nachbemerkung und Dank

Damiano Tamagni wurde in der Fastnacht vom 1. auf den 2. Februar 2008 in Locarno von drei Jugendlichen getötet.

www. damianotamagni.ch

Der Bugatti Typ 22 Brescia aus dem Lago Maggiore wurde am 23. Januar 2010 im Pariser Auktionshaus Bonhams von dem Sammler Peter Mullin für 230.000 Euro ersteigert. Er befindet sich nun im Mullin Automotive Museum, Oxnard, Kalifornien.

Dieses Buch hätte ich nicht schreiben können ohne die zahlreichen wertvollen Informationen und das Material, das Jens Boerlin mir zur Verfügung gestellt hat. Seiner Hilfe und seinem Engagement gilt mein besonderer Dank. Viva Jens!

Von ganzem Herzen möchte ich mich bei Annamaria und Maurizio Tamagni für ihre Offenheit, ihre Gesprächsbereitschaft und Gastfreundschaft bedanken.

Hans Matti danke ich für seine Unterstützung und viele technische Informationen.

Ein besonderer Dank gilt Annamaria Loher für ihre Hilfe bei der Aufbereitung des Materials.

Für ihre Hilfe und Unterstützung danke ich der Staatsanwaltschaft Tessin, Gie Robeyns vom Königlichen Zoo Antwerpen, Alberto Fortuzzi, Philip Hahn, Adriana und Hartmut Becher, Mariella Rosso.

Von den zahllosen Büchern über Bugatti und den Rennsport waren für mich die Monographie von Joachim Kurz sowie der Bildband von Eckhard Schimpf und Julius Kruta über die Renngeschichte am aufschlussreichsten. Von größtem Wert war außerdem die Autobiographie von René Dreyfus, die er zusammen mit Beverly Rae Kimes verfasst hat, *My Two Lives.*

Dem Roman liegen tatsächliche Ereignisse zugrunde, die handelnden Charaktere sind jedoch frei erfunden.

Bibliografische Information der Deutschen Nationalbibliothek
Die Deutsche Nationalbibliothek verzeichnet diese
Publikation in der Deutschen Nationalbibliografie;
detaillierte bibliografische Daten sind im Internet
über http://dnb.d-nb.de abrufbar.

www.wallstein-verlag.de

Vom Verlag gesetzt aus der Stempel Garamond
Umschlaggestaltung: Susanne Gerhards, Düsseldorf
unter Verwendung einer Fotografie von Pasqualino Trotta

Druck und Verarbeitung: Friedrich Pustet, Regensburg

ISBN 978-3-8353-1054-4

7/12